《赣南医学院报》优秀文学作品集(二)

储潭/晓镜

主 编 陈 新

副主编 钟继润 廖信伟 谢云天
赖雪平 罗丽萍 陈 涛
林 威

光明日报出版社

图书在版编目（CIP）数据

储潭晓镜:《赣南医学院报》优秀文学作品集. 二 /
陈新主编. -- 北京：光明日报出版社，2017. 10

ISBN 978 - 7 - 5194 - 3571 - 4

Ⅰ.①储… Ⅱ.①陈… Ⅲ.①中国文学-当代文学-
作品综合集 Ⅳ.①I217.1

中国版本图书馆 CIP 数据核字（2017）第 265414 号

储潭晓镜:《赣南医学院报》优秀文学作品集·二

CHUTAN XIAOJING:

《GANNAN YIXUEYUAN BAO》YOUXIU WENXUE ZUOPINJI. ER

主　　编：陈　新

责任编辑：许　怡　　　　　　　责任校对：赵鸣鸣
封面设计：中联学林　　　　　　责任印制：曹　净

出版发行：光明日报出版社

地　　址：北京市西城区永安路 106 号，100050

电　　话：010 - 67078251（咨询），67078870（发行），67019571（邮购）

传　　真：010 - 67078227，67078255

网　　址：http：//book. gmw. cn

E - mail：xuyi@ gmw. cn

法律顾问：北京德恒律师事务所龚柳方律师

印　　刷：三河市华东印刷有限公司

装　　订：三河市华东印刷有限公司

本书如有破损、缺页、装订错误，请与本社联系调换

开　　本：710×1000　1/16

字　　数：321 千字　　　　　　印　张：19

版　　次：2017 年 11 月第 1 版　　印　次：2017 年 11 月第 1 次印刷

书　　号：ISBN 978 - 7 - 5194 - 3571 - 4

定　　价：58. 00 元

前　言

　　储潭位于江西省赣州市赣县的西北部。它靠储山,临赣江,处江湾岸边,江水至此急转回旋成涡,形成深潭,冲成之物,回旋储集潭中。据《中国古今地名大辞典》记载:"晋刺史朱伟置储君庙于此。"建于北宋嘉裕年间的赣州八镜台,所见"八镜"之一的"储潭晓镜"就是因为赣江流经储江,潭水清澈如镜,"乃台之遥照"。

　　赣南医学院坐落在拥有2200多年建城史的赣州市。在这个医学院里,有着一份创刊三十年的报纸,即《赣南医学院报》。该报是经国家新闻出版总署批准,具有国内统一刊号的正式出版物。从1986年创刊至今,该报一直由学校党委书记或副书记担任主编。

　　三十年来,《赣南医学院报》从四开小报成长为对开大报,从黑白报纸蜕变为彩色报纸。既发表过新闻作品、理论文章,也刊登过小说、诗歌、散文、歌曲、书画、摄影等作品。既有校内师生的佳作,也有校外作家、艺术家的精品。体裁多样,内容丰富,图文并茂,融思想性、艺术性、知识性与可读性为一体,适应不同层次、不同爱好者的阅读需求,受到校外新闻、文学、艺术及社会各界的关注与支持,获得校内外广大读者的好评。

　　今天,我们挑选了从2008年到2015年在《赣南医学院报》刊登过的部分优秀文学作品结集出版。此次出版的作品集为第二部优秀文学作品集,分成"炽热情怀""青春岁月""爱的纪念"以及"平凡人生"四个篇章。在与这些文字的对话中,我们可以获得生命的意义,可以获得人生的感悟,可以获得前进的力量。

　　由于时间和水平有限,书中不足之处恳请批评指正。

编　者

2017年5月

目 录
CONTENTS

第一篇

01

炽热情怀

开篇语：

"红红的灯笼挂起来,红红的对联贴起来。红红的彩带飘起来呀！红红的鞭炮响起来！红红的太阳升起来,红红的花儿开起来。红红的衣裳穿起来呀！红红的日子过起来……"人是有情感的高等动物,人是有生命追求的生物体。本篇所选取的文章有的表达了对生命的思索,有的表达了对学校的眷恋,还有的表达了对生活的热爱。

做一名好医生

□ 一附院　廖娟娟

十多年前,我进入赣医校门,第一次接触医学生誓言"健康所系,性命相托",让我热血沸腾,心绪难平。之后我开始痴迷医学,痴迷普通的血肉之躯何以有如此复杂的构造,痴迷每一个器官、每一个细胞竟能产生如此神奇的功能。实习期间,我痴迷那一身白大褂,一副听诊器,痴迷正确诊断疾病后的欣喜若狂,痴迷病人康复后充满谢意的笑脸。那时,我一厢情愿想做一名好医生。然而多年以后,随着红包、回扣、医闹、纠纷、医疗事故等词语的热门,我开始质疑:做一名好医生就这么难吗?

有的医生大发感慨,做医生难,做好医生更难。那么,到底什么样的医生才算是好医生呢? 是医疗技术好? 是对病人态度好? 其实,问一问病人,很快就有答案了。也只有来自病人的答案,才最具说服力。因此,那些曾经是病人或病人家属的人心里都有一本账。

这本账,不只记载着医生的职称、荣誉、学历和头衔,还记载着接诊病人时的态度、口吻和每一个动作、表情。诚然,医生的职称、头衔等这些也是一道道光环,给首次上门的陌生病人照亮寻觅希望的路。而当病人有亲身体验,见过医生本人后,感受也许就更加真切和深刻了。

在病人及其家属心中的账本上,医生的诚挚态度,以及渗透其中的对病人无微不至的关心,严谨、认真、干练、广博、独到的专业精神风范,总是被加上"着重号",时不时吸引他们的注意,还少不了一番尊敬的评论。说到底,病人的就诊感受和医治效果,是好医生的双重评价标准。口碑和人气,是好医生最有说服力的证据。没有这些,再多的光环,恐怕也只是"花枪"而已。

"年轻? 不怕! 只要医生态度认真,我就踏实。可是,从头至尾,他头也不抬,手也不动,病历也不写,几句话就把我打发了。这是什么医生?"病人的要求过分吗？不过分。连最基本职责都不能履行的医生，能说是医生吗？更别谈是"好医生"了。某日，偶尔在《赣州晚报》上看到一则漫画，专家门诊的横幅下一医生正襟危坐。一病人介绍说："他的医术高明。"另一病人怯怯地说："医德怎样？"题外画中有话：好医生应是德艺双馨。

全国人大常委会副委员长、北京大学医学部主任韩启德教授曾经向即将走出校门的医学学子这样说：大凡在医学道路上留下扎实足迹的人，尽管他们的专业领域不同，性情禀赋各异，但都有着爱生命爱人类的博大情怀，有着求真务实的执着追求，有着扎实深厚的人文素养，有着能托举自身人生价值的人格力量和精神境界。

今天，当我们为医患关系的僵局所困、寻觅着医学人文的落脚点时，不妨再次重温韩启德教授的这段讲话，去真切地感受医学职业的崇高与圣洁，感悟生命的价值和意义。

一路前行

□ 人文社科学院　何琴

经历十年的寒窗苦读，我终于考入了一所理想的大学。迎着家人欣喜的眼光，拿到通知书，我心里乐开了花。

怀揣着大学入学通知书，我陷入了沉思。细细想来，对我，求学是一个欣喜的体验，但也是一个梦魇的开始。我生于湖北的一个小村子，因乡镇医疗卫生条件差，患上了小儿麻痹后遗症，致双腿残疾。父母为了医治我的腿，向亲朋好友四处借钱，为我寻医，使我那并不宽裕的家庭经济状况雪上加霜。在与贫困和病魔的抗争中，我高中毕业了。可厄运却又一次毫不留情地降临我家。因日夜操劳，我的母亲病倒了，父亲又不惜一切代价为母亲求医。

面对这样的家庭，面对这样的情况，我不忍再一次去享受学习的喜悦。我再也不想看到父亲为了筹钱而四处奔波后疲惫的身影；我再也不忍心看到母亲为了让我读书而拒绝治病后被疾病折磨的痛苦的表情；我再也不愿意看到父亲在骄阳似火的夏天里，为了秋天的好收成，大汗淋漓地晕倒在田间……这一幕幕都深深地扎痛了我的心。放下大学录取通知书，我的视线已模糊了……

在父母的苦心相劝下，我终于又一次踏上了求学的征途。在负债累累的压力下，我预感到自己的大学时光不可能圆满结束，我随时都有可能辍学。

然而，幸运终于降临在了我的头上，助学金来了！它如同阴霾里的一缕阳光，落寞时的一声问候，失望后的一抹希望。我的大学一片生机！

我迫不及待地将这个喜讯告诉父母，我能想象他们听到后的激动和喜悦，能感受到他们的压力在一点一点地释放……

助学金消除了我的顾虑和担心，"辍学"两字已被我抛到了九霄云外。这虽然是对我一时的扶持，却给了我一种精神哺育和前进的动力。在这种动力下，我会珍惜来之不易的机会，努力去拼搏奋斗，怀着感恩的心去面对生活、回报社会。

放飞梦想

□ 2005 级临床医学专业本科 1 班　熊丽娇

　　我是一个怀揣着梦想的孩子,带着对象牙塔的崇敬和对大学生活的美好憧憬来到这里——赣南医学院。我来自一个小镇,来到赣医,是为了实现我的梦想:做一名好医生。

　　来到赣医,先就被她那浓郁的学风所深深感染:清晨琅琅书声遍及校园的每个角落,自习的教室和阅览室天天座无虚席、鸦雀无声,图书馆借书的人自觉排队进出。在这里,人人与书为伴,人人以书为友。浓厚的文化气息和广阔的自由天地让我有了更好的发展机会和空间。我就像一块喝水的海绵,贪婪地吸收知识;就像一只久栖的鸽子,在广阔的天空中自由飞翔。不仅能天天与书相伴,还有众多的社团、各式各样的活动充实着我的生活。大学是人生的一个重要转折点,也是我们独立人格、独立个性形成的起点和落脚点。我们在这里心怀梦想,积蓄力量,等待飞翔。

　　像那振翅高飞的鸟,像那摇起水波的鱼,像那破土而出的树,我们坚持自己的理想,创造自己的辉煌。要立志走求知成才之路,必须要有持之以恒的精神。勤奋学习,不懈努力,这是求知成才的根本途径。"书山有路勤为径,学海无涯苦作舟",在学习上除了"勤"和"苦"两字外,是没有其他捷径可走的。"合抱之木,生于毫末;九层之台,起于累土。"没有用"铁杵磨成针"的精神去读万卷书,何来李白信手拈来、妙语天成的诗篇? 没有青少年时期日积月累、博览群书的经历,何以有曹雪芹登上古典文学的顶峰? 没有神州系列飞船的探索积累,何以有费俊龙、聂海胜的"一步登天"? 唯有炎黄子孙的拼搏进取、不甘于坐享其成,中华民族才生生不息、朝气蓬勃,才为世人所敬重。

　　青年时期是理想信念形成的重要时期,也是立志的关键阶段。坚定正确信念,树立远大理想,坚持脚踏实地,是当代大学生自身成长成才的现实需要,是家庭的殷切期盼,是社会主义现代化建设伟大事业的必然要求。医学是一门博大精深的学科,要做一名好医生掌握精湛的医术首先就要掌握好医学知识。天道酬勤,我相信努力勤奋,立志成才,坚定自己的信念,朝着目标奋斗,我们一定能成功!

当今我国正处于和平崛起的时代,我们当代大学生肩负着中华民族伟大复兴的重任。朱镕基曾经说过:"为学在严,严格认真、严谨求实,严师出高徒。为人要正,正大光明、正直清廉,正己然后正人。"我们应自觉养成求真务实、严谨自律、勇于创新的求学态度,要有不畏艰苦、勇往直前、克服一切困难的精神,脚踏实地,从我做起,从现在做起,从每件事做起,努力学习,放飞梦想,立志成才,不辜负所有人对我们的期望。

我是幸运的

□ 基础医学院　刘杏

助学政策像一片阳光洒在我们这些贫困学子的心里。我们就像春天的小草，在阳光沐浴下茁壮成长。在这个时代里，我们是无比幸运的。

我来自江西省的一个农民家庭，家里靠种几亩菜地供我们三姐妹读书。穷人的孩子早当家，从小我就帮家里打理家务。每天天还没亮我就起床做饭，帮母亲装好盒饭后才去上学，中午回家把盒饭热一下再给母亲送去。母亲在离家较远的市场卖菜，为了省钱她经常不吃饭，她说外面餐馆的饭菜好贵，她说卖一大袋白菜还赚不到一顿饭钱呢！为了减轻母亲的负担，为了给爷爷奶奶买药，体弱的父亲也是一年四季在外奔波：春天赶集卖树，夏天在太阳炙烤下卖汽水，实在没钱就去工地抡大锤……看到父母这么辛苦，我真的很心疼。于是我拼命读书，学习之余就去田里干活。我想这样也可以减轻一点家庭的负担。

功夫不负有心人，我考上了大学。那一天，当我高兴地把通红的录取通知书交给父亲时，他激动地说："娃呀，我们家世代没有出过一个读书人，都是面朝黄土的大老粗，只要你肯读书，我们骨头磨成水也甘愿。"就是这样一句话，我时刻铭记在心里，成为我的一种动力。

上大一时，学校给我安排了在食堂勤工俭学的工作，在食堂端盘子、抹桌子、拖地板。说实话，虽然每天只要做几小时，但是一天干下来还是挺累的，不过我坚持下来了。毕竟这份工作可以解决我的三顿饭，120元/月的工资也可以贴补我的生活费。

生活上我尽量节俭，不需买的东西从来不乱买。当然，在工作的同时我也不忘学习。"梅花香自苦寒来，宝剑锋从磨砺出。"我知道在大学读书的机会是来之不易的，我每天都坚持去上自习。学习之余，我还积极参加学校社团的各项活动。经过选拔，我成了社团的一名会长。

　　大二上学期,我攒了1000块钱,更可喜的是,我获得了国家资助的1000元助学金。我把攒的钱寄给妹妹缴清了学费。我由衷地感谢国家的好政策,使我们三姐妹都能在学校读书。我感谢党和政府的关怀,让我在坎坷的求学路上走得更远。我还要感谢支持教育、支持贫困学生的人们,是你们让我在艰难困苦中感受到真爱的温暖。

　　我会更加努力,回报祖国,报效社会,也让我的父母过上好日子。我知道追寻梦想的路上还会有许多的困难,但我不会害怕。我始终相信:有祖国母亲的鼓励,我会更坚强。因为我记得父亲说的那句话:"人能承受多少,就能成就多大。"

赣医,你好吗

□ 2003 级医学影像技术专业本科班　陈兰兰

又是桂花飘香的季节,去年的这个季节我在紧张地实习,现在,我却远离学校,在异域他乡工作了。此时,陪伴我最多的是 MP3,我不止一次地想起赣医,怀念大学校园,怀念大学的同学、朋友和老师,真想深情地问候一声:"赣医,你好吗?"

在那块圣地,那曾经的五年峥嵘岁月,从指缝中悄悄溜走,而其中的点点滴滴的记忆,串成五彩缤纷的珍珠项链,不是紧挂在脖子上,而是永远珍藏在脑海,记挂在心里。

"一声朋友一起走,那些日子不再有……"那些同学的纯真如三月的暖风吹入我柔软的心房,而我的脸上也挂着晶莹的泪珠。大学生活是七色板,喜怒哀乐忧思伤,如今的回忆就是在品味一枚橄榄,剔除了涩味,越来越甜。

我的朋友啊,你们还好吗?是你们陪伴我走过了孤寂,越过了忧伤;是你们帮助我克服了生活中许多的困难,是你们带给了我许多快乐与充实。现已离开学校的那些同窗好友,你们的工作还顺利吗?在校苦读的学弟学妹,你们学习还好吗?

感谢赣医帮我渡过难关的老师们,是你们帮我走出了心灵的阴影,你们的工作还顺利吗?

赣医的变化,是我亲眼见到的,是我亲身体会的。曾经的泥沙跑道变成了富有弹性的橡胶跑道,曾经的低矮旧房变成了绿草如茵、花团锦簇的求思园。曾经,曾经……一切都已变成回忆。毕业了才知道珍贵,回忆才知道甜美。

如今的我穿上了白大褂,有着一种神圣的使命感,因为现在的我是真正的医生了。我会用强烈的同情心和责任感去面对每个病人。

赣医,你听到了吗?这是雏雁离巢的心声。衷心祝愿你的明天更美好。

校园升旗

□ 曾浩

　　因为长期从事学生工作的缘故,我对每天清晨的校园升旗情有独钟。尽管这里没有威武雄壮的"国旗班",尽管它也远不像天安门广场升旗那样能带给人们激扬与震撼,但它带给青年学生的感染却是润物无声的。

　　学校非常重视校园升旗活动,一直把它作为进行爱国主义教育的好形式,学生更是积极参与其中。尤其是承担升旗任务的学生社团——"国旗部",其成员是由学生自愿报名后再经选拔产生的,因此选中的同学更是有一种自豪感、责任感。为完成好每一次升旗任务,成员们平时更是积极训练。"国旗部"的学生虽然年年有毕业离校的,但"国旗部"的工作却届届传承。

　　早些年,赣作为单一的医科院校,学校规模不大,在学生管理上一直沿用学校统管模式。因此,校园升旗是每周一次。每到周一清晨,全校学生便早早来到运动场。当扬声器传出"赣南医学院升旗仪式现在开始"的指令后,全体学生庄严肃立。由 6 名男女学生组成的"护旗队"迈着整齐步伐将国旗护送到主旗杆下,伴随着"义勇军进行曲"的嘹亮歌声,全场学生深情注视着鲜艳的五星红旗在校园的上空冉冉升起。于是,新一周的校园生活开始了。

　　近年,随着学校的发展,学校的规模逐渐增大,学生管理模式也过渡到校、院(系)二级管理。每个二级学院都有升旗活动。于是,从周一到周末,安排轮转下来,校园天天有升旗。

　　长期从事学生管理工作,我养成了早起锻炼的习惯。每到升旗的时候,我便与晨练的朋友自觉停下锻炼与学生一道感受升旗。在长期亲历校园升旗的过程中,我也观察到其间发生的变化:最初,升旗活动只有轮到升旗院系的学生参与,在运动场锻炼的其他院系的学生照常活动;不久,非轮值升旗院系在运动场晨练的学生,也能从不自觉到习以为常,立即停下自己的锻炼项目,随着高扬的国歌,面向国旗庄严肃立;后来,居住在学校周边来校园晨练的老人,也逐渐加入升旗的行列中来;最近,就连几位常在运动场锻炼的外国留学生也自觉加入其中。我想,这也许就是校园升旗的感染与魅力所在。

　　五星红旗,是胜利的旗帜,是信念的旗帜。坚持不懈地进行校园升旗,它唤醒的是每一个青年学生对祖国的忠诚,点燃的是青年一代报效祖国的热情。

恋上这片土地

□ 人文社科学院　肖翠容

　　炎炎夏日的暑气蒸腾着整个村落,那个夕阳西下的傍晚,我们一行人来到了小村庄。抬头远望,远处勤劳的乡亲们忙着收获水稻的背影,令我们情不自禁地驻足。

　　这片土地单纯得只剩下早出晚归的劳作。艳阳高照的日子里,我们的血液似乎也受着高温的传递。朴实的人们、亲切的问候、好奇的目光,不由得使我们深深恋上这片土地,不由得燃起了我们"携医带法进农家"团队为乡亲们服务的热情,我们毅然决定将"公益"活动一直进行到底。夜晚没有五彩绚丽的灯光,没有热热闹闹的摊位,没有嘈杂人群,只有星星点火般的人家。黑夜之中的我们,望着一轮明月高高挂起,傍着稀稀疏疏的星星,都陷入了各自的思绪,眼神是那样的毅然和坚定。

　　作为医学院的学子,我们拥有比其他大学生更多的专业优势。带着团队精心准备的免费药物和测血压的仪器,热情洋溢的队员们满怀激情来到距学校两小时车程远的农村。我们的到来受到了村委会领导的热烈欢迎。在座谈中,村委会领导简要介绍了该村基本状况。此时,我们不再是刚来的兴奋与激动,想到将要面对的困难,我们陷入了沉思。很快,我们重新商定了活动计划,也开始懂得理论联系实际的重要性。

　　那一天的夏日艳阳,似乎是专门为了迎接我们而出现的。大家一早就收拾好行李,出发赶往目的地。由于活动前做了充分准备,一到目的地,队员们便迅速各司其职地忙开了。那一天是当地人赶集的日子。我们在镇上的圩办事处悬挂了活动横幅标语,插上了团队的旗帜。大家分工合作,把临时摆放的桌椅收拾得整整齐齐,放好我们准备的免费药物和血压计。圩日还未开始,不时有充满好奇心的村民向我们咨询,并迫不及待地要求我们为他们测量血压。

短暂的准备过后，我们那圩尾的"摊子"被村民们围得水泄不通。很快，我们青春的热情感染了乡亲们，赢得了他们的信任与支持。在那人潮涌动的小地方，我们仿佛成了"大明星"。至今，当时那一幅幅值得我们回味的幸福画面，依然定格在我们每个人的内心深处。

我们将队员分成了三个小组。一组负责分发我们"三下乡"宣传组编制的健康知识宣传单，逐字逐句地给村民们讲解医疗保健知识，比如，如何预防"中暑""健康饮食""高血压防治"等。第二组负责农村医疗法律意识的调研，根据前期编制的调查问卷，展开系列的调研活动。队员们不仅耐心地向父老乡亲们宣传医疗和法律基本知识，并认真地为前来咨询的乡亲们答疑释惑。第三组负责免费为村民测量血压，并针对村民的身体状况为他们提供实际帮助。我们耐心地为村民们做细致的测量，详细地为他们提出有针对性的饮食和锻炼建议。看到他们满意的笑容，我们的心情格外舒畅。

队员们的汗水浸透了身上的志愿服，疲倦之意袭来，但是谁也不说累，谁也不抱怨，彼此互相安慰着——"我们的活动是多么的受欢迎！是多么的有意义！"

或许是因为第一次免费获得药品、第一次得到免费体检，一位80多岁的老人不断地向我们诉说着过去的艰辛生活和现在的美好生活。离开前，他紧紧握着我们的手，不停地对我们说："辛苦了，孩子们。"

第一次，感受到一双历经沧桑而变得粗糙瘦弱的手。那双手不知印刻了多少历史的痕迹，记载了多少辛酸故事，体验了多少人间疾苦。虽然我们素不相识，虽然我们非亲非故，虽然……握手的那一刻让我们无比震撼。是感动，是坚定，抑或是激情。

七月的艳阳，点燃了灿烂的村庄之夏，点燃了我们热烈的公益之心。离开那个人已散去的圩镇，我们深深地体验着带着希望而去、带着重负而归的心情。我们深感应该珍惜眼前的幸福生活，多为农民们做些力所能及的事情，多宣传我们的公益精神，让更多人加入我们的行列之中。

又是一个夕阳西下的傍晚，我们的活动暂告一段落。在返回休息地的路上，我们快乐地在田头与村民亲切地交谈着。我们深深地恋着这片土地。从此，我们跟"她"结下了这一生都无法解开的情缘。

今天决定未来

□ 何小军

过年的时候与同学聚会,听同学说他儿子应聘的故事。他大学毕业的儿子到沿海一家企业应聘一份工作。一个岗位,几十人应聘,过五关斩六将后,剩下三人进入最后一关,接受公司老总的面试。面试这天,他们都准时来到了公司面试的会议室,可老总的秘书告知说,老总临时有急事,面试可能要推迟半小时左右。二十分钟后,秘书抱着个灭火器急急忙忙地跑过来,急切地问:"快!快!谁会使用灭火器?办公室着火了!"其他两人都说不会,同学的儿子立刻抢过灭火器向门外冲去,边跑边问:"哪着火了?哪着火了?"当他冲进老总办公室熟练地把火灭完后,公司老总从办公室的里间走出来,高兴地对他说:"小伙子,如果你愿意到本公司工作的话,明天你就可以上班了。"同学的儿子还没回过神来,老总的秘书笑着对他说:"其实这就是今天面试的唯一一道题,你得了 100 分。"

同学的儿子回到家里跟其老爸说这事时,一脸的兴奋。他说,这看似偶然的,但偶然中蕴含着必然。原来,这小伙子在学校的时候就很爱参加学校的各种社团组织。一次学校要成立学生消防队,许多同学都认为参加这种组织没意思,不仅要参加辛苦的训练,还要经常向同学宣传防火知识,做消防义务宣传员,既累还无聊。可这小伙子却主动报名,不仅坚持到最后成了学校学生消防队的骨干队员,还在大学生消防技能比赛上获了奖。没想到,当年在学校的这种经历在今天应聘时起到了意想不到的决定性作用。

听完他的故事,我想起自己的亲身经历。二十年前,我还在一所村小学当代课教师。代课教师是没有前途的,也就是说不可能转正成为国家正式编制的教师。我想,我在这里虽没有前途,但不能没有目标。于是,我与学校那些师范毕业的年轻老师们一起参加了大学中文专业的自学考试,为自己充电加油,为自己的未来做准备。一次,我去镇里,看到镇党委贴出的一则公开招聘通讯报道员的启事。我立即报名参加考试。在近百人的角逐中,我成功了。后来,镇党委书记告诉我,这次考试的写作课,我得了第一名。我之所以能取得考试第一名,是因为写作课的考试内容全部出自我刚刚考完的自学考试的教材。我是多么的幸运啊!现在回想起来,如果当时自己不去充电,如果自己心灰意冷,我还能在这个中心城市,坐在窗明几净的办公室里工作吗? 我不知道现在的自己会是个什么样子。

其实,现在的一切都是过去的努力得来的。今天所做的每一件事情,你所做出的每一个选择,又同样在决定着你的未来。

每一个人都希望自己有一个美好的未来,都希望明天会更好,但是美好的明天不可能从天上掉下来。不懂得把握现在的人,就不可能把握未来。不善于珍惜现在的人,就不可能创造未来。未来是无数个今天的叠加,今天是遥远未来的基石。古人说得好,"千里之行,始于足下""不积跬步,无以至千里;不积小流,无以成江海"。今天决定着你的未来。

活出你生命的质量来

□ 卢策

生老病死,是大自然的一项法则。人的一生,只不过是一个过程。然而,由于人的世界观和人生观不同,人的一生,各有各的活法,千百个人有千百种活法。但是,不管怎么活,都应活出你生命的质量来。

有的人,生命也很短暂,但短暂的生命却暗淡无光。他们在人生的历程中没有理想的风帆,没有远大的志向,没有高尚的情操,而是平庸低下,甚至劣迹斑斑。他们或是一些偷盗成性、杀人越货之徒;或是一些作奸犯科、危害社会之辈……这些人寄生社会,扰民滋事,祸害百姓,成为社会中的害群之马,最终被绳之以法,有的甚至被剥夺了生命。这样的人,一生沾满污迹,生命质量定然不高。

有的人,虽然生命短暂,但他们有崇高的理想,有远大的目标,有高尚的情操。因此,他短暂的生命像流星一样,能放射出耀眼的光彩,在人们心中留下深刻的印象。譬如雷锋,生命短暂,只活了仅仅二十多年,做的事情也很平凡,然而,他却成了全国家喻户晓的人物,并深深地留在了人们的记忆里。那是因为他做的都是些好事,有意义的事,对他人有利的事。文学家鲁迅先生,也只活了短短的五十来岁,却"铁肩担道义,妙手著文章",写出了大量能表达人民心声的文章,不但丰富了我国的文学宝库,而且为社会的进步起了积极的促进作用,成为我国一代文学巨匠。

有的人,生命绵长,在绵长的生命中,事业与生命同辉。他们或许是功勋卓著的革命老前辈,风风雨雨数十年,为革命事业兢兢业业,做出了贡献,他们绵长的生命本身就是一条光带,昭示光辉,照亮了后人;他们或是一些如巴金、华罗庚之类的作家、科学家和创造发明家,他们的业绩与生命同辉,生命绵长,业绩辉煌,硕果累累,为人类留下了许多宝贵财富;他们或许是一些普普通通的劳动者,虽然没有什么动人的伟业,但健康地生活着……这些人丰富的经历本身就是一本教科书,生命质量自然也都很高。

　　人的一生,不管是短暂还绵长,最终都应像奥斯特洛夫斯基所说的那样"人的一生应该这样度过的:当他回首往事时,不因虚度年华而悔恨,也不因碌碌无为而羞耻……"为此,才能活出生命的质量来。

(作者系中国作家协会会员)

难以忘怀的平安夜

□ 陈兰兰

雨,有时密密匝匝,有时稀稀拉拉,有时粗如豆点,有时细如牛毛,水泥地上因下了很久的雨变成了湿乎乎的一片,人踩在上面,溅起一阵阵水花,却仍然阻止不了人们蠢蠢欲动去狂欢的脚步。西方的平安夜在中国也逐渐盛行,科室里的医生和护士们决定在平安夜里去聚餐,去放松一下自己。

快下班时,科室里面热闹非凡,都在兴致勃勃地谈论如何度过平安夜才算快乐,才难忘。他们的嘴角边不时洋溢着如花儿一般灿烂的笑容,期待着这个激动人心的夜晚的来临。

傍晚五点下班,值白班的医生和护士们陆陆续续脱下白大褂和护士服。此刻还在下着瓢泼大雨,大家的兴致却不减丝毫,一个个撑着雨伞往约定的地点走去,雨中又多了一道漂亮的风景线。唯有值晚班的医生和护士按兵不动,他们一如既往地工作着。

晚上十点时,瞌睡虫悄悄地来到医生和护士身边,这时来了个病号,是一个因喝醉酒而摔伤左肩和头部的人。他不停地呻吟着,散发出一身的酒气,嘴里胡言乱语着,还呕吐了一地的食物残渣,一阵阵酸臭味袭来。医生并没有露出任何不满的情绪,而是耐心地接诊病号,有条不紊地安排病号做左肩 CR、头颅 CT 检查以明确诊断;护士呢,则忙着为病号做相关护理工作。

不一会儿,左肩 CR、头颅 CT 检查诊断结果均出来了,诊断为左锁骨骨折,左顶部头皮血肿。医生又忙着给病号开医嘱,护士也开始护理病号了。

室外的雨时而嘀嗒嘀嗒,如同一曲悠扬的古典音乐;时而哗啦哗啦,好像一首充满激情的歌曲。偶尔似乎可以听到 KTV 包厢里传来的人们尽情欢唱的声音。停雨的片刻,璀璨的礼花在空中绽放,把明净的夜空装扮成五彩缤纷的世界。

一阵紧张的忙碌后,已经快十二点了,医生和护士谈及西方大人送小孩礼物的习俗,相视而笑。今晚的雨韵、今夜的绚烂礼花是否就是圣诞老人送给白衣天使的礼物呢? 平安夜,呵护他人的健康,是一种难以忘怀的快乐。

雨声伴我入眠

□ 肖翔菲

总有一种方式让游子念家。看见秋日蜕皮的老槐树想起妈妈的双手,经历挫折一个人躲在被窝大哭想念家的温馨,哼着《爸爸的草鞋》忆起儿时在家和爸爸撒娇的味道……异地的雨声,给不了我家的安心。于是,念家,念家的那一场场雨。

念家的思绪是从六年前的搬家开始的。由于房子是自家盖起来的,为了采光,天井的顶楼采用了透明塑棚的设计。在刚住进来的那些日子,塑棚便成了我心里的结。光线是好了,但遇到下雨天,即便不打雷,也因它弄出个噼里啪啦的打雷声来,哪怕是很小的雨滴,滴在那上面,也被扩音成很大的声响。我是个嗜睡如命的孩子,可南方是个阴雨绵绵的世界,雨作为南方的一种标志,自然频繁出现,这就苦了我了。白天还好,吵个一整天,耳朵也就习惯了,可一到晚上,雨声扰得我只有睁着个黑溜溜的大眼睛望着白花花的天花板发呆。

人总是在学着适应环境,当我不能改变老天,不能把刚做好的塑棚拆了的时候,我只有改变自己。我试着在夜晚雨声的陪伴中平静自己内心的浮躁,我试着让耳膜学着安宁,我试着熟悉那亲切的别样的雷声,渐渐地,我习惯了在塑棚下安心地入眠。

没想到,此时雨声再次成了我心里的一个结。

六年后的今天,我一人身处异地实现儿时的大学梦,住进了四人间的宿舍,面对高楼幢幢,前后阳台,哪还需要塑棚来采光呢? 异地一丝丝的雨帘在眼前拉扯着内心的思绪,轻轻地滴在球场的水泥地上。六年来,我沉沉地浸泡在了家乡塑棚下的一场场轰轰烈烈的雨中,而此时这婴儿般的缠绵的雨,又怎能带给我入眠的冲动? 我发现,我融入了家乡塑棚下的雨声里。

目视着窗外真真切切的大雨,耳朵却听不到一丝的动静,又一个万水千山总是情,我开始想家了。一夜夜的悱恻难眠,让我无私地想为校园奉献无数个塑棚来填补意念里的温馨和安宁。千里之外的雨声,我多么希望你大点,再大点,大到如黑夜里的脉搏,牵动着游子流离的想念。雨在下,依旧如当年。雨声静静地滋润着我的乡情。

　　雨声伴我入眠,雨声是我邂逅故乡的一座桥。

不是每个路口都有红绿灯

□ 肖大庆

步行去上班可以抄小巷捷径，避开熙攘人群和来往车辆，给自己一路清静，又可以锻炼身体。我喜欢步行去上班。

走出小巷，要横跨一条马路。车流如织，喧闹嘈杂，与小巷的幽然形成强烈反差，仿佛一下由远古回到现代。汽车、摩托车的轰鸣声振耳欲聋，方才的宁静荡然无存，精神也高度集中起来。横穿路道，这里没有红绿灯，因为不是重要交通路口。

起初选择这条上班的路径时，我什么都满意，唯一感到不好的，就是要穿行这条不大不小的马路，机动车辆太多。心想：要是这里也有红绿灯就好了，就无须我费尽心思算计着怎样通过。转念又想：这样的小巷比比皆是，如果每个小巷岔口都安装红绿灯，那汽车的速度恐怕要比人们步行还慢。明摆着，这样不但会使交通秩序更加混乱，而且还是一种公共资源的浪费。收起胡思的触角，大事当前，迈开双腿，避开来往车辆，钻空子过去，赶到单位上班要紧。

过去一辆车，我左脚迈进车道，前面又一辆车飞驰而来。我不得不后退几步。等这辆车开过去后，再次迈步向前。走不到多少步，不远处又来一辆车，这时差不多到了马路中间的我进退两难了。如果继续往前，又怕被呼啸而来的车子碰着；如果暂停此处，同样怕汽车司机判断失误把我给撞伤。迟疑，犹豫，就一刹那，汽车"吱"的一声来了个急刹车，停在了我的跟前："你找死啊！"司机恶狠狠地扔出一句，绝尘而去。好险哪！我的脊背透出一阵寒。

慢慢地，横穿马路的次数多了，经验就有了积累。我掌握了两个要点：一是要把握一个超前值，据此控制调整好自己的速度。看见有汽车由远及近，胆小的人往往就在原地打住，不敢迈步，等它驶过。殊不知，这辆汽车过去后，又会有新的一辆汽车也在大约刚才的位置疾驶而来，你这样等下去，怕是半天也甭想过去，只好原地踏步。所以你必须自己摸索,找到这个超前值,把握汽车大概在离你多远驶来时你可以迈开双腿,并且对自己的步行速度做出有效控制,在你刚好走到汽车跟前时汽车正好过去,你既没影响到它正常行驶,它也不影响到你的穿行。等到下一辆车驶来时,你已安全通过。二是在横过马路时,你的余光要扫视左右两边的车辆,最主要则要看准前面需到达的目的地。掌握了这么两点,人车一般都能相安无事,你走你的路,他行他的车。

　　跨过马路后,我再次进入一条"远古"巷道。警戒解除,高度紧张的大脑再一次放松下来,思维便又开始天马行空起来,甚至感叹:人生的道路,与我每天横过的马路何其相似! 不是每个人生的路口,都有师长为你充当"红绿灯",为你规范操作,为你指点迷津,为你相望相守,告诉你前方的路该怎么走,它将通向何方。除去人生的那几个重要转折关口,其他一段漫长的岁月,就完全要靠年轻的你自己去把握了。把握方向,把握机缘,把握命运……

假如生命只剩最后一天

□ 2009 级麻醉学专业本科 1 班　冷云利

如果有一天我被告知自己的生命只剩一天,我该怎么办?

此时的我想到的不是悲伤,而是在这么短的时间里怎么能做完我想做的所有事。

生命只剩最后一天了!可是,我还没来得及实现我对母亲及家人的诺言,还没来得及去追求并实现我的梦想,还没开始创立我的事业,还没来得及聆听大海的呼啸、画眉的歌唱、小溪的流淌……还没来得及帮助更多需要我帮助的人,还没来得及回报家人,回报社会,回报国家。

有太多太多的事情,我都还没开始做,但我的生命就只剩最后一天了!不过,我想,我至少在生命的最后一天里能够留下一点活过的痕迹,为家人、为社会、为国家做最后一点贡献。

在最后一天里,我想用半天的时间来写东西,给我亲爱的家人和朋友每人写一封信,告诉他们生命的真谛,鼓励他们好好活下去。我还要写一封遗书,书中写明在我离开这个世界之后把我身上有用的器官捐献给那些热爱生命、真诚而善良且需要帮助的人。至于身体的其他部分则火化,把骨灰撒到大海,让自己与大海融为一体。

另外半天里我会和家人在一起,共同度过这个平凡而又不平凡的日子。我会亲自下厨,做几道我拿手的好菜,然后和家人一起品尝最后的晚餐,和家人开开心心地走完我最后的时光。

时间太短暂了!我只想在这一天里做我最想做的事情。我要亲口告诉我的亲人朋友,嘱咐他们一定要快乐、幸福地活着。我要感谢所有我认识的人和所有认识我的人。也许,那时的我也只能发自肺腑地说一声:"谢谢大家!谢谢了!"

我一直在寻找生命的真谛。即使不是生命的最后一天,我也会好好面对每一天,也会善待身边所有的人,也会努力创造生活,实现梦想!

春天的阅读

□ 胡紫微

　　春天来了,最佳的阅读季节来了。当许多人忙碌于迎来送往或者沉醉于踏青游玩时,我则喜欢在书房外的阳台上沐浴着温暖的阳光,伴随着一杯浓淡相宜的清茶,开始我一年中最充实的阅读生活。

　　当然,就阅读本身而言,应该是没有时空限制的。也就是说,一个自由的阅读者,只要有阅读的欲望和阅读的时间,不论何时何地都可以亲近书本。然而,对于一个崇尚生活从阅读开始的人来讲,其一年四季中的阅读侧重点是有所不同的。从某种意义上说,这也是一种科学与明智的阅读方式。而就我的阅读感受来说,一年之中的最佳阅读季节是春季。自然,春天应为读书季。

　　记得清代学者张潮在其名作《幽梦影》中开笔即言:"读经宜冬,其神专也;读史宜夏,其时久也;读诸子宜秋,其别致也;读诸集宜春,其机畅也。"很显然,对于春天的阅读,涨潮的见解是能够让人认同的。他的"读诸集宜春,其机畅也"一语的大意是:"各种(文艺)作品在春天里阅读,更使人心旷神怡,胸襟坦荡。"若相互对照的话,就不难发现,阅读生活中的无论是冬之"经"还是夏之"史",抑或是秋之"诸子",适宜的阅读对象是有具体所指的,而春之宜读的"诸集",其所指的阅读对象就显得有点宽泛而抽象了。谁又能保证这"诸集"之中就没有一点或"经"或"史"或"诸子"的成分,这至少说明了这样一个事实:春天是最好的阅读季节,无论什么书都有可能在春天里得到很好的阅读。

　　在我看来,一个人的生命史,也就是一个人的阅读史。即便你一生都未与书本有缘,或是若即若离,但阅读总是少不了的。因为人生在世,你必须阅读"大自然"这部永恒的经典和阅读"人世"这本厚重的大书,以及参与撰写"人生"这篇多彩的美文。只不过没有与书本和文字结缘的话,心智没有被充分激活与唤醒,一切往往处在视而不见之中,或者说表现为自觉不自觉的状态。值得庆幸的是,虽然降生在一个偏僻的小山村,但凭着几本被前人翻得破烂不堪的小说,自己还是开始了一个人的阅读之旅。多年之后我还清楚地记得,在那个乍暖还寒的山地之春,当我完全沉浸在曲波的《林海雪原》中时,春天的米花与风车,节目的爆竹和喜宴,全都对我失去了诱惑力。我因此成了一个不合群的山里孩子,一个能将书本当饭吃的小书虫……

回望几十年的阅读生活,可以说每一年的春天,都是一个阅读的好春天。而我在春天里得到的读物,也最容易体现"新"和"精"的特点。其原因是,新春里的报刊,无论从内容到形(版)式,都因注重推陈出新而富有朝气和锐气,此时对报刊的阅读与浏览,可以适时获得最新的信息与知识。而春天里购买的书本,选择的余地也最大。只要你有点耐心和信心,就不难从图书市场中找出过去一年里值得阅读乃至收藏的作品,毕竟尘埃落定之后才容易沙里淘金。

实在记不清已历经过多少与书本关联的春天了。但我知道,为了更好地在春天里阅读,当人们开始为春天的到来而提早忙碌准备吃喝的时候,我却少不了在书店里认真选购春天的另一种"食粮"。毕竟在我的认知中,除了确保身体必需的物质食粮之外,精神"食粮"也同样不可缺少。可以说,前者是生命存在的基础,后者是生命质量的保证。也许就是这一点灵魂的操守与心灵的自净,使我在喧嚣的时代里能够保持着应有的平静与坦然。记得清代学者朱锡绶在其《幽梦续影》中说:"素食则气不浊,独宿则神不浊,默坐则心不浊,读书则口不浊。"毫无疑问,在到处充满喧哗与骚动的今天,"不浊"已是一种难得的境界了。因此素食与读书,不妨从春天做起。

可以肯定,在物质越来越充裕的年代,正是春天的阅读,让我在每一年的春天里保持了身心的营养均衡,同时也使我每年的阅读生活总有一个良好的开端,因而再混沌的心境也能够不断得以澄明。

与图书馆一起成长

□ 图书馆　陈雪娇

有人说,图书馆的工作是神圣的,因为它是守望人类精神的家园;也有人说,图书馆的工作是圣洁的,因为它是远离喧嚣的一方净土;我说,图书馆的工作是安静祥和的,因为它是一座可以停靠的温馨港湾。跌倒了,它教会你希望和勇气;迷茫了,它给予你光明与斗志;成功了,它提醒你回归自我。如今,有幸成为赣医图书馆这个大家庭当中的一员,徜徉于知识的海洋,燃起了我求知的渴望,坚定了我奋斗的信念。

往事如烟,时光飞逝,赣医图书馆在风雨征程中伴随着赣南医学院的莘莘学子走过了一个又一个的春夏秋冬。还依稀记得建馆初那整齐的书架、清香的书卷、干净的桌椅、幽雅的环境和热诚的服务,一切仿佛就在眼前。为了做到尽善尽美,我们始终坚持"读者第一,服务育人"的宗旨,帮读者之所需,解读者之所难,急读者之所忧。我们分别开设了采编、期刊、流通三个部门,另开设了信息技术部和情报检索室,各部门分工明确,环环相扣,浑然一体,让图书馆的工作运行得有条不紊。我们还开设了学生阅览室和教工阅览室,为读者提供了一个安静舒适的读书环境。年复一年,赣医图书馆的每个工作人员坚守岗位,兢兢业业,把一切都打理得井井有条。

Lib1.0 的出现,标志着赣医图书馆的日常工作迈上了一个新的台阶。通过电脑操作代替手工操作,不仅方便快捷,而且大大减少了劳动量,让图书馆工作人员有更多的时间进行学术钻研和专业创新。为了紧跟时代步伐,建立现代化的图书馆,我们购买了 TLAS 自动化集成系统,还对图书馆工作人员进行了相应的培训。自从有了这个自动化集成系统,图书馆的工作效率大大提高。为了让读者通过电脑终端享受图书馆的资源,赣医图书馆还购买了一系列的电子图书和中外文数据库。当我们还沉浸在 TLAS 自动化集成系统的强大功能时,lib2.0 早已悄然走进我们的视野。

　　Lib 2.0 是建立在 web 2.0 的基础之上的,功能更加强大,是集自动化、互联网于一体的第二代数字图书馆。它的出现,给我们赣医图书馆带来了新的机遇和挑战,需要我们每位工作人员共同努力、开拓创新。

　　我相信,未来的赣医图书馆一定会枝繁叶茂,充满新的生机和活力。

月下踏雪

□ 2009 级康复治疗学专业本科班　罗赣君

漫步在月光下,我发现宁静的校园披上了白色的大氅。静若处子的雪在月光中,凝聚着一股沁人心脾的神韵。

我站在天台之上,看着如蝴蝶般漫天飞舞的雪花,缓缓地,校园里升腾起了白色的火焰。宿舍楼终究按捺不住寂寞,悄悄地睁开了顽皮的眼睛,欣赏着校园独有的雪景。雪花与指尖轻轻邂逅,借温度的溺爱逃离了宿命的藩篱,在我指间一闪一闪。

脚吻着雪,心怀着激动,怀着喜悦。我漫步校园闻着泥土和雪柔和的气息,望着雪絮,一团团,一簇簇,似扯碎了的棉,幻成一张洁白的网,罩住了大地。悄悄地,树枝穿上冬的衣服,舒展着曼妙的身姿,为雪而舞。捧起一团雪,我感受到雪散发出的凛冽寒气,闪电般地传到全身。抬头望去,校园已是银装素裹,我沉醉在冬雪的怀抱里。

我在想,雪因何要借月而下?是强烈的生命意识吗?还是因为全部的价值都将在今晚实现而散发出了令人感动的绝唱?那么人呢?仅仅因为生命比雪千百倍的悠长,就可以将千百个最美丽最宝贵最令人激动的黎明慷慨地遗弃吗?清冷的月庇护着雪。皎洁的雪辉映着月。他们在缄默中读懂了对方,也读懂了生命的短暂。

这样的雪,这样的月,这样的生命,令人感慨万千。低头闭目,思绪淹没在历史的潮水中。有的人像海伦·凯勒,把活着的每一天都看作生命的最后一天;有的人像岳飞,戎马一生,志在精忠报国;有的人像霍金,在轮椅上做生活的斗士……反观如今的大学生,有的人沉迷于虚拟的网络世界而不能自拔;有的人迷失了方向,整日无所事事,虚度光阴;有的人因为感情受挫而轻视生命、放弃生命。这些难道不值得我们深刻反思吗?正值青春的我们难道不应该让生命怒放,谱写出美妙的音符吗?

夜深了,雪还在下。此刻,皎月倒映着白雪,白雪映衬着皎月,一起融进这茫茫夜色之中。

珍惜自己

□ 陈乐秋

　　人世间有许多东西是值得珍惜的,如家庭的温暖、朋友的友谊、师长的教诲。而最值得珍惜的却是自己,自己的情感、意志、青春、奋斗。

　　人生在世,终身与自己相处,打交道最多的是自己,但许多人却不懂得珍惜自己。在顺境时,人们常常将自己估计得过高;而在逆境时,又往往将自己估计得过低。

　　珍惜自己,首先要正确认识自己。做一个冷静的现实主义者,既了解自己的优势,也知道自己的不足,对自己有清醒的认识。

　　珍惜自己,就是认识自己的才能,以才能昭示力量,给生命和生活注入自信,这样会使我们的工作更成功,生活更充实。

　　人生之舟不可能一帆风顺,面对生活的挑战,我们无法逃避。只有珍惜自己,才能相信自己、保护自己,在竞争中立于不败之地。

　　只有珍惜自己,才能把握自我,在独立的追求中创造生命的价值。

　　只有珍惜自己,才能爱岗敬业,拥有一个美好的精神世界。

　　人生只有三天:昨天、今天和明天。昨天是过去,今天是人生的中心,明天是未来。只有抓紧今天,才能在明天生活得更美好。

　　生命中的每一瞬间,过去的都将永不再来,人生的每一次经历,都是生命中不可再得的体验,懂得珍惜自己并不是一件容易的事。生活着、工作着、奋斗着,总是美好的事情。唯有珍惜自己,才会创造出值得回忆的珍贵日子。

　　金无足赤,人无完人。要珍惜自己,就要学会欣赏自己。只有这样,无论顺境逆境,我们都能坦然面对,正确把握自己。

　　芸芸众生,活在人世,心境各异。许多痛苦都是因为不好的心情造成的。珍惜自己,豁达处世,以平和的心境直面人生,结果便会大不一样。

珍惜自己,就能在纷繁的大千世界里保持一颗平常心,不人云亦云,随波逐流。

珍惜自己,便能拥有一份好的心情,能化干戈为玉帛,化疾病为健康,甚至化险为夷。

珍惜自己,学会运用自己的长处,及时把握机遇,这是改变命运的最大财富。

珍惜自己,是消除自卑、重塑自我、参与竞争、勇于尝试的坚实后盾。

珍惜自己,生命的真谛就在于坚持与奋斗,在不断努力之中,获得和保持这种心境,我们就会拥有潇洒的人生。短暂人生,百般滋味,余韵绵长,人生的辛劳中包含着许多痛苦,从而才有闪亮的年华、光辉的业绩。珍惜自己吧!享受人生的成功与失败、欢乐与痛苦,这都是人生中最闪亮的经历,是最值得留存的。

珍惜时代,珍惜生活,珍惜生命,让我们都来珍惜自己吧!

像花儿一样美丽

□　古月明

　　我们在生活中大概都有过这样的"遭遇"：到某个单位、部门办事，或是交费、买车票，或是存钱、开票，人多的时候，我们排着长长的队伍，隔着明亮的营业窗口，往往会看到一张面无表情、毫无生气的冷漠的女人的脸，这张脸的主人或年轻，或略经沧桑，或已步入更年期。经过耐心的等待，轮到我们自己办理的时候，近距离看这张脸，仿佛你欠了她什么似的，即使瞥你一眼，目光里也充满了冷漠和怨气。这也许就是常说的"脸难看"吧！且不论这张脸是否美丽，事情办下来，总是让人心里不愉快，心情不由得变得沉重，仿佛真的碰到一个债主，心生厌烦，巴不得早点办完事赶快走。

　　我想，这种让人心情沉重的女人，是不能和美丽沾上边的。

　　某个时候，我们在公园里，或是在饭店里，或是在公交车上，很容易碰到这样一个场景，一个带着小孩的妈妈在怒斥她的孩子："你怎么回事啊！一点都不乖，下次不带你来玩啦！""跑来跑去干什么，烦死啦！""叫你不要动，偏要动，妈妈不喜欢你啦！走，回家，哪里都不去啦！"生气的女人往往怒目圆睁，声音尖锐，在言语上就带着锯齿，东方女性的温良贤淑不知何时"进化"成了刁蛮泼辣，她满脸的不满和怨气，脸部表情几乎扭曲，看着那个不知所措的稚气的孩子，我不由得心里有点发紧，心中顿生同情。

　　我想，这样让人心里发紧的女人，也是不能和美丽沾边的。

　　那么，什么样的女人才是美丽的？

　　在如今这样一个美女泛滥的时代，只要你在大街上喊一句"美女"，回头的怕是能上至六十岁的买菜阿婆，下到十六岁的学生妹，我估计是女性都要回头吧。是的，女人都唯恐自己不美丽。有句话这样说，女人的钱最好赚。看看街上的时装店、美容店、美发店、美甲店、鞋店、包店、饰品店……哪一家店不是赚女人的钱？

这些店为女人换了包装,确实让很多女人变得更加时尚,更加漂亮。

但是漂亮并不等于美丽,有这样一句名言:笑容是女人最好的化妆品。的确,没有人会讨厌一张笑容洋溢的脸庞,我想,女人的美丽不在于她是否有花儿一样美丽的脸庞,而在于她有像花儿一样美丽的笑容。如果说男人的脸上没有笑容是稳重的表现,那么女人脸上没有了笑容,一定是她不快乐了。

在这个快节奏的社会,房价虚高,工作难找,竞争激烈,人人似乎都压力大,心态老,快乐少,谁要去为打翻的牛奶哭泣? 谁要去为不确定的事情担心忧虑? 谁要去为生活得不如意烦恼? 谁要去为被不公平对待沮丧失望? 或许,对成年人而言,快乐是比爱情更奢侈的东西,唯其稀缺,所以弥足珍贵。

只是,女人啊,应该是上帝派来的天使,是上帝撒落在人间的花儿,倘若有一天连花儿都开得不灿烂了,这个世界还有什么色彩呢?

真正美丽的女人,一定会懂得善待生活中的各种压力,永远保持对生活的热情;懂得用乐观来对待生活中的不幸,保持一颗平和宁静的心;懂得享受生活中一点一滴的快乐,并将快乐无限放大。要相信,你的笑容能给他人无限快乐!

女人,早上出门之前照照镜子,对自己说,上帝造了你,就是为了点缀人间的美丽!

女人,不要吝啬你的笑容,因为每个女人快乐的笑容都像花儿一样美丽。尽情绽放你的美丽吧!

让延续的生命依然精彩

□ 曾祥贵

清明节扫墓返校,打开电视机看到电视专访片《依然活着》,片中描述了全国各医学院校组织师生在遗体捐献纪念碑前追忆捐献者的活动,观后让人顿生对遗体捐献者的敬佩之情。

人的生命异常脆弱而且非常短暂,要使人的生命活得精彩,就必须在有生之年多做有益的事,多做造福人类的事。然而,人的能力大小千差万别,有的人可以轰轰烈烈一生,做许多有益于人类的事而誉满全球;有的人则选择舍生取义、舍己救人的英雄壮举而流芳百世;世上更多的则是芸芸众生,这些人如何来延续自己的生命,让后人久久不会忘记? 为此,有的人选择了捐献,捐献器官让他(她)人的生命得到延续,捐献遗体供医学研究,让更多人的生命得到延续,其意义也是非常伟大的。

俊杰也好,英雄也好,捐献者也好,也许其人已死,但在人们心中他(她)还依然活着,而且活得是那样的精彩。著名诗人臧克家的《有的人》说得好:有的人活着,他已经死了;有的人死了,他还活着……

捐献遗体,说简单是那样的简单,临终前立份遗嘱把遗体捐献给某医学部门即可;说不容易又是那样的不容易,立遗者需要胸怀高远、心存人类、冲破世俗,家属也要志同道合、随其心愿。这样的举动着实令人起敬!

在适当的地方为捐献者设立一块纪念碑,刻上捐献者的生平让后人铭记,让他们的精神发扬光大,这无疑是一件非常有意义的事。每逢清明时节或新生上解剖学实验课时,组织医学生悼念捐献者活动,为捐献都献上一束鲜花,让医学生重温医学誓言,让实验人员尊重遗体、尊重捐献精神,认真刻苦地学习解剖技能,为人类的健康而不断努力。

你万事如意吗

□ 闲云野鹤

　　每逢喜庆日子，人们都会相互祝愿"身体健康，万事如意"。身体健康不难，但如果问：你万事如意吗？相信大多数人会回答，并非万事如意。焉能事事遂意？即便有人官运亨通，连升三级；有人财源滚滚，日进斗金；有人春风得意，事业有成；有人状元及第，金榜题名；有人香车宝马，出入豪宅；有人金屋藏娇，美女如云，但谁知道这些风光后面有多少不如意垫底？又有谁能预测他们的前面还有多少不如意在潜伏？

　　我有一朋友，四十几岁退休，接手父亲一家工厂，经营得风生水起之后他把工厂卖掉，回到家乡搞特种养殖，不久便成为当地有名的富翁。但问及他的生活状况，他长叹一声说："人生不如意者十之八九，可与人言无二三啊！"原来，他虽然有钱，但钱没能买来幸福婚姻，他老婆是娇生惯养的独生女，人长得不错，但性格暴躁，对他颐指气使，动辄恶语伤人。他忍受不了，便提出离婚，老婆提出百万赔偿相要挟，他无奈只好长期躲在外面不回家，婚姻名存实亡。他大女儿嫁了一个浪荡子，浪荡子在一次驾车出去风流时遇车祸死了，他大女儿28岁就守了寡，小女儿初中肄业混江湖，三十多岁还未嫁人，他如意吗？

　　普通人的"小"不如意如影随形，而遇天灾人祸，"大"不如意也会意外降临。上海某大学高才生黄某，毕业后找到了理想的工作，还申请到了上海市户口，正当黄某踌躇满志准备大展宏图之时，突然查出得了白血病，一天班没上就住进了医院，面对高昂的医疗费，正处在学生和就业"真空区"的他，没有单位愿意为他的病买单，父母悲痛欲绝，他本人彻底崩溃，高呼，谁来救我？他如意吗？

　　前不久在早餐店吃早餐时碰上一对老夫妻，他们曾是我的顶头上司，两人如今老态龙钟。我和他们交谈了一会儿，大姐坚持要给我开早餐钱，并说我是一个好人，平常想请都请不到，今天碰上机会了。我怪不好意思，看他们说得恳切，只好恭敬不如从命。说到他们的近况,两人感叹不已。他们夫妻当年可是春风得意叱咤风云的人物呢。男的是单位一把手,女的是财务科科长,都是实权人物。男的在单位一呼百应,做报告时声如洪钟,铿锵有力,伴以果断的手势,俨然指挥千军万马的将军。女的漂亮端庄,掌握单位经济命脉,夫妻两人让人羡煞。那时我很年轻,跟他们说话心中都怯怯的,不敢抬头。可他们如意吗?非也。有一次这位领导腰部受了伤,一直没有得到根治。如今年纪大了,肾衰竭,走路得拄拐棍,严重时只能卧床。儿子不争气,在单位犯了错,被开除,女儿工作一般,儿女都不及父母当年之一二。如今,他们的威严早已不在,且疾病缠身,老两口相携度日。

普通人如此,名人也一样,不遂心的事情也经常眷顾他们。古今中外,有不少名人都和不如意造成的"抑郁症"有过零距离接触。他们有所成就的一生,其实也就是竭力把不如意隐藏在后面的艰辛的一生。盛名背后的诸多不如意使他们压力大大高于普通人,故而抑郁成疾。如果名人们懂得人生不完美才是正常,"抱残守缺"方可长久的道理,也许他们中某些人就不会过早伤逝而留下永久的遗憾了。万事如意、美梦成真、心想事成等祝词仅仅是美好的吉祥语,不过是对前景的憧憬和期盼,是心灵的安慰而已,实际上如海市蜃楼一样可望而不可即。

人生无常,谁能万事如意呢?一首歌唱得好"心底平安,才是永远",只要无欲少求,以平淡心态面对,达到心灵的如意境界就足矣!

我与《赣南医学院报》的情缘

□ 胡源春

月末或月初,总能收到一份《赣南医学院报》。她就像一位老朋友,时常送来一声问候、一份关怀。信封由《赣南医学院报》的何少华老师亲笔书写。在如今的岁月,收到一封手写的信已经成了一件奢侈的事情。见字如见人,顿时备感亲切。于是,我轻轻打开报纸,在一种温暖的情绪下,细细品读文章,又度过了美美的一天。

与何少华先生结识,缘于自己曾经也有幸担任过两年的校报编辑。兄弟院校校报编辑人员每年会聚在一起交流交流,偶尔还开怀畅饮,对酒当歌。如今我和何先生相识已经整整八个年头了。何先生是全省高校校报战线上的老前辈,是中国散文学会会员、江西省作家协会会员,在我省乃至全国高校具有很高的知名度。八年来我也有幸得到何先生不少的点拨和帮助。除了何先生的辅导,更让我钟情和敬佩的,是何先生身上所体现出来的儒雅的风范、渊博的知识、优美的文笔以及老报人所具有的严谨、规范和睿智。

在何先生等老师的多年经营下,《赣南医学院报》以其版面的大气、形式的新颖、内容的丰富,在全省高校学报中名列前茅,被评为江西省高校优秀校报,也被列入了中国高校报网"名报展示"。江西省高校学报年会每年都会进行好新闻评选,在言论、信息、通讯、版面等各个类别获奖名单中,总少不了赣医报几位报人的姓名。由于工作岗位的调整,我离开校报一线已经八年了,但我心头总是少不了对校报的一往情深。原来一起共事的同事和兄弟院校的同仁,部分人工作也有了变动。从我们两所学校历年来曾经在校报工作过的人员发展前景来看,应该说,校报这一平台为校内外培养了一大批优秀人才。

《赣南师院报》我每期必看,《赣南医学院报》也是摆在我案头必不可少的精神食粮。我既看头版、综合版,也关注校园生活版和文艺副刊"郁孤台",从中了解到了作为我省唯一独立设置的普通高等本科医学院——赣南医学院近年来的改革发展成就，了解到了赣医学子丰富多彩的校园文化生活，也让我读到了赣州文化艺术界几位前辈品位高雅的文学及摄影作品，如龚文瑞、赖国柱等人不时发表的作品，何先生亲自撰写的文章，时常还能看到何先生文章又获大奖的消息。这些前辈的作品让我肃然起敬。医学院团委书记颜剑作品格调高雅，大学校友汪行舟、廖信伟笔耕不辍，也为校报增色不少。

由于岗位的性质，近年来一直忙于被贵称为"新时代八股文"的公文类的文书写作，许久没有静下心来动笔写写自己的心思了。下午忙完手头工作，续茶一杯，写下了以上感受，真情流露，不具水准，聊以自慰。

（作者系赣南师范学院文学院党总支副书记、赣州硬笔书法学会副主席、《赣南师院报》原编辑）

再读《雷锋日记》

□ 2010 级公共事业管理专业本科班　钟迪

　　"把别人的困难当成自己的困难,把同志的愉快看成自己的幸福。"每当提起雷锋,我就会想起上面这句话。这只有短短二十几个字的话,足可以让我受用一生。

　　今年是雷锋离开我们的第五十个年头。春意初现的 3 月,我再一次翻开《雷锋日记》,细细咀嚼雷锋留给我们的精神食粮。

　　在雷锋用短暂生命书写的日记里,字里行间无不浸透着他对生活的热爱,凸显着他最纯真的本质。"今天我从营口乘火车到兄弟部队做报告,下车时,大北风刺骨地刮,地上盖着一层雪,显得很冷。我见到一位老太太没戴手套,两手捂着嘴,口里吹一点热气温手。我立即取下了自己的手套,送给了那位老太太。她老人家望着我,满眼含着热泪,半天说不出话来……一路上,我的手虽冻得像针扎一样,心中却有一种说不出的愉快。"虽然这只是雷锋生活中一个小小的插曲,但足已把我深深感动。

　　诚然,雷锋是在用他最真挚的心诠释着美德。正如先哲曾经说过的,善的源泉是在内心,如果挖掘,它将涓涓不断地涌出。一个人做一件好事很容易,难的是一辈子坚持做好事。自毛主席发出"向雷锋同志学习"的号召以来,学雷锋活动就从未间断。

　　人人都有向善的心,都有行善的行为。在前段时间热议的"小悦悦事件"里,拾荒阿婆因毫不犹豫抱起被撞儿童小悦悦而被大家称为"最美阿婆"。被采访时,阿婆只回答道"我只是做了自己应该做的事"。浙江女工吴菊萍用双手接住从十楼摔下的两岁女孩妞妞,自己却身负重伤,无数人称赞其为"最美妈妈"。她却回应媒体"这是普通人都会做的正常反应"。谁说雷锋精神褪色了? 这些道德楷模不正是当下雷锋精神的"美丽"化身?

　　"如果你是一滴水,你是否滋润了一寸土地?如果你是一线阳光,你是否照亮了一分黑暗?如果你是一颗粮食,你是否哺育了有用的生命?如果你是一颗最小的螺丝钉,你是否永远守在你生活的岗位上?如果你要告诉我们什么思想,你是否在日夜宣扬那最美丽的理想?你既然活着,你又是否为了未来的人类生活付出你的劳动,使世界一天天变得更美丽?我想问你,为未来带来了什么?在生活的仓库里,我们不应该只是个无穷尽的支付者。"我很喜欢《雷锋日记》里的这段话。个人的力量虽然微不足道,但聚沙成塔,水滴石穿。如果我们能够紧紧地团结在一起,坚守着自己的理想,奉献着自己的爱心,那么这个世界该变得多么美丽!

　　虽然雷锋离我们远去,但雷锋精神却闪现出越来越耀眼的光芒。作为新时代的青年学子,还有什么理由不好好学习雷锋精神?还有什么理由不将雷锋精神发扬光大?

绿叶对根的情意

□ 一附院　罗祥贵

夏日的赣州,骄阳似火,热浪袭人。

然而,当您走进干净整洁的赣南医学院第一附属医院时,却有一种清风拂面的感觉。这里的树木花草争奇斗艳,整个大院充满了生机与活力。

蒙美英就是这个医院里令人赞叹的护士长。她那诚恳的态度、亲切的话语,就像片片绿荫,随着她那奔波忙碌的身影,把温馨送到病区的每一个角落,送到每一位患者的心坎上。

生长于赣南本土的蒙美英,肤色白皙,有着客家女性的文雅与大方,一双大大的眼睛,闪烁着智慧与真诚。平时不施粉黛,却透出一种女性特有的气质与魅力,走起路来精神抖擞,给人一种真实自然的美感。

在蒙美英看来,她就是一片绿叶,事业就是她的根。

一

幼时的蒙美英,对医生有着特殊的情感,特别羡慕医生这一职业。也就是从那时起,她立志长大后当一名医生,为人看病,帮人疗伤。

1989 年初秋,经过"千军万马过独木桥"的洗礼,蒙美英如愿以偿,成功踏进了江西医学院抚州分院的大门,穿上了梦寐以求的白大褂。虽然与当初的梦想有些差别,学的是护理,但她依然心满意足,乐在其中。

坐在宽敞明亮的教室里,看到窗外随风摆动的片片绿叶,蒙美英百感交集,思绪万千,她默默地告诫自己:一定要努力学习,踏实工作,为身上的白大褂增光添彩。

二

1992 年,品学兼优的蒙美英大学毕业后,被学校分配到自己的家乡,进入赣南医学院第一附属医院工作,成为一名真正的白衣天使,肩负着救死扶伤光荣而又神圣的责任与使命。

在工作中,蒙美英勤奋好学,善于思考,把在大学里学到的理论知识与平时的临床护理实践结合起来,做到活学活用,所以上班没多久,就熟练掌握了日常护理工作中的各项业务,尤其是擅长给病人穿刺打点滴。

当时,蒙美英所在的消化内科,肝腹水、肝昏迷等之类的重病人特别多,这些病人全身重度水肿,皮肤腊黄,血管塌陷,穿刺打点滴显得尤为困难,而一旦穿刺不成功,潴留在其体内的黄水就会渗涌出来,穿刺必然失败。

每每遇到此类病人,蒙美英总是小心地先让病人躺好,然后耐心地在其手脚上细细地安抚,寻找适当的位置,待一段青黑的血管隐隐约约显露出来,立即扎紧压脉带,消毒,屏气凝神,小心翼翼地进针,回血了,成功了,蒙美英终于舒了口气,脸上露了满意的微笑。

穿刺打点滴是每一位临床护士每天必须面对的一项重要工作,它看似简单,其实并不简单,是一名护士综合素质的集中体现。蒙美英高超的打针技术,赢得了同事们的钦佩与赞许,因此,她还特地被安排在儿科上班。

三

作为一名临床护士,必须与形形色色的病人打交道,随时都可能遇到一些突发事件,因此不但要有过硬的业务能力,还要掌握一定的心理学知识,善于与病人沟通、交流,善于做好病人的思想工作。

一个寒冷的冬夜,病区里静悄悄。突然,一名 40 多岁的患者张某,表现异常烦躁,凌晨 1 点多钟还神情恍惚,四处乱转,觅死觅活的。这位患者因为生病之前不太管家,与家人之间的关系非常紧张,所以生病以后,家人也不太管他,身边没人照料。只见他瘦弱的身躯,时而出现在走廊上,时而出现在阳台上,随时都可能出现意外。

这时蒙美英正在当班,她知道这位病人的主要症状表现为意识模糊,行为失控,所以一直严密观察着张某的一举一动。她一有空就大哥长大哥短地陪张某聊天,问长问短。不料张某并不领情,还辱骂蒙美英,对着她身上吐口水,但她并不介意,继续耐心地与其沟通交流,用真情温暖张某痛苦的心灵,最后张某的情绪终于稳定下来,被从高高的窗台上劝了下来,回到病房接受治疗。

望着安然入睡的张某,蒙美英头脑里那根紧绷的弦终于得以放松,无言的泪水溢满眼眶。

四

2007年,蒙美英竞聘为泌尿外科副护士长,主持全科护理工作。因工作出色,2010年又竞聘为护士长。

泌尿外科是个了不起的科室,先后获得赣州市首批医学领先专业建设学科、赣州市尿路结石现代治疗中心、赣南医学院重点学科、江西省卫生厅重点学科、江西省尿路结石现代治疗中心等多项殊荣,成为闻名省内外的医学品牌,慕名前来就诊的患者络绎不绝,病床使用率居高不下,走廊过道持续加床。患者的急剧增多,使医护人员的工作负荷越来越重,科室的各项工作面临着严峻考验与挑战。

面对考验与挑战,蒙美英并没有胆怯与退缩,而是知难而上,勇敢地接受挑战。她每排一个班,都力求科学合理;科室的每一件大事小事,她都力求公平公正。她每天早出晚归,与大家一起加班加点,同甘共苦,直到把当天的工作完成为止,工作紧张的时候,全天都在科室吃快餐。

这可委屈了她那唯一的宝贝女儿。早些年,她爱人还是名军人,她独自照顾着女儿。白天把孩子送进幼儿园,等到她下班接孩子的时候,偌大的幼儿园里,只剩下自己的孩子孤苦伶仃地待在那里,盼望着"妈妈"早点出现。后来她爱人转业做了一名警察,由于工作的特殊性,也难以顾及孩子与家庭,孩子饿了,只好吃些方便面或剩饭剩菜。

虽然病人增多了,工作量也增多了,但医疗质量一定要保证,不能打折扣,否则有愧于身上的白大褂。于是,蒙美英喜欢"没事找事",只要有空,就随身带上笔记本,到各个病房巡视。发现问题,马上记录下来,能当场处理的,当场给予解决,不能当场处理的,她会尽快与有关部门联系,以求尽快解决,这样确保了服务质量,减少了医患纠纷,使医患关系更加和谐。

蒙美英注重营造轻松、活泼的氛围,善于发现每一个人的闪光点,充分发挥集体的智慧与力量,力求物尽其用,人尽其才,增强科室的战斗力与凝聚力,增强大家的集体荣誉感,增进彼此之间的感情,最大限度地调动每一位姐妹的工作积极性与主观能动性。

近几年,蒙美英参与了多项课题研究,在医院举办的护理技能比赛、职工演讲比赛、职工歌咏比赛等赛事中,她带领的团队都分别获奖。她自己也荣获"优秀护士长"光荣称号。

蒙美英在对事业的追求中洒下了一路辛勤的汗水。在她看来,事业是她的根,她应该有这份执着的情怀。

人不应该被困难吓倒

□ 2011 级中西医结合方向本科班　王芬

夏日的傍晚,再次翻看《鲁滨孙漂流记》。微风拂过,送来淡淡书香。想象着英国作家笛福笔中的鲁滨孙,我感触颇多。

故事中的英国青年鲁滨孙从小喜欢航海和冒险,曾三次离家到南美各地旅行。在一次航海中不幸遭到了暴风雨的袭击,直到他"幸运"地漂到了一个没有人烟的孤岛上。他的心中充满了无助和孤独。但是,他又不断地安慰自己,凭着自己的智慧和勇气,克服了无数的困难,把自己的生命延续下去,并且找到了许多生活的乐趣。在他渐渐淡忘要回到文明社会中去的时候,他等到了获救的机会……

鲁滨孙原本有一个优越的家庭,本可享受着衣来伸手、饭来张口的生活,可他并不安于现状。他有自己的梦想。他热爱劳动,能够开荒种植,养活自己。他有着乐观向上的心态,能够在荒无人烟的小岛上克服孤独。他始终不放弃自己,最终回到英国。

正如牛顿所说:"假如说我比别人看得远的话,那是因为我站在巨人的肩膀上。"作为青年学子的我们应该善于学习。在鲁滨孙身上,有许多品质值得我们学习。

现在,许多人缺乏独立思考、大胆探索以及勇于实践的精神,甚至不懂得质疑。他们缺乏一种良好的学习心态。在学习中遇到了难题就躲避,考试成绩下降也无法面对,虚荣心较强,不能虚心接受批评并加以改正,出现了这样那样的心理问题。

他们没有具备鲁滨孙的探索精神,导致自己知识贫瘠;没有具备鲁滨孙乐观向上的生活态度,导致自己心理承受能力低下;没有具备鲁滨孙的顽强的毅力,导致自己轻易被困难打倒。

身处困境的鲁滨孙把他的幸与不幸公正地记下了。鲁滨孙不断鼓励自己,不抛弃,不放弃,即使面对各种消极的事情也能感受到积极的一面。是啊！一个人在逆境中不要悲观失望,更不要放弃,而要努力看到积极的因素。不怕困难、乐观向上是每一个人都应该具备的精神。无论何时何地,都要坚强地活下去,哪怕只有一线希望也要努力争取,绝不能放弃!

方与圆

□ 2009 级康复治疗学专业本科班　罗赣君

　　我喜爱读的书籍有很多。丁远峙所著的《方与圆全集》是其中一本。这本书不仅充满了理性,更洋溢着一种催人奋进的情感。读起来让人备感亲切,获益良多。

　　丁远峙大师通过观察一枚古时的铜钱提出了做人的道理——"外圆内方"。"方"是做人之本,"圆"乃处世之道。《方与圆全集》共有三卷,皆以方圆之道为中心,结合作者的自身经历,用轻松幽默的笔调把握人性的弱点,揭示了一个个耐人寻味的哲理。《方与圆全集》像是良师益友,帮助我们发现自身的"宝藏",将潜能爆发出来,做一个快乐健康的自己。

　　书中有很多幽默的小故事。它们告诉我们如何让自己和他人走得更近,相处更愉快。交往时双方心理都会有一个防卫的状态,害怕欺骗,害怕拒绝。学着建立一个良好的交往情势,对我们这些还未出"茅庐"的青年学子意义非凡。通常,如果你潜意识里对身边的某个人印象差,那么你们两人就很难成为好朋友。如果我们能早些明白,人与人相处不愉快大都是由潜意识问题造成的,那么友谊的圈子的半径将会越来越大,辐射的面积也会越来越广。

　　有一章名为"打开内心里的改变之门",让我感受颇深。书中有这么一个例子:如果把一支蜡烛放进全黑的屋子,黑暗瞬间消失,屋里有了光明。后来再增加十支、百支或千支蜡烛,房间变得越来越亮。但起决定性变化的是第一支蜡烛,是它冲破了黑暗。第一支蜡烛产生了质变,它的重要性不言而喻。当生活向我们展示阴暗一面的时候,我们总是将苦难不断放大,而忘记了点亮一支蜡烛。点亮心中第一支蜡烛,不仅要克服黑暗带来的恐惧,解除心理的枷锁,还要有追求卓越的勇气。人没有了勇气,缺少了理想和激情,就像一潭死水,经不起半点波澜。困难时,不敢越雷池一步,更谈不上冲破束缚。我总是对现在的自己不满意,渴望从内到外,彻彻底底地来个大改变。当我的思想发生改变的一瞬间,也就给自己营造了一种新的生活态度和方式。

这本书就像一支蜡烛点燃了我内心的渴望与激情,让我恨不得立刻成就一番事业,实现自我价值。书虽然读完了,但将"方圆之道"融进生活的方方面面,还需要一个漫长的领悟过程。对自己而言,这又是一个新的开始和挑战。

那些年,我们一起看过的书

□ 2010 级公共事业管理专业本科班　钟迪

很多时候,许多事物不仅仅只是事物,更多的可能承载着许多过往或者一段记忆。

喜欢听歌,却怕听老歌。往往,自己在每一种时期都有喜欢的歌。随着时间的流逝,它们一一收进我的心底。当不经意间听到时,心里总会翻起阵阵涟漪。

这就如今天在随便翻看报纸时那跃入眼帘的关于世界读书日的消息一样,本是不会去理会这样的信息的,但在推荐书目里闪过——《百年孤独》《围城》《穆斯林的葬礼》等这些熟悉的书目时,心咯噔了一下。

究竟是多久没见的老朋友呢?

应该有几年了。是的。那是在高中,一个对课外书籍极度狂热的时代,一个班主任禁止、我们在地下活动的时代,也是一个一人有书、全班疯狂的时代。

高中有很多书,从教科书到数不尽的练习书,叠起来刚好可以把我们都挡起来。于是,吃零食和睡觉有了屏障。俗话说,物以稀为贵。老师发的书太多了,除了应付必要的考试外,其实心里都不喜欢的。相反,我们对课外书有着说不出的崇拜。那时,学习很紧张,可是却总爱往学校书店逛,去看看到了什么新书,经常贪婪地看个一大半,却不买,把书店老板气得直咬牙。不过,我们也不是只看不买的家伙,只要有闲钱了,每个月总是会买上几本杂志等。

自从文理分科,我选择到文科后,班主任龙老师一直陪伴在我们身边。在他那厚厚的镜片下,一双炯炯有神的小眼睛总是不时地扫射着班上每一个同学。他恨不得让每个人都啃课本。自习时,我翻开一本心仪已久的《课堂内外》或者《格言》,就好像喝了一碗久违的鸡汤。不过,这自然也得提心吊胆,谨防被老师抓到。如果被抓到,就会被叫到办公室挨训,最严重的是把书给老师保管到毕业。就这样,我们跟老师玩起了躲猫猫,一玩就差不多三年,还玩得有滋有味。

　　教室总是在老师的监管下变得沉闷不已。但每当班上的某个同学买了一本新书，就会在老师眼皮底下传遍整个教室。但是也经常出现一个问题，书传着传着就不知道传到谁那了，我们拿着书也不知道是谁的了。后来书上就粘了张字条，上面写着"有借有还再借不难，有借不还再借很难"。再后来，这种极富个性的标签逐渐流行开来。

　　高中那些年，总是盼着毕业，以为毕业后就可以自由自在地毫无顾虑地看我们想看的任何书。

　　毕业了，跨入另一个求知领域。高中的愿望实现了，再也不用偷偷地看自己喜欢的书，再也不用和老师玩躲猫猫，也再也不用一本书全班传阅。我们有足够的时间，有足够的自由，有足够的书，可是看得却越来越少。当所有条件都具备时，我们却逐渐把自己曾经的老友淡忘了。

　　那些年，我们一起看过的书，一起走过的日子。现在，我们真的应该抽出时间，重新和老友来个约会。

与高尚的灵魂相遇

□　甘雅芬

　　一次偶然的资料查找,我翻开了12年前评选雷大贞医学教育奖学金时的工作记录。之后不久,获知王氏基金会在中国大陆设立的各项奖学金协议期满暂不续签的消息,我不觉重新打开那些延展了十余年的工作记忆,回视围绕奖学金评选的点点滴滴,不禁感慨万千。(注:雷大贞医学教育奖学金为爱国华侨王鸿宾先生创立的王氏基金会下属的奖学金项目)

　　初次清晰、深切地知晓王鸿宾先生的感人事迹与高尚德行,是在1998年。那年5月,我因工作调整,接手雷大贞医学教育奖学金评选工作,直至2008年5月。每年夏末秋初,在满蕴收获喜悦的金色季节里,优秀学子们申请奖学金时的激烈竞争、接过证书时眼里闪耀的希冀之光、座谈会上嘉惠社会传承薪火的慷慨之词、获奖感言中爱国爱民感恩回馈的闪光心声,都让我由衷地感动、欣喜与鼓舞。

　　是什么样的情怀、什么样的精神,令一个华人在异国历尽艰辛而事业大成,又在生命的最后岁月成立王氏基金会,在祖国设立六类奖学(励)金,奖励数千人,金额数百万?"(1978年)我留驻国内的短短十几天的时间,是我生命史上最珍贵也是怀念的一段……我们的国家在国际的地位日益提高,在海外的中国人都有扬眉吐气的感觉。""(1988年)我年岁已近垂暮,希望今后有生之年,对青年学子,尤其是国内青年能有所奖掖提携。"王鸿宾先生朴素的言语如涓涓长溪,不曾停歇地溯流23年,奔腾在青少年们年轻而充满希望的心上。

　　翻开我校厚厚的雷大贞医学教育奖学金获奖名录,无数的奖学金获得者用奋斗砥砺着青春的绚烂,用耕耘累积着生命的厚重,用奉献诠释着品行的高远,更用珍视传承着报效祖国、造福人类的精神的生生不息。我想,这一切都源自我们与一个高尚灵魂的相遇!

　　人生的价值,并不是用时间而是用深度去衡量的。王鸿宾先生1927年生于南昌,长于赣州,20 岁迁台,近 40 岁赴美深造,60 岁始创王氏实业投资公司,66 岁成立王氏基金会,1994 年因癌症病逝。王鸿宾先生尚学勤学,尊师重道,学识渊博,工作勤勉,为人刚正。他生活俭朴,淡泊名利,多次在书信中提及"最厌恶的是吹嘘标榜";他六十花甲创办公司,卓有成就,而其胸怀祖国、利我同胞的博大情怀更是其人生亮点。早在抵达美国之初,他就关注同胞,乐助他人,更期祖国之爱发扬光大,祖国教育事业更好发展。在 1993 年年初患淋巴癌后,他以顽强的意志与病魔抗争,"以发扬最大之同胞爱,并为后世社会创造更大之福祉为终身之志",时时牵挂、亲自处置基金会乃至奖学金设置事宜,详至奖金额的增加、评选步骤、工作人员的酬劳等,延伸了生命的长度、宽度和深度,展现出灵魂的高尚与伟大。

我很幸运,在平凡的工作中能感知到一位学者、一位长者、一位谦谦君子的普世情怀与身体力行的全心付出,并且能在这种感知中,开启勇敢而谦逊、坦诚而正直、好学而宽广、努力而助人的面向优秀品德、高尚情操、广博学识的学习之路。我们很幸运,所有曾经为奖学金评选而工作过的人们,所有曾经获得过奖学金的人们,所有听闻、了解过奖学金的人们,都有了深切的人生感悟,那就是用一生去坚持、去付出、去创造、去奉献,去惠及后世,去报效国家。

永远的记忆

□ 刘水宁

"当前,我国各方面发生了巨大变化,已进入全面建设小康社会的历史时期,国家对教育的投入及奖学金数量的增加都今非昔比,为此(美国)王氏基金会董事会决定调整工作方针,在中国大陆的各项奖学金协议期满后不再续签,继续对世界各地的华裔学生、学者提供资助。"接到王氏奖学金管理委员会的通知,作为一名多年从事"雷大贞医学教育奖学金"评选的工作人员,深感意外,但更多的是对基金会工作调整的理解,更多的是对基金会 21 年来对我校优秀学子给予无私资助的感激。

雷大贞医学教育奖学金已被深深镌刻在一届又一届医学学子的心中。王鸿宾先生爱国助教的无私奉献精神已成为我们医学生学习的楷模,激励着一届又一届医学生秉承"健康所系,性命相托"的医学誓言,为解除老百姓的病患做出贡献。

由爱国华侨王鸿宾先生创立的(美国)王氏基金会于 1990 年开始在江西中医学院设立"雷大贞奖学金",后陆续在 31 所学校设立奖学金。22 年来,(美国)王氏基金会为祖国优秀青少年提供的奖学金金额累计已达 106.1 万壹仟美元,折合人民币 806 万元,奖励了大中小学生及小学优秀教师共 6064 人次,激励和培养了一大批杰出人才。在这些获奖的同学中,有的已成为社会精英,有的为家乡的教育、医疗事业做出了贡献,实现了王鸿宾先生生前竭尽所能回馈祖国的愿望。

王氏基金会于 1992 年开始在我校设立"雷大贞医学教育奖学金"。该项奖学金成了我校学子的动力。广大学子把获得该项奖学金作为荣耀。20 年来,我校有 250 余名优秀学子获得了该项奖学金。据我们从一附院有关部门的数据统计,获得该项奖学金的学生中很多已经成为各部门科室的业务骨干。

尽管"雷大贞医学教育奖学金"因王氏基金会的工作调整,不再在我校设立该奖项,但是20年来的历史沉淀已深深留在我们的记忆中。带着难舍的惜别之情,带着衷心的祝福,相信王氏基金会一定能够在未来的事业中取得更大的成绩。

再遇乔老

□　陈涛

　　时光荏苒，离上次聆听雷锋战友乔安山的报告已过去 15 年，那时我还在南昌大学学习。

　　记得那是 1997 年 11 月的一个夜晚，乔老应邀到南昌大学做报告。南昌大学南校区的礼堂座无虚席，就连走道里都站满了人。我得到消息比较迟，去的时候几乎没有了我的容身之地。我只能远远地听着。虽然离乔老很远，看得不是很清楚，但乔老那浑厚质朴的声音让我终生难忘。

　　今年 4 月，学习雷锋精神报告团来学校宣讲。我有幸再次见到乔老。虽然岁月在乔老身上留下了很深的痕迹，但他的眼睛还是那样有神，他的发言还是那么情真意切、铿锵有力。

　　宣讲结束后，乔老愉快地接受了我的采访。

　　乔老说，学雷锋不难，难在我们的心里。他希望当代大学生扎实学好本领，将来更好地为国家、为社会服务。

　　我对他说："乔老，这是我第二次聆听您的报告……"

　　他一听，乐了，和我聊起了家常——"你老家哪里啊""工作多少年了""结婚了没有"……

　　坐在我面前的这位老人，很难看出他患有严重的心脑血管疾病，曾经经历过多次抢救手术。但是，他从未停下宣讲雷锋精神的脚步。

　　交谈中，乔老宽大、有力的手始终和我相握，让我心里暖洋洋的。

　　分别时，我难以抑制眼中的泪水，声音显得有些沙哑："请乔老保重身体。"

　　乔老紧握住我的手，微笑着对我说："欢迎来抚顺做客。"

　　这个社会离不开像雷锋一样的人。乔老正用自己的言行诠释着雷锋精神，诠释着一位 71 岁老者的崇高品格。这种精神影响着身边的每一个人。

永远的歌谣

□ 2012 级临床医学专业本科 1 班　王艺诺

赣南采茶戏《永远的歌谣》让我切身体验到赣南地区传统文化的深厚内涵。《永远的歌谣》以村主任李龙槐和地主家小姐马玉琴的爱情故事为主线,情感波澜起伏,丰富,真实。

在饥肠辘辘的困难时刻,"米桶哥"李龙槐打起灯笼当村主任,捐出家中几乎全部粮食与村民共度夏荒;在地主家小姐马玉琴落魄之时,他挺身而出,为无依无靠的马家小姐撑起一片天空;在饥肠辘辘之时,他勒紧腰带,强忍饥饿之苦把自己的饭送给年迈的阿婆,最后自己饿昏过去;在危难之时,他毫不畏惧,身受数鞭,忍着饥饿,到马家借粮;当粮食借到,村民得救之时,自己却离开了人世。

为了解决村民的温饱问题,他绞尽脑汁,起早贪黑,不图回报,不谋私利,不畏艰险,用年轻的生命换来了乡亲们的救命粮。他的所作所为一次次让我感动,令我敬佩! 他不愧是村民的好村主任,苏区的好干部,党的好同志! 可谓鞠躬尽瘁,死而后已!

李龙槐的故事让我想到在那个贫穷落后的年代还有千千万万个像李龙槐一样的党员干部。他们在艰苦的农村,牢记党的教诲,把人民群众的利益摆在第一位,全心全意为人民服务。新时期的我们是多么的幸福,衣食无忧,生活条件大大改善,但是我们必须继承和发扬苏区干部的优良作风,严于律己,踏实工作,把人民群众利益放在第一位,全心全意为人民服务。

作为一名当代大学生,一名入党积极分子,我应该严格要求自己,不断提升自己,踏实工作,勤奋学习,不断加强党性修养,努力向党组织靠拢,争取早日入党,为中国特色社会主义现代化建设奉献自己的力量。

无论是在新时期,还是在旧时代,无论是贫穷,还是富有,共产党员都必须始终把党的使命牢记心中,随时准备为党和人民牺牲一切,永不叛党。剧中,李龙槐和老党员们两度宣誓的场面依然历历在目,一次次鼓舞着我。

　　"哎呀嘞,哎,苏区的干部是好作风,里格,自带干粮去办呀格公。哎呀,日穿草鞋干革命。哎呀,同志格,夜打灯笼访贫呀格农。哎呀嘞,哎。苏区的干部是好作风,里格,真心实意为群呀格众。哎呀,柴米油盐都想到,哎呀,同志格,问寒问暖情义呀格重。哎呀嘞……"听着兴国山歌《苏区干部好作风》,我的内心久久不能平静。

弘扬传统文化,从我做起

□ 校报学生记者　孙海康

"千年礼乐归东鲁,万古衣冠拜素王。"

今年的 9 月 20 日(甲午年农历八月二十七)是我国古代伟大的思想家、政治家、教育家、儒学创始人孔子诞辰 2565 周年纪念日。我校国学社社员在赣州文庙举办了以追忆圣贤、弘扬传统文化为主题的活动。

上午 9 点 40 分抵达文庙,社长与文庙管理员协商后,祭祀准备工作开始。参加祭祀的人在管理员的带领下来到一间房间内,在此换上祭祀服装。准备祭祀物品的人员也在外各自准备起来。

10 点整,主持祭祀的人宣布祭祀活动开始。

首先,进行的是洗手。司洗(供水和供巾者)端上一盆水,从社长开始按顺序依次洗完。接下来是敬献贡品。读祝让音乐响起,舞蹈舞起,同时也让社长等人各自端上供品敬献贤哲。

敬献完后舞蹈停止,音乐随祭祀内容不同而发生改变,直至活动结束。随后就是上香。上香前须三鞠躬,再由侍香者把香依次递给每一位祭祀者,上香时再次三鞠躬,从社长开始依次把香插入香炉之中。再接下来是敬花。同样,在敬花之前也需要三鞠躬。鲜花由侍花者递花给每一位祭祀者,然后社长带领全体祭祀者按顺序依次从殿外向殿内的孔老夫子鞠躬敬献鲜花,返回到原位。

接下来的这个程序是读祭文。祭文由社长宣读。读其文曰:吾国文明,渊源何远! 洪荒无征,蒙昧万年。既历三皇,五帝相衔;贤哲冥思,归之鬼天。吾侪何来? 终将何还? 何者为福? 何者为善? 生应何求? 何为圣贤? 茫茫长夜,踽踽盘桓……文明对话,五洲共愿。仁恕之道,日益播散。促进和睦,中华奉献。谨此上达,慰我圣贤。伏惟上飨!

荡气回肠的祭祀语句在文庙四周久久回荡。之后,社长带领全体祭祀者朗诵

《论语》章句。这时,祭祀已经到了尾声。接下来最后一个程序是社长带领所有祭祀者进入大成殿内,按照之前排练的顺序进行三叩九拜之大礼。全体完成后,读祝宣布祭祀典礼结束。

祭孔活动要求所有的礼仪都要必丰、必洁、必诚、必敬,用音乐和舞蹈来集中表现儒家的思想文化,体现艺术和思想的统一,从而展现"千古礼乐归东鲁,万古衣冠拜素王"的盛况。今天国学社的祭孔典礼在遵从古法的前提之下,也进行了一些相应的调整。比如,现场的活动布置和乐舞的表演时间等方面都进行了适当的压缩。

典礼结束之后,社长在大成殿内给社员讲解孔子生平和文庙里孔子像旁边的四哲(复圣颜回、宗圣曾参、述圣子思、亚圣孟子)。他由里向外介绍,详细而生动具体,最后讲到了山东曲阜文庙的历史,还有今天祭祀的赣州文庙以及两者的异同。

社长告诉我们,组织这次祭祀活动是为了弘扬中国传统文化,让青年学子更好地了解先辈传承下来的东西,让他们知道有很多优秀的传统文化值得深入学习和继承。另外,体验祭祀先辈的习俗可以培养他们对先人的敬佩之情,体现中国人"尚礼"的精神。

成为像肖卿福一样的人

□ 2014 级临床医学专业本科定向 2 班　熊盛斌

偏见如同夜幕，和大山一起把村庄围困，他来的时候，心里装着使命，衣襟上沾满晨光。他时刻铭记自己曾许下的医学生誓言"健康所系，生命相托"，决心竭尽全力除人类之病痛，助健康之完美。他是肖卿福，用他毕生经历为我们树立起一块丰碑。

肖卿福学长回忆说，"第一次进村，害怕得一夜未睡，连床都没敢碰"。我想，这大概跟医学生第一次接触尸体时心中的忐忑一样吧。麻风病防治，多少人望而生畏！这也是当时工作岗位就他一个年轻小伙子的原因。

但是，他并未因害怕而放弃，医学生誓言点燃了他的激情。他要将这份梦想传递下去。就这样，他兢兢业业地在这个岗位干了四十余载，把麻风病人当作自己的亲人。他始终相信要治病，先得走进病人心里。

面对病人共进晚餐的邀请，他非但没有拒绝，而且乐意为之。他的亲和让病人更加信赖。在他的世界里没有歧视，只有爱和包容。

"既然选择了远方，便只顾风雨兼程。"肖卿福坚持了自己的选择，也到达了想要的彼岸。以"救死扶伤，解除病人疾苦"为己任，把毕生精力都投掷在最需要他的基层。

选择农村，选择这个无人问津的岗位，曾遭受过多少人的非议，但是他都坚持下来了，坚持就是胜利。工作伊始，卫生局只是通知他在麻风病防治岗位上干一年，以后的选择全凭自己。我们敬爱的肖卿福学长决心在这里扎根。

其实，在世界上有很多医学甚至科学都无法解释的事情。要相信，爱能唤醒奇迹。只要有一份希望，我们就要做百分百的努力。许多事，不是看到希望才去坚持，而是坚持了才能看到希望。我是医学定向生，肖卿福学长曾经走过的路也许就是我五年后也要经历的。无所谓三甲医院，只要有病人的地方，就需要有医生,而我将走向最需要我的地方,扎根基层,把平凡的事情坚持下去。

如今,许多人择业会挑选优渥且优雅的工作,许多怀有雄心壮志的青年不愿屈身基层。殊不知,哪一个成功人士不是从底层做起,一步登天的人有几个?

我为自己是医学定向生而骄傲。数年后,我们学成归来,回到基层,扎根基层,为父老乡亲的身体健康保驾护航。

生命的意义,不在于其长度,而在于其宽度和厚度。人生的价值不在于财富的多少,而在于对社会的贡献。我会常怀感恩之心,朝着自己的目标,奋勇向前。

第二篇 02
青春岁月

开篇语：

"清晨的曙光点亮心中的梦想。鸟儿的鸣唱，青春集结号吹响。收拾好行囊，彩虹化作了翅膀。让生命的脚步走出年少的轻狂……"青春是让人留恋的。青春是让人回忆的。本篇所选取的文章有的回忆了军训的日子，有的记叙了在美国学习的岁月，还有的表达了对大学生活的珍惜。

献血日记

□ 2005 级临床医学专业本科 2 班　钟晓菲

×年×月×日　星期六　晴

昨晚猴子他们寝室聚餐,我也跟着去了,这次我滴酒不沾,就喝了点汤,吃了点青菜,吃完饭都已经九点了,他们说要去上网,其实我也很想去的,但我还是回了寝室,早早就睡觉了,因为我决定今天去献血。

早上七点半我就到采血点,没想到验血处已堆起了厚厚的一叠报名表。在人群中我发现了阿桑和师父他们,我挤过去的时候他们正在聊天,师父说他献400ml。他看到我,很吃惊,问我是不是凑热闹来了,我挽起右手衣袖,很严肃地告诉他:“我献血!!献200ml!!”师父神秘地说:“去卖血吧,200ml都可以卖好几百元了!你不是在闹饥荒吗!”“是啊!是个好办法,我的太少,就献了算了,把你的400ml给我拿去卖吧,卖了我请你吃饭。”在我们笑笑闹闹的时候有人拿着一本笔记本跑过来叫阿桑签名,还要留下地址和电话,原来他的血型很特殊,是熊猫血!师父惊呼:“你小子发财了,来,给我也签个名……”“请客!”这次是我们异口同声地笑着说。

中午十一点半左右,我终于走上了采血车,师父他们早抽完血走了。真后悔不早点来排队,肚子都等饿了。当护士小姐拿着抽血针向我走来的时候我才意识到害怕,天!那么粗的针头!我的脚有点发软了。坐下以后我一直是紧握着拳头,护士小姐越是叫我放松我越是紧张。她冲我微笑的时候我的脚彻底软了!在我快要从凳子上滑下去的时候,她建议我试试深呼吸。我稍调整了一下状态,正准备深呼吸的时候她抓住机会迅速下手,针进去了,血放出来了,我傻了!我真那么好骗啊!我以为过了这一关就轻松了,但……但看到自己的血不住地往采血袋子里流,看到秤上的数字一点一点增加的时候,我的头开始有点晕了。我强迫自己镇定,强迫自己放松,我忍!我忍!我忍!护士小姐拿着袋子在我眼前晃来晃去——防止血液凝固。我终于眼前一黑,晕了!可能是几分钟,也可能是几秒。当我恢复意识的时候已经平躺在了座位上。只听见护士小姐冲车外的人喊:"后面地回去吃了午饭再来,血糖太低,要不然就会跟她一样。"那个她应该是在说我吧,我可能从此出名了。

下车的时候,我拿到了义务献血证,上面清楚地标注着:采血 50ml。50ml!要是让师父他们看到这一切,还不把大牙给笑掉啊!呜……伤心啊!

×年×月×日　星期三　晴

市献血办给我寄来了一封信。拿着信我的心情十分沉重,像一个做错事的小孩。那天……那天也太丢脸了吧!打开信封,里面的一行字让我激动了半天:"经过我市血站严格的血液检测,您的血液合格,现已发往临床使用。"兴奋!几乎要手舞足蹈了!我做了人生中的第一件大事,我觉得我被自己感动了。

×年×月×日　星期三　晴

今天收到一张生日卡片,是献血办给我寄来的。他们居然留下了我的出生日期,并且给我送来祝福。这是我这 20 年来最大的意外。也许在别人眼中献血是一件光荣而又伟大的事,献血代表了那个人的奉献精神,又或许他们献血是为了以后在危难的时候可以用献血证找到点依靠。但对我而言,这些都不是主要的,我献血其实是要创造属于自己的一点点感动、一点点神秘。想象着在人潮川流不息的大街上和我擦肩而过的那个人,尽管我们素不相识,也许永远也会不相识,但是他的身体里却流着我的血。我给了别人生存的希望,但我并不觉得自己因此就变得高尚。因为我相信,在某个时间或某个领域,我一定也在受着别人的恩惠。行善,是做人最基本的要求。所以,做一些你力所能及的对人类有益的事吧!其实这是一些很简单事情,比如挽起你衣袖。

闪亮的碎片

□ 2004 级护理学专业本科 2 班　李丛丛

　　那次下去实习之前，我翻箱倒柜地把东西都收拾出来，搬走的搬走，卖掉的卖掉，丢弃的丢弃，却在无意中发现了这几年大学生活留下来的许多物件，它们像一簇又一簇闪亮的星火，点燃了我久违的记忆，把我带进了那过往的点点滴滴的快乐与忧伤、欢笑与泪水当中。

　　最多最重最贵的东西是那一大摞一大摞的课本和笔记本。看着上面密密麻麻的笔记，往日在教室里啃书的日子又清晰起来，而心里也着实轻松了不少，原来自己也曾这么认真和努力地对待过学习，原来生活并不是想象中的那么无聊和无所事事，原来自己也学到了不少东西呢！打理着这些厚重的书本，小小的快乐和满足感溢满了身心。

　　等等，这是什么？"社团成立申请表""赣南医学院第一届话剧节活动策划书"？是了，是了，这是耗了我多少心血成立的社团啊！顿时那一大群与自己一起努力过的朋友的脸庞便都在脑海中亲切地浮现了出来。那时的我们，最大的幌子是"激情"，最大的本钱是"热情"，凭着在排练场地流下的汗水，带着单纯与自信的笑容，迎来了剧社的诞生。那时的我们有过多少欢笑，有过多少泪水，更有过多少相互鼓励与信任！在一大堆的社团资料中，我小心翼翼地抽出一张已经变软显旧、皱巴巴的纸，轻轻地抚摸着。那是一张联系卡，在得知社团批准成立时，每一个曾经付出过汗水的人都在上面留下了姓名、生日与联系方式。那时的我们像对待自己的孩子一样去设想社团的未来，为社团大大小小的事务献计献策；那时的我们铁了心要相互关心一辈子，为了曾经拥有的同一个梦想。很小心、很小心地，我把那张纸夹在了自己最爱的一本书里，我要珍藏一辈子。

　　还有"新闻回顾""时事实评"，咦，广播站的稿件不是不许带出的吗？怎么还有被我"私藏"的？一瞬间又想起了那些坐在直播间播音的日子，还有坐在播音室外值班时与"站友"闲聊的日子。真好,自己曾经拥有这样一份喜爱的工作,结识了这么多优秀可爱的"站友",我满心感激!总也忘不掉最后一次播音的时候下着倾盆大雨,与当时的心情再相符不过,那时便想老天怎会如此善解人意?

一枚书签飘飘悠悠地落在脚下。是叶子状的,泛着淡淡的绿色,俯身拾起来,盯着镶嵌在里面的粉色的飞蛾,脑海里显现的是一个男孩的脸庞。那是一个小心翼翼地说出"可是我真的很喜欢你"的腼腆的男孩,可自己当时的暴躁任性和无知却深深地伤害了他。直到如今我都没能鼓起勇气对他说出"对不起"三个字。

还有上大学以来写下的十几万字的日记,还有曾经喜爱过的偶像的海报、磁带,还有一大堆的英语资料,还有三四十张的电话卡……这许多许多都令我浮想联翩。

有人说往事如风吹过无痕。可是我却如此幸运地捡到了风儿吹过时摇下的片片叶子。捡拾起这片片的零碎,任它们在记忆里挥散出点点的光芒,聚成一束艳丽的火把,照亮我的生活。

我们一起成长

□ 2004 级公共管理事业本科班　钱珍珠

去年 5 月,我们申请了一个学校的科技创新课题,现在终于形成了调研报告,如期完成了。做这次赣州市三甲医院住院病人满意度调查的课题,我们收获的不仅仅是一份圆满的调研报告,更重要的是收获了能力的提升,收获了一笔有形与无形的财富。大学生的成长,学习是基础,思考是关键,实践是根本,而科技创新课题则将这三者有机地结合,让我们随着课题不断成长。

我们在挥洒汗水与激情中感受着投身课题的苦与累,也不断收获进步与成长的快乐。这是一个对我们品质培养、塑造的过程。我们经常会为了一个细节问题连续坐着几小时查资料、翻文献;会为了弄清楚自己设计的问卷可信度是否高,硬着头皮去找一个个不熟悉的老师、专家咨询;也会一整天泡在病房发问卷,口干舌燥地对一个个调查对象进行深入访谈……我们课题组两个漂亮的女生在病房跑了两天后,腿走酸了,还很自豪地笑着说:“没想到我们还挺有耐心、挺吃得了苦的。”我想课题就是这样在无形中培养了我们锲而不舍的钻研精神和吃苦耐劳的人格品质吧。

做这次课题让我们的能力有了全面的提升。首先,是专业知识技能的提升。为了做好课题,我们得涉足更宽广的领域,深入学习更多的理论知识。其次,提升的是独立思考、求实创新的能力。例如,在我们这个住院病人满意度调查的课题中,如何构建科学、客观的满意度测评体系,如何设计问卷才能使之信度、效度较高,还有结果如何分析等,让我们学会以严谨的态度去对待事情。指导老师也教会了我们如何在遇到困难时,善于找方法,善于独立思考。我们也学会了从不同角度,甚至用逆向思维去审视、去评价问题。这些创新的能力、解决问题的方法都是我们以前不具备的。再次,做课题锻炼了我们团结协作、组织沟通的能力。为了有更好的运行方案,我们得充分发挥每个课题组成员的智慧,在碰撞中学会团结协作;为了使调查数据更加真实、有效,我们学会与医院、住院病人真诚地交流、有效地沟通。

如果说做课题对我们以上品质、能力的培养和提升,其效果是无形的,那么做课题对我们也有一些看得见的帮助,这种帮助也是一笔有形的财富。例如,前不久,我们课题组一成员参加龙南县卫生局应聘时,在众多求职者中脱颖而出,并被录用。这与课题把他磨砺得更加稳重、更加老练是分不开的。4月,我去参加研究生面试时,导师是院长,看我是个挺小、挺嫩的毛丫头,可偏偏选了他的医院管理方向。在问了几个颇有难度的专业问题之后,还问我:"女孩子搞管理啊?有没有工作经验?"之后,我便把个人简历和曾在省里获奖的文章以及这次课题的申请书递给他,只见他点点头后便再也没说什么了。后来,我得知我被他录取了。估计那份课题材料也为我增添了不少砝码吧。

作为本科生第一次做科技创新课题产生的调研报告,其实践指导意义可能是有限的。但是,这整个过程对我们思维方式的改变、品质的培养、能力的提升而言,其力量是无穷的。大学已经结束,而新的人生即将开始。相信在经历这次课题的锻炼之后,我们在今后的道路上步伐会更踏实、稳健。在此,由衷感谢学校科研处给了我们做科技创新课题的机会,感谢我们课题指导老师的悉心指导,也感谢所有支持与帮助过我们的老师和朋友!

九月的翅膀

□ 谢云天

　　九月，散发着金色芳香的季节。大学，舞动着智慧之灵的园地。你，扇动着九月的翅膀，从远方飞来，来到这令人心驰神往的地方。

　　九月，积淀了十几年光阴的九月。梦想之门为你敞开，梦想剧场由你拉开序幕。在这部历时四五年的梦想之剧里，你是当之无愧的主角，为自己演出，为自己织梦。

　　九月，开始向你诉说大学之道。大学之道，在明明德。明德、荣德、立德，乃是人谓之人之根本，乃是大学谓之大学之根本。无德之学，终将引人于万丈深渊。即使学富五车，倘若丑德、丑行，也必将为历史所遗弃、为万民所唾骂。立德之学，必将引人于春暖花开。春来之时，一切都是那么的生机盎然；花开之日，一切都是那么的沁人心脾。此时，你就是万花丛中的一只蝴蝶。独处时，独舞飘逸；合处时，合舞飞扬。

　　大学之道，在立行而行、行有所为。大学之道，乃自由之道。自由之思想，独立之生活。挣脱桎梏，寻找方向。找到方向，发现目标，你就得努力去做，去实践，努力使自己变得丰富起来。纸上谈兵终觉浅，绝知此事要躬行。不过，自由不等于散漫，更不等于放纵！沉迷网络、沉迷游戏等一切玩物丧志的行为必将使你的大学之行暗淡无光，必将使你萎靡消沉，必将给"自由"二字罩上厚厚的阴影。自由也不等于孤傲，更不等于离群。孤傲之鸟是孤独的、寂寞的；离群之鸟是可怜的、可叹的。大学，理应成为"百花齐放"之园、"百鸟争鸣"之地。你有你的强项，我有我的特长。我们友好相处，我们互帮互助，我们共同成长。这才是真正的大学。

　　大学之道，在是新相依、求是求新。是，是目前已有的状况；新，是过去没有的状况。新在是的基础上突破旧的"是"，成为新的"是"。求是，就是要符合实际，符合学校实际,符合教学实际,符合自身实际。你可以根据自身目前的知识水平和能力范围,明确正确的发展方向,制订合理的学习计划。你可以根据自己的兴趣和爱好,参加一两个学生社团,丰富自己的大学生活。你也可以根据自己的时间安排,参加社会实践,提高社会实践能力。求新,就是要培养创新意识,增强创新能力,不断超越自我。无论是在日常生活中,还是在学习科研中,你都可以挖掘自己善于发现的潜能,睁开自己善于发现的双眼,运用自己善于发现的双手,不断实现从"旧我"到"新我"的升华。

　　九月的翅膀,是充满活力的翅膀。它将带你飞向美好未来。它将助你创造灿烂明天。展翅高飞吧!

丰盛的文化美餐

□ 2006 级医事法学方向本科班　田玉平

"高雅文化进寝室"活动给我们寝室增添了一份丰盛的文化美餐。每一期的好文章都成为我们"210"的精神食粮,大家都像着迷似的期待下一期文章的到来。

从好文好书进入"210"以来,寝室的书香味更浓了,兄弟们也争相品读好的文章,学习的劲头更浓了。

"读书使人明智,读史使人高尚",正像"好文好书"给我们的精神美餐。比如《没有人拒绝微笑》教会我们要拥有一种执着的微笑精神,用微笑面对一切,一往无前走向成功。《正在消失的事物》则启迪我们要拥有朴质和纯真,不要在繁华的都市迷失了自我、失去了人类应有的品质。从《错过又何妨》中,我学会了怎样对待挫折,怎样去展望明天。《命运掌握在自己手里》则教会我怎样去追求自己的目标,怎样去实现自己的价值。《写给震亡中的孩子们》则使我懂得了用爱去关注、关心那些遭遇不幸的人,伸出我们的援助之手,帮助他们度过生命中最艰难的时期。这样一篇篇激励人心的文章使我慢慢品味到人性中最高尚的那一部分。寝室的兄弟们沉浸在书香之中,他们和我一样享受着这份精神食粮,懂得了爱,懂得了勇敢面对挫折……

我轻轻关上门,生怕打扰他们在书香中的沉思。

舞动的青春

□ 2008 级护理学专业本科 2 班　汪林芳

因为我们曾经拥有,所以我们不会留下遗憾。曾记否,在太阳升出地平线之前,我们已经整齐地站立在一起,用挺拔的身躯昭示着我们的青春。青春在我们的眼中流动着,在我们心中澎湃着,在我们的手中舞动着。我们成了一群刚入伍的"士兵"。我们要做"许三多式的士兵"。

因为我们一起坚持,所以我们不会感到后悔。还记得,我们高喊着嘹亮的口号,"叭叭叭"的脚步声在训练场上久久回荡着。那是一颗年轻的心在汗水和泪水的挥洒下接受一轮又一轮的挑战。每当长时间地训练一个个基本动作的时候,双腿酸软得就像灌了铅一样。多想偷个懒,停下来休息会儿,可看到别人都在坚持着,自己也就咬咬牙,坚持着。

因为我们一起努力,所以我们不会觉得孤单。忘不了,在我们汗流浃背的时候,教官把我们带到绿荫底下的深深情谊;忘不了,在我们把动作做错的时候,教官一遍一遍地耐心指导;忘不了,我们和教官们一起拉歌,歌声响亮,响彻云霄;忘不了,同学之间互帮互助、互诉衷肠,友情之诚,诚可动天。

因为我们正年轻,所以我们放飞青春。拾掇起军训生活中的点点滴滴,定格在我们的脑海之中。我们整理思绪,调整心情,继续前进。我们还要做很多很多有意义的事情。

我是教官

□ 2006 级护理学专业本科班　刘耕文

教官的军装再次穿上身,渐远的记忆再次浮现。

再次站在抉择的十字路口,我徘徊、犹豫。朋友中,有人鼓掌,亦有人摇头。而我,深思熟虑后再次踏上军旅征程。不为其他,只为重温那烈日下的飒爽英姿。回眸第一次的教官生涯,我仍能从记忆中找到那"立正,稍息"的铿锵。教官——我领悟了军人的神圣。

军训,成就了苦的乐趣、汗水的甘甜。人生五味苦亦甜,没有苦的人生何来甜? 苦,并不可怕,就看你我可有正视苦的勇气。你我都知道苦甜的"桥梁"——坚持。坚持了,困难的栅栏也微不足道。

军训过后我再次明白,没有大家的齐心协力,就没有一个整齐的方队。训练中的点点滴滴,都让我惊叹团结的力量。团队的精神,合作的力量,告诉我们众人拾柴火焰高的道理。个人只有付出才能感受收获的喜悦。

父亲曾告诉我"每天给植物浇水会宠坏它们,它们的后代只会越来越虚弱。你应该让它们周围的环境变得艰难一些,让它的根部向深处生长,自己寻找地底深处的水分"。直到此刻我才理解这席话的真正含意。我们不要太多地祈祷舒适和安逸,我们应当祈祷自己的根往纵深处伸展。这样,任凭冷风吹、大雨淋,我们依然坚韧挺拔。

站军姿,练就炎黄子孙不屈的脊梁,锤炼龙之传人无穷的毅力。练转身,体现活跃敏捷的思维。军训不光是对体能的训练,更是对人的意志的磨炼。一个人只要有坚韧不拔的毅力、顽强不屈的意志,无论遇到什么困难都会有足够的勇气去迎接。军训,使我丢掉了娇气、收获了自强。什么是人生路? 人生路就应该是印满自己脚步的路,即使路途荆棘遍野,即使泥泞坎坷,我们也得毫不犹豫选择前行,因为只有自己拼搏出来的路才是真正的人生路。

无论你是学员还是教官,无论你是旁观者还是参与者,军训都是一门值得你去深思的课程。一次学员体验,两次教官生活,一生让人受益。

感谢有你

□ 2007 级麻醉学专业本科班　张利

　　跨入大学已经一年了,经常都要面对那些冰凉的尸体,高中的那种文化气氛骤减了不少。直到它的出现改变了我的想法,也为我们的生活增添了文化气息。

　　每个月都盼它的到来,它有一个富有诗意的名字——"人文情怀、关心你我,好文、好书共欣赏",每次拿到它所带来的好文章,总有一种亲切感。一个好的习惯是你一生的财富。我的习惯是阅读那些文字,甚至一遍一遍地感受它的高雅气息。

　　每一期的文章都有它的不同之处:《为他人开一朵花》《行走的父爱》《习惯》《成功就在下一个路口等你》《折箭的故事》《小爱汇聚》……

　　读了那么多好文章,我印象最深的是那篇《小爱汇聚》。"即使小小的善心,也会给我们带来无量的利息与福聚呀!"禅师留下了他最后的一句话。其实在我们的生活中又何尝不是呢? 生活中的爱,对父母、对爱人、对孩子的爱都是一点一滴汇聚的,俗话说:"送人玫瑰,手有余香。"能为别人着想,用自己的心吐一丝绿荫、染一片色彩,就是给自己的人生喝彩,就是提高自己的生存力量。读完这篇文章,我感悟颇深,一粒米虽小,但十粒、几十粒、上百粒、千万粒汇聚,就变得大了。

　　"寝室是我家,美化靠大家。"因为有缘,我们彼此共处一室,于是有了家。因为有爱,所以有家的温馨。在这丰富多彩的大学生活里,寝室不仅是我们生活的场所,也是塑造人生品格的舞台。用一种好的习惯来装饰我们的家,家会因为它而变得更加温馨。用一种好的学习氛围来构建我们的家,家会因为它而变得更加高雅。

　　"高雅文化进寝室"不仅给我们的寝室带来了高雅的文化,也给我们带来了和谐相处的真谛。不同的话题、不同的角度、不同的感悟让我们懂得了共同营造寝室卫生、文明的良好氛围,让我们一同品味着高雅文化所带来的香甜,那是我们感觉最美好的时刻了。

感谢"好文、好书",感谢她使我们懂得了生活的真谛,懂得了怎样去面对困难,让我们这个"家"充满了温馨。

红医班

□ 肖大庆

　　少年时的我，是听着电影《红雨》主题歌《赤脚医生向阳花》走进红医班的。你听："赤脚医生向阳花，贫下中农人人夸；一根银针治百病，一颗红心暖千家。出诊愿翻千层岭，采药敢登万丈崖。赤脚医生向阳花，广阔天地把根扎；千朵万朵红似火，贫下中农人人夸。"多么激昂的歌曲啊，少年这颗狂野躁动的心，怎能不被它撩拨得热血沸腾、激情澎湃呢？

　　这部描写20世纪70年代初山村赤脚医生红雨故事的电影，由北京电影制片厂于1975年摄制，我上高中那会儿，适逢全国热播。受"学制要缩短，教育要革命"理念的引导，学校领导把高中学制变成两年不说，普通高中还开设了五花八门的专业班，什么写作班啦，农机班啦，珠算班啦，红医班啦，不一而足，颇像现在的职高。红雨红雨，不就是"红医"吗，一颗红心学好医，毕业后为贫下中农治病。

　　我的父母都是医务工作者，当时我是随他们工作调动转到这所学校就读的。在原来的学校读了一年高中的我，来到这所新的学校，高中只剩下一年时间就要毕业，选什么专业才跟得上呢？思来想去，还是读红医班吧，一来受那部电影的熏陶，二来有"祖传"的优势，学起来肯定进步快些。就这样，我坐在了红医班教室的黑板前。

　　你还别说，当时的学习还真觉得有些乐趣呢。专业课教师以兼职的居多，聘请来授课的是当地医院的医生，而且不固定，今天这位医生有空，就请他来讲讲怎样望闻问切；明天那位护士轮休，就拉她来示范一下如何打针。我的爸妈都曾经给我的同学们授过课，因为这，有的同学对我也变得毕恭毕敬起来，让我很不好意思。老师还常带我们去田野、河边认草药，进深山爬沟壑采中药。

　　我们的学习，以实践课居多。掌握了一定的医疗基础知识后，接下来就安排到医院去见习实习。医院发给我们的白大褂，穿在身上又长又大，样子挺滑稽。

同学们个个像只跟屁虫，跟在医生、护士的屁股后面，"老师"进、"老师"出的，东看看，西瞧瞧，自豪中充满新奇。实习结束后，每个人就成"小红雨"了，老师便将全班学生三五成群组成一个个小组，分到各个农村合作医疗站去，协助赤脚医生为贫下中农服务。我父母亲的医术医德在当地有口皆碑，我沾了他们的光，老百姓便信任起我来，纷纷点名要我给他们看病。我为自己学到了一点解除群众小病小痛的本领而自豪，虽然不敢把自己比作华佗再世，但心里早把自己想象成了当地的"红雨"。

红医班的学生，能够给人治病，给猪打针就更不在话下了。那年，在农村的生猪群体中流行着一种传染病，涉及面广，情况紧急，如不及时防治，将给广大的农村家庭造成很大的经济损失。我们接到救援的任务后，分赴各个村庄的猪栏猪圈，个个手里捏着一把银光闪闪的动物用注射器。哪里有猪哪里就有我们！见到猪，不管是大猪小猪，还是公猪母猪，只要是猪，就给它来一针，免费注射，无须与户主商量。有的同学给猪打针的技术真的很高超。有些猪见生人来了会惊慌失措，嘴里一个劲地"哼哧"乱叫，还满猪圈地乱跑。这难不倒我们的同学，只见他倒背着双手，注射器藏在身后，装出一副若无其事的样子，和善地向猪靠拢。这时的猪看到人对它这般温和，便放松了警惕。等人靠近猪时，它突然间意识到了人图谋不轨，起身想要逃离——谁说猪笨啊！说时迟，那时快，"小红雨"飞起一针，直扎猪的身体，稳且准。等猪明白过来是咋回事时，防疫任务早已完成。下手是狠了点，但狠中藏爱，猪也似乎懂得这个道理，"哼哧"两句也就不再吭声了。

一年的校园红医生活在不知不觉中过去。本打算高中毕业后，去插队落户，做一名真正的"红雨"式的好赤脚医生，因为当时除了这条路，别无选择。粉碎"四人帮"后，全国恢复了高考，在填报志愿时，我毫不犹豫地在第一志愿栏里填了医学院校，希望今后子承父业，做一名救死扶伤的好医生。但只因为在表中写了"服从分配"几个字，我便阴差阳错地被师范院校录取，命运从此改变。如果不是这样，你说，我现在是不是很可能也成了一名享誉一方的大夫呀？

回味军训

□ 2009 级临床医学专业专科 1 班　王黎珍

　　军训结束了,我们脱去了那股稚气,多了几分成熟。记得刚开始军训时,带着一丝兴奋,也有着一丝恐惧。

　　虽是以兴奋和恐惧的心情开始,却是以不舍的心情结束。军训为我们带来的太多太多,有对工作和学习严谨的态度,有对他人的尊重,有对梦想的执着,亦有对团体协作重要性的认识。

　　回想刚训练的那段时间,偶尔会有些不安分,做做小动作,或是多了些面部表情,根本没有想到要有纪律性。在教官的不断强调下,我们的意识有所增强。而今,有组织、有纪律的生活成了一种习惯。军训让我们懂得要用严谨的态度去面对工作和学习。只有这样,我们想要做的事才有可能做好。严格要求自己,不管结果如何,都不会留下一点遗憾,因为我们已经努力过了。之前,有人说过我们的教官可能比我们当中的许多人年龄都要小,不过我们都很尊重她。我们每一个人都需要互相尊重。这样每个人的心中都会有一种温暖的感觉。

　　军训自然很累,那也是我们刚开始时感到有些恐惧的原因。在军训中,真的有点坚持不住,但终究我们还是过去了,靠的是坚持不懈的精神。梦想需要我们执着地追求,需要努力去调整好自己的心态,不畏艰难,踏实走好人生中的每一步,一点一点实现我们的梦想。

　　坚持不懈不可忘,团体协作精神也要大力发扬。只有班排里的每一个成员齐心努力,排面才能整齐划一。其实,我们将来参加社会工作的时候亦是如此。无论在什么工作岗位,都会有团队合作完成任务的时候。只有团体的每个成员团结起来,任务才能够出色地完成。如果一盘散沙,这个团队不久就会溃败,团队中的成员也毫无进取之心,最终导致恶性循环。

　　军训教会了我们许多许多,成了我们人生经历中不可多得的收获。虽然有点苦,但值得久久回味。

大学教授的奇怪话题

□ 周毅

在某商学院,一位知名教授给学生出了一道奇怪的论文话题——"你最喜欢哪个季节"。起初,学生颇感费解,这分明拿文学说事,文学跟商业有什么内在联系? 静心考量,学生们逐渐领会了教授的意图。原来,教授是想考察这些未来商人的眼光和头脑。论文答辩结束后,教授将其大致归为三类。

第一类,七成学生喜欢春天,因为春天是"播种季节",它象征着希望和未来。对于创业者来说,好的开头意味着离成功更近。但凡驰骋商海的巨子们都是满怀希望起步的,而且他们的根基大多打得都很牢固,即使有什么闪失,也可以在播种季节及时更正。所以,才有人说"良好的开端是成功的一半"。这话用在商场和职业规划上更形象。

第二类,两成以上的学生喜欢夏天,因为对于打拼者而言,真正的考验是在"炎炎夏日"。无论你的理想多么宏大,无论你的愿望多么美好,没有经过时间打磨和实践检验的所有规划都可能夭折于某种困境和意外中。那些真正走向成功的巨子,都是在"炎炎烈日"暴晒下经得住考验的勇者。所以,成功必须经受考验,而这个考验的过程就是夏季。

第三类,只有不到一成的学生喜欢秋天,因为秋天是收获的季节,但凡奋斗者都期待这一天。没有收获的奋斗是痛苦的,而不少的打拼者最终都陷入了这种痛苦。尤其在竞争激烈的现在,无论是美国还是中国,这种现象普遍存在。所以,成功的结局犹如金光灿烂的秋季,值得每个成功者骄傲。

有趣的是,居然没有一篇论文涉及"冬季"。教授经过调研和分析后知道了缘由,因为"冬季"似乎和"奋斗过程"不沾边。为此,教授专门用一堂研讨课阐述了他的"独特"观点:无论是对创业者来说还是对所谓的成功者来说,"冬季"都显得更为重要,因为这个"休眠季节"最便于他们静下心来思考。

　　教授进一步分析道:规划比起步更重要,一个切实可行、思量缜密的规划能让你少走许多弯路,静心规划是"冬眠期"的必修课;总结比成功更宝贵,持续的成功才是真正的成功,冷静而客观地总结经验和教训往往也在"冬眠期",因为这个时候人的大脑最清醒。

　　对于追求成功的有志者,"冬季"显得更为重要,因为冬季这个"休眠季节"最便于人们静下心来思考。宁静以致远,这正是上面那位商学院教授喜欢"冬季"、喜欢"冬眠期"的原因。

憧憬我的 2010

□　2009 级临床医学专业专科 1 班　王黎珍

"律回春晖渐,万象始更新。"难忘的 2009 年已离我远去,我正大口呼吸着 2010 年春天的气息。

过去的一年我展示了自己最真的一面,也是收获最大的一年,似乎真如当年高中的老师所言,经历过高考的人会变得成熟。面对问题时,我更加坦然,少了无所谓的态度,多了一份深思。

烦躁被往年的雨水冲洗和稀释后我便有了一颗自信安定的心。尽管太多的苦涩融进了昨日的犁铧,太多的忧伤曾经充斥着我们的心灵,太多的无奈曾经写在我们的脸上,但有再多的"太多"又能怎样呢? 有失败就会有成功,有咸淡的泪水就会有甜美的微笑。

一直都是这样的,每每在一个阶段结束之时,感受也多,但往往这时最不缺的也正是收获。记得在我们刚跨进大学的校门时,班主任让我们写下了2009 年下半年的计划。我那时对自己的要求并不是很高,首先自己做到不挂科,然后将本职工作做好,还增加了个体育运动——打乒乓球。这些目标都已实现。

然而,我现在并不是很满足了,我感到似乎现在有许多事情要做。

2010 年,我们开的课程多了,更加辛苦是肯定的,学医本来就不是一件简单的事,而是一件不可马虎的事。所以,2010 年我的第一个目标就是训练自己的耐性和细心。当身上游离着不安分子时,我要用文学的笔墨来宣泄那股不安,同时陶冶一下情操,提升自己的文学素养。我的第二个目标就是提高外语水平,做到早上不睡懒觉,起来读英语,背单词,练听力,争取把英语学得更好些。另外,这学期体育选修了排球,通过体育运动,提高自己的身体素质。最后有一个很重要的目标,就是巩固专业知识,提升实践能力。总之,2010 年的每一天我都得坚强忙碌,让自己的每一天都充实而有意义。

　　将过去的喜悦与失落藏起,重新选定好一个起点,调整好自己,挑战未来。

　　我坚信,一分耕耘,一分收获。

那个红皮笔记本

□ 闲云野鹤

　　我和她是同桌,我们都爱好文学,平时无话不谈。她有一个红皮本,经常拿出来给我看,红皮本前面几页贴着照片,每次看完照片,我准备继续往后翻的时候,她就会一把抢过去塞在书桌里。如此讳莫如深,勾起了我的好奇心,我想要揭开这个秘密。

　　有一天,该我值日扫地,扫到她的课桌前,那个红皮本子赫然出现在我的眼帘,我一阵狂喜,机会来了!我悄悄把那个红皮本拿了出来,翻过看了多次的照片,后面是一页页写得工工整整的文字,还有日期,啊,原来是她的日记!那时我们都还没有写日记的习惯,见到日记,挺好奇的,便翻看起来,几个扫地的同学也凑过来看,其中有团支部书记。

　　日记的开篇写的是班长印象,语言流畅,描写细腻,还时不时发点议论。我先是欣赏,后来就是气愤,处于青涩时期的我,认为她描写男生,就是在谈恋爱,谈恋爱就是风流,在那个时代,恋爱就等同于作风不好,风流可以和道德败坏画等号。

　　自从我认为她在恋爱后,我就从内心里排斥她,觉得和她交朋友是看错了人。第二天班主任把她找去谈了话,我心中猜测,肯定是团支部书记向老师汇报了她日记里的事。

　　果然,她从班主任那里回来后,脸色难看,眼角还带着泪痕,我不敢问她。一连几天,她都不大理我。看她不理我,我心虚了,我以为她知道了我看她日记的事。虽然日记是几个人一起看的,但始作俑者还是我呀!我偷偷写了张道歉的字条放在她的书桌里。不久我们就和好如初了。

　　毕业后,她很快结了婚,我参加了她的婚礼,结婚对象不是班长,是个大学生,温文尔雅的。婚后不久,她就随丈夫调到外地去了。不久我也成了异乡人,从此失去联系。

同学三十周年聚会我回去了，她没有来，向同学打听，说她有了两个儿子，生活挺幸福。四十周年聚会，我又回去了，有同学告诉我，她的丈夫得癌症死了，她又回到故乡，住在她妹妹家。我唏嘘感叹，她是我班女生中第一个结婚的，也是第一个守寡的。真是世事难料，人生无常啊！

那天，我们在家乡的滨江路见了面，好一番亲热，又捶又打又拥抱的，她还没有完全从丧夫之痛中解脱出来，神情比较抑郁。我们聊了很多，从学生时代一直聊到现在。我说："当年少不更事的我，做了很多荒唐事，比如那次偷看你的日记，我至今都觉得愧疚。"她听了很惊奇："什么？你偷看日记，偷看谁的日记？""你的呀，那个红皮本子，你不记得了？"于是我说了当年看她日记的经过。

她说："真是天方夜谭，你编的吧。我怎么一点不知道。"这下轮到我惊奇了："不可能啊，我当初还向你道了歉的呀，那张字条你没有看到吗？""字条？什么字条？"她一脸茫然，像看外星人似的盯着我。看她那个神情，不像是装的，她的确不知道看日记的事，也不知道我写字条道歉的事。

我更惊奇了："那当年班主任找你谈话，是怎么回事？""她批评我早恋啊，那时候我那个死鬼丈夫正在追我呢，班主任找我谈早恋的事，我就想，是谁把这事捅到班主任那里去的呢？我想了好久，怀疑是我邻居女孩告的状，因为她当时也喜欢我的丈夫，而我丈夫却不理睬她，只一个劲儿地追我，我猜想她是嫉妒我，才去学校告了我，我回去跟她吵了一架，至今我还恨她呢！"

竟然是这样！

原来她压根就不知道是我看了她的日记捅了娄子，误以为是邻居女孩告了她早恋的状，也压根不知道我写字条道歉的事，而我却误以为她是看了我道歉的字条才原谅了我。这一个又一个的"误以为"，竟然造成四十年一个天大的误会。可奇怪的是，我给她道歉的字条当时明明放到她书桌里，却不翼而飞了？她居然没有看到？让她邻居女孩替我背了四十年的黑锅，那个女孩真的比窦娥还冤呢！

她说，如果真有字条的话，那张字条也许被她当作废纸扔了，也许是被别有用心的人给毁了，谁知道呢，就让它成为一个解不开的千古之谜吧！

向希望出发

□ 2009级临床医学专业专科1班　王黎珍

时光正如朱自清笔下的《匆匆》所说的那样，"洗手的时候日子从水盆里过去；默默时，便从凝然的双眼前过去……"一个炎热而充满活力的夏日在不知不觉中走过，到来的又是一个崭新的学年。

暑假并没有像我计划的那样完美，用做家教代替了到医院见习。这次暑假我没有时间来进行更进一步的专业知识的学习，心中有所遗憾，但凡事都有两面性，这次做家教也收获不少。这个暑假我的确没睡过几次好觉，第一次参加这样的实践，怕自己不能胜任。每日我早早起床，最热的时候回家，回到家便是一阵眩晕。然而，这还不是我最困惑的。最令我困惑的是如何与孩子和孩子的家长交流。这是我第一次接触家长们，不敢说懂得了如何填补那不可消除的代沟，但至少在这方面得到了锻炼。

除此之外，暑假期间我也参加过几次同学聚会，深深地感受到了全面发展的重要性。大学是一个展现自我、增长才干的舞台，除了努力学好专业知识外，还需培养其他方面的才能。新的学年必然要有新的计划，特别是面临环境的突变（搬往老校区），更应当明确自己的目标，否则，将似无头苍蝇，到处乱撞，最后留下的只有伤痕，没有收获。来到老校区已经有两个星期了，浑浑噩噩地过着日子，细细想来确实自己没有明确的目标。大二了，要学的科目多了，书也变厚了，属于自己的时间少了。虽然如此，但也绝对不能放松自己在各方面的修养。既然学校为我们提供了一个平台，我们就应该抓住机会使自己得到锻炼，提高个人的综合素质，为将来适应社会做好准备。

就我个人而言，我打算这学年从以下几方面去提高自己。第一，坚持每天锻炼身体，早睡早起，调好生物钟。毕竟，身体是革命的本钱，有好身体才有资本去做其他的事。第二，提高专业知识水平。都说学应有所成，既然是自己的专业就应当努力学好,自己的专业知识都没学好,其他的也不会学好的。所以,我得不断改进学习方法,学会将知识网络化,使其更具条理性和灵活性。第三,提高英语水平。虽说三级已过,但成绩却不太乐观,今后要多注意词汇积累,多读英文文章。第四,提高写作水平,多写多练,多投稿,争取写作水平上新台阶。第五,积极参加学校活动,丰富自己的校园生活,充实过好每一天。

天道酬勤。我相信,在新的学年里,我的生活会更加多姿多彩。毕竟,美好是留给有准备的人的。

校园一抹绿

□ 2008 级应用心理学专业本科班　刘美

　　红花因绿叶的衬托而更加灿烂,高山因树木的生长而更加巍峨,泉水因鱼儿的游动而更加灵动,校园因我们的身姿而更加美丽!

　　每天清晨,天际灰暗,我们响亮的号角打破了沉寂的夜"一、二、一""一、二、一"……直到太阳懒洋洋地从东方爬起,阳光把我们的影子拉得好长好长……

　　不同的场地,不同的面孔,相同的是同样的绿色,勃动的绿,一样的口号,一样的颗颗火热的心。训练场上,学生教官的声音由洪亮变成嘶哑,训练长笛由冰凉变成灼热,而学员们口号越来越洪亮,步伐越来越整齐划一……在整个军训过程中,教官和学员们的心越来越紧地联系在一起,心灵也更加默契。在这壮大的气势中,我不禁感觉到自身的渺小和团体的重要,一滴水所能发挥的作用有限,但它融入大海后,那浩大的气势就足以威震四方。

　　在教官竞选过程中,每个人都认认真真地去做好规范动作,但总是要有人退出的。每一次的选拔,让我既悲痛又兴奋,悲痛退出的同学的悲痛,兴奋选上的我们的兴奋,同时也为接下来的选拔而忧心。

　　7 月的骄阳炙烤着大地,橡胶散发出难闻的气味,军训教官们穿着绿色的军装,笔挺地站在运动场上,按照教官的口令做着每一个动作。豆大的汗珠往下淌,飞虫在我们身边嗡嗡地飞,还时不时地来个香吻。但我们为了成为合格的、优秀的教官,仍然坚持着一动不动,这就是训练,这就是军令,这就是纪律……流血、流汗、不流泪,掉皮、掉肉、不掉队。

　　10 月的军训场上,大家斗志昂扬,站成整齐的队伍,构成校园里亮丽的绿色风景。太阳光无情地将矛头指向我们。大家已是汗流浃背,短短几十分钟的站立显得如此漫长。但是,我们教官面对太阳而站,把阴凉留给了学员。任汗水流淌,任飞虫撒野,任阳光烤烧,任痛苦蔓延,我们纹丝不动,因为我们相信,有耕耘就有收获。

　　军训路上甜苦和喜忧掺杂着,同伴都愿与你分担所有,难免曾经跌倒和等候,要勇敢地抬头。谁愿长躲在避风的港口,宁有波涛汹涌的自由。阳光总在风雨后,乌云上有晴空,请相信有彩虹。珍惜所有的感动,每一份希望都在你手中。这就是我们通过军训得到的。只会流汗不会流泪,不懂后退只会奉陪,只想尝到挑战的滋味。一生伤痕换一份体会。这就是我们来军训的目的。做到问心无愧代价不菲,只要做得对就是最大的安慰,不管有没有人陪,不管是谁只活一回,对得起自己永远不问痛不问累不累,也就不必说后悔,问天问地问心无愧。这就是我们军训的体会。

　　我深深体会到了学生教官的与众不同之处。在训练场上,教官们英姿飒爽,无法相信自己和学员们有着一样的年龄,但我们的身上体现出了成熟与干练,这是属于军人的独特气质,是在艰苦的环境下磨砺出来的意志,与学员们稚气未脱的脸形成显著的差异。这让我深深感到自豪。

　　这就是经过磨炼的我们。这就是不断成长的我们。这就是属于我们教官的风采。

这一晨

□ 2006 级麻醉学专业本科 1 班　李媛媛

　　微微的晨雾连接着夜的静谧沁人心脾,清新的空气以不食人间烟火的傲人姿态迷惑了我的呼吸,在这座城市的边缘,我清醒着。窗外的鸡鸣声一波强似一波,仿佛非要和不远处高速公路上的庞然大物一决高低。放眼望去,居民楼前面的砖瓦房上炊烟袅袅。街巷里,不时有人提着豆浆油条哼着小曲来来去去。有了豆浆的柔和清甜、油条的饱满精神,接下来的一天应该从开始便充满了鲜活的原动力。这样看来,一直忙忙碌碌,自诩为"穷忙族"新晋一员的我,想来必定是错过了很多美好的东西,这些大概才是生活的可爱之处吧。于我,如此忙碌为哪般呢?

　　前几天,为了给自己增加点儿生气,顶着夏日火热的朝阳,穿过纵横狭长的街道,挤过熙熙攘攘的早市,吾将上下而求鱼。是的,几条金鱼铁岭小半圈。这不得不让我发笑着想起"打二两酱油,走三里地"的典故。我和那个传说的大笑柄似乎有得一拼。看着活蹦乱跳的小可爱们,一股哀伤袭上心头,同样的时间,同样的地点,同样的我,怀揣着两条应该不是同样的小金鱼,走过同样的街道。第一天,一只鲤鱼跳龙门,等我左右寻其而不见时,它已经粘在地板上成了名副其实的鱼干,垃圾袋成了美丽的最终归宿;剩下的一只,本来我是更珍惜的,换了干净的水,看它自由自在地游了两圈,稍微安了心。第二天,泛白肚子的它漂在水里,我的心痛得连带胃都有些不舒服了,好像白花花扁平平的它正荡漾在我的胃大弯里。然后,它的尸体随着冲水的隆隆声消失于马桶的洗礼。它们两个虽一个自寻短见,一个离奇丧命,但还是被我归结为,买它们的那一天我掉了手机,沾到了衰气,以它们的小体格自然是活不长久的(自我安慰)。

　　当然了,一蹶不振不是我的风格,用人民币完成了等价交换之后,三条小黑成了我的囊中之物。这一次我可是做好打持久战的准备,买了鱼食,从家里淘来的鱼缸、鱼兜、贝壳正齐刷刷地摆在窗台上虚位以待。提着几条金鱼,从人来人往、叫卖声声的街市里穿堂而过总有点儿碍眼,想来自己也处在弹尽粮绝的边缘境地。于是,茄子、土豆、豆角、辣椒,还有两块油炸糕,这回齐了。堂而皇之地走在回去的路上,一位大姐打断了我的遐想(瞎想),问我土豆多少钱一斤,顺便还瞟了一眼我的三个"真命天子"。她不会是在想,我兴冲冲地赶着回家,土豆茄子烧金鱼吧? 要是她真的那么想,真是辜负了我毕恭毕敬地告诉她土豆的价格,而且我还要郑重地补充一句,它们那么那么弱小,我没那么那么残忍。

　　千辛万苦,大功告成。看过秋微在《快乐如何》里的一篇文章(她写给何炅的文章)中提起过这样一句箴言:当掌心向上时,你的把握,即使不再用力,也真的不会离开。好吧,宝贝们,从现在开始我就放你们在我的掌心。

　　窗外的雾气渐渐散去,阳光也正在为了她明媚的头衔开始打拼,我已经听到厨房里阿姨切菜时刀与菜板碰撞时噔噔的声响,圆凸形的玻璃将水里片片游动的黝黑的小生命放大,看了让人更加欢喜。如果上天给我一个许愿的机会,我希望能长久地和这三个小生命在一起,如果非要给它们三个取个名字的话,叫 SHE 好不好呢? 如果非要来个区分的话,谁是 Ella,谁是 Hebe,谁又是 Selina 呢? 这个可要伤脑筋了。

我们当了"插秧客"

□ 2009 级康复治疗学专业本科班　罗赣君

阳春四月,正是插秧时节,我们的插秧队伍前往事先联系好的周大叔家里。

周大叔五十来岁,穿得朴实而整洁。常年的风吹日晒在大叔的脸上刻下了深深的痕迹。见到我们,周大叔很高兴,给我们煮了酒酿蛋吃。他说,他的儿子和媳妇常年在外,没时间回家,家里劳动力很缺,我们的到来就像是一场及时雨。

听周大叔这样一说,我们的内心反而不安起来——队伍里有些同学从小在城市长大,不知道怎么插秧,会不会弄巧成拙呢?来到田边,我们指着不远处跟着老黄牛吃草的牛犊对周大叔说,我们在田里插秧,就像这牛犊一样,没什么经验,还得向您取经。

周大叔告诉我们,田埂因为前天下雨,整条路变得泥泞不堪。说完,他便将自己的鞋子脱下,我们也光着脚板在泥泞的田埂上走着。这里将布满我们的足迹,留下我们的汗水。

这时候,我们中的一位同学早就耐不住性子,卷起裤脚,拿着一捆秧苗下到田里去了。还有一些同学没有插秧的经验,就在一旁询问该怎么插。

周大叔告诉大家,插秧时要特别注意,横行、竖行都要对整齐,而且每株秧苗的距离要稍微留大些。

以前看农民插秧似乎不觉得怎么累、怎么难,此刻亲手在田里插秧,才知道插秧原来那么辛苦,尤其是腰部要一直弯着,非常难受。

在田里劳作半小时后,发现有些同学秧苗插得东倒西歪,大叔赶忙告诉我们,东倒西歪的秧苗很难活下来,即使活下来,在以后施肥、除草中也很容易死去。

为了提高大家插秧的兴趣,我们决定两人一组,开始插秧比赛。比赛刚开始,意外却发生了——我们的一位队员为了抢占有利位置,不小心在田里滑倒了。

我们异口同声地说:"这就叫心急吃不了热豆腐。"

　　"不不不,这叫敢为'革命事业'献身。"大叔很幽默。

　　大家插秧的速度比开始慢了很多,并不是累了,而是大家更注重插秧的质量。这时候,我们开始纠正自己蹲在田里的身形,努力地把双脚叉开,尽量维持弓背的体形,手上插秧的动作也由原来的斜插改成了直插。虽然插秧很辛苦,但我们却乐在其中,都坚持到了最后,插秧的质量也得到了周大叔的肯定。

　　劳动永远是光荣的!走在回校的小路上,欣赏着夕阳西下的乡间景色:沃土、溪水、老牛、老农等,我们聊了很多。大家的愿望也随着那片秧苗播撒在春天的阳光里。

你若安好，便是晴天

□ 2010 级涉外护理方向专科班 李晓珍

初踏大学校门，眼里充满稚气，难免会有几许畏惧。不过，一切都随着我们的相遇而悄然改变着。属于我们的生活正在精彩演绎着……

面对室友，开始时我小心翼翼地和她们交流。一直怀念以前的高中同学，总是用自己的方式去表达自己对新生活的排斥，显得那么格格不入。我以为，我可以很快习惯一个人的生活，可以去做想做的事，不在乎别人的想法和看法；我以为，真正的朋友离我很遥远，我只是偶尔会和室友搭讪；我以为，熬过这几年就可以对这里的一切说拜拜；我以为……可事实上那些"我以为"都是我的自以为是。毫无疑问，以前的朋友都有了自己的新生活，根本无暇顾及我的寂寞。我必须适应和新室友在一起的生活。

渐渐地，我习惯了四个人一起一路谈笑着去教学楼上课。四个人的身影有秩序地排着，而不再是形单影只。那种手挽手的感觉如阳光般温暖，生活在同一个屋檐下的我们一起埋怨依旧是三点一线的"后高三时代"，一起感叹厚厚的医学书和难懂的专业课，一起讨论各自的恋爱观和价值观，一起穿着睡衣跳华尔兹，一起攻击可爱又暴力的暴力熊，一起安慰哭泣的小泛滥，一起陪着小香港减肥……那无数个"一起"编织成属于我们四人的纪念册。

"人生若只如初见，何事秋风悲画扇。"这句优美的诗语令我感慨万分。也许，N 年后的我们再次回忆起我们的点滴，嘴角依旧会扬起醉人的微笑。我们从陌生到熟悉，再到彼此依赖，那日久生情的过程简直可以写成一部书。

来到大学，认识了新朋友，我学会了很多。暴力熊让我学会了如何去独立，如何用行动证明自己的能力，学会了改变自己；小泛滥让我明白感情是需要用理智去处理的；小香港的乐观和欢笑让我了解很多事不需要过于执着，笑一笑，生活依旧美好。我们都很喜欢在一起的时光。

　　生活难免会有矛盾。我们会因为某个话题争得面红耳赤,会为某件事情偷偷生闷气。每当此时,暴力熊会用她的暴力手段解决内部问题,而我们也会向对方妥协,因为了解彼此性格的我们会用理解去化解存在于我们之间的误解。

　　清晨的一米阳光洒在阳台上。拉开窗帘,阳光引入室内,洋溢着几许暖意,打破了几天来的寒冷和沉寂。冬天过去了,春天来了,绿芽在枝头探出了脑袋,飞鸟在天空穿过。生活原来如此美好!

　　朋友是一辈子的,值得我们永远珍惜。记住——你们若安好,便是晴天!

夏日记忆

□ 2010 级英语专业本科 1 班　张璐

夏日第一缕闷热的阳光照射下来,驱除了我一天的慵懒,不经意从窗口望去,满眼都是绿色。

从 6 月初开始,我就在手机新闻和报纸上有意无意地关注着高考的信息。那段关于高考的记忆又在我的脑海浮现。那段岁月让我知道了自己对未来沉甸甸的责任,赐予了我在荆棘遍布的路上执着前进的勇气。

翻着旧日的留言册和一张张记录精彩瞬间的照片,一幕幕的场景就像一张张绚烂的剪贴画,串成一部已谢幕的电影,播放着我们的快乐和忧伤,记录着我们的青春和岁月,见证着我们最纯真的友情。未来就像天空中一朵飘动的云彩。而我们,从高中毕业那一刻起,便开始了漫长的追逐云彩的旅程。

大一上学期的生活是橙色的。太多的新事物扑面而来,新鲜而灿烂,快乐而又紧张。在橙色的记忆里,有第一次参加军训的激动、第一次加入社团的好奇、第一次考试的紧张、第一次……

大一下学期的生活是绿色的。青春的枝节不断生长,旺盛得就像初夏的树木。梦想也变得绮丽多姿。开始考虑如何在校园内和校园外得到一份兼职,也常常为了学生会的总结和社团的活动策划通宵达旦地忙。

一年的时光,在刹那的弹指一挥间。一年的生活,在点滴而独特的感悟之中。太多的事情、太多的经历给了我们太多的感悟。我们总以为,过去的事情会像大海中的泡沫一样,在风浪中飘散得无影无踪。殊不知,它们就像河蚌体内一粒粒沙子,经历岁月的覆盖,结成颗颗珍珠。

时光不断流逝。每一天,我们都在成长,并不断见证着自己一步步走向自信与成熟。

给你一片橙色的光芒

□ 基础医学院　袁博翔

沐浴了 70 年的风霜雪雨,赣南医学院迎来了她 70 岁的生日,从全校聚集而来的数百名志愿者散发着青春的热情,奔赴于各自的岗位。我们发扬"奉献、友爱、互助、进步"的志愿者精神,用激情、奉献与智慧为 70 周年校庆奉献自己的力量。

还记得 5 月 5 日的校庆志愿者招募启动仪式,身为志愿者中的一员,我站在整齐的队列中,看着那以"70"形状构成中国传统图案"龙马祥云"的校庆徽标,内心的自豪感油然而生。我想,以前从来没有参加过校庆,这次难得有这个机会,一定要好好把握。下定决心要从现在做起,从自己做起,从身边的小事做起,以优良的素质、优美的形象、优异的成绩向母校的 70 岁生日献礼。

在接下来的志愿者培训课中,团委老师从岗位业务、校史校情和礼仪知识等方面对我们进行了系统的培训,并详细介绍了校庆期间的各项活动安排。我也渐渐明白每一位校庆志愿者都代表着学校的形象。我们只有创新服务形式、提升服务品质、注重接待工作中的细节,才能在校庆活动中为每位校友和嘉宾提供一流的服务,展现赣医学子良好的精神风貌。

"怎么突然学校里多了这么多的橙色衣服啊?"一位 2009 级临床医学本科班的同学说,"看着挺阳光的,校庆的氛围真是越来越浓了啊!"为了体现志愿者的热情和阳光,学校特别为每一位志愿者提供橙色工作服,橙色既有红色的热烈又有太阳的光芒,穿上它顿时感觉充满了青春的活力与激情。

志愿者分为接待组、导游组、通讯组、礼仪组、后勤组等十余个小组,纷纷奔赴自己的工作岗位。我被分配到锦江国际大酒店进行接待工作,负责入住酒店嘉宾的接待、指引、后勤、咨询等服务工作。在工作之余,时不时有校友过来和志愿者们畅谈。在交谈之中,志愿者仿佛跟随着校友一同游历外面的世界,也不知不觉地生出许多向往,纷纷暗下决心努力学习,闯出一片自己的天空。

1977 级校友、日本中医学院院长、日本神户何氏整体医院院长何懿先生也入住锦江国际大酒店,在一次接待中,何懿先生突然问道:"现在是国庆期间,你们在这里做接待,不出去玩吗?"基础医学院 2008 级的一位志愿者答道:"作为赣医人能够遇到学校 70 年校庆是我们的荣幸,全校师生都在积极为校庆忙活,怎么能少了我们呢?"听后,何懿先生哈哈大笑起来并竖起大拇指连连夸赞。

是啊,求学期间能碰上一次大型的校庆是多么难得的事,作为赣医的一分子,以一颗热情之心,用最真诚的笑容、最细心的服务做好我们自己的本职工作,就是对母校 70 周年校庆最大的支持。作为校庆志愿者,我们虽然付出了辛勤的汗水,但也学到了不少知识,更收获了大学里最给力的青春经历!

我要飞得更高

□ 2009 级康复治疗学专业本科班　罗强强

我是一个地地道道的农村孩子。家处偏僻的山村,交通极为不便,家庭条件也比较差。但这些并没有阻碍我求学的脚步,并没有削弱我前进的动力。

2009 年,我考上了美丽的赣医。在这里,我开始了人生最重要的旅程。通过自己的努力,我成了一名中共预备党员,当上了 2009 级康复治疗本科班班长。在校期间,我获得了 2010—2011 学年国家励志奖学金,获得了校二等奖学金以及校"三好学生"和"优秀共青团干部"等荣誉称号,获得了学校图书馆首届读书演讲比赛学生组三等奖和 2011 年学校 70 周年校庆纪念杯棋类大赛中国象棋个人赛第一名。

回想刚来学校的时候,我也曾彷徨过,也曾迷茫过。在老师、学长、同学的帮助下,我调整了状态,积极投入大学学习和生活。我努力学习各种知识,积极参加各种活动。虽然会有不顺心的事发生,但我的目标依然坚定。

当我知道自己获得国家励志奖学金的时候,我的内心有很深的触动。国家励志奖学金对我来说,不仅是对我的肯定,更是一份鞭策和鼓励。它激励着我奋斗的信心,给了我不竭的动力。我知道,不管曾经取得怎样的成绩,都只代表过去。我要为自己定下更高的目标。

有人问我学习有没有什么捷径。我说:"梅花香自苦寒来。"当然,学习方法是很重要的。一个重要的学习方法是先整体后局部。我会将每个学期要学习的内容作为一个整体来学习,进而获得总体印象和了解。之后再各个击破,即部分学习——将学习内容分成很多部分,每次集中精力学习一部分,这部分学好、学精了后再学另一部分。最后,再进行综合学习——将部分学习的内容联系在一起,融会贯通。我想,如果能坚持这样学习,你的进步一定会很快。当然,在学习和工作时总会遇到各种各样的问题。如果是我,我会好好反思自己哪里做得不够。每天临睡前,我都会从三方面反思自己:一是反思读书效果,二是反思工作效率,三是反思知识和实践的转换效果。通过不断的反思,不断促使自己进步。

我很快就要去实习了。那将是一种全新的学习方式和生活状态。我准备好了迎接新的挑战。未来由自己把握,谁都无法代替谁。我愿化作一只雏鹰,朝着自己的理想飞去,越飞越高……

难忘军训

□ 2010 级临床医学专业本科 2 班　黄建英

往事并不如烟,许多建议让我们无法释怀。

望着那被烈日烘烤的篮球场,军训的种种经历又浮现在眼前,太多的瞬间、太多的场景令我感动。军中严明的纪律要求我们,站累了不能动,走疼了不能停,做任何动作都得有军人的风范。刚开始时抱怨声四起,喊累声不断,但后来我们渐渐发现,原来"冷酷无情"的教官也亲切可爱。烈日骄阳下,他和我们一样,汗水顺着脸颊下淌,滴落在滚烫的地面;拖着疲惫不堪的身体,演示着每个潇洒有力的动作;早已嘶哑的嗓子,依然喊着士气昂扬的口号。我们默然了,感到无比的羞愧,都暗下决心,要用认真刻苦的训练、坚忍不拔的意志来回报教官的辛苦与付出,将自己所有的精力和体力都投入训练场!

原本还在思考,军训换来的是什么,收获的又是什么。那黝黑的皮肤?那全身的疲惫?那无法言语的辛苦?现在终于明白,都不是!军训换来的是坚强的意志与不懈奋斗的精神,换来的是我们在父母身边不曾有过的独立与面对挑战的勇气,换来的是未来在大海中扬帆远航的动力!军训收获的是一段难得的经历,让我们体会到:青春是用意志的血滴和拼搏的汗水酿成的琼浆——历久弥香,青春是用不凋的希望和不灭的向往编织的彩虹——绚丽辉煌;青春是用永恒的执着和顽强的韧劲筑起的一道铜墙铁壁——固若金汤。

回头望望军训留下的足迹,尽管歪歪斜斜,那些颤巍巍的步伐无数次让自己跌倒,却因此让自己成熟了不少。没有风雨的洗礼,哪有绿叶的翠绿?没有寒冬的考验,怎能迎来春的赞美?

在教官的言传身教下,在战友的默契配合下,我们无论是在细雨秋风中,还是在烈日骄阳下,总是迈着矫健的步伐,喊着嘹亮的口号,在汗流浃背中锻炼自己的意志,在疲惫不堪中考验自己的耐性,在互帮互助中感受着浓厚的友情……

　　虽然在赣医军训的日子离我们渐渐远去,但今天我们却还记忆犹新,因为军训让我们磨炼了自己、完善了自己,让我们的脚步更加稳健地行走在人生道路上。

军训的日子

□ 2012 级临床医学专业本科定向 4 班　　江莉

　　如果要用一句古语来概述大学军训的意义,那便是"天将降大任于斯人也,必先苦其心志,劳其筋骨,饿其体肤,空乏其身,行拂乱其所为,所以动心忍性,增益其所不能"。难道不是吗?

　　虽然军训对很多从小娇生惯养的大学新生来说,很苦很累,但军训所给我们的让我们终生难忘、终身受益。军训期间,个人意愿被放置一边,走、立、跑、言、唱等都必须遵守军纪,做到"小我"服从"大我",个人服从集体。是啊! 人这一辈子要扮演各种各样的角色。角色变了,言行也得随着做出相应的调整。在什么山头就得学会唱什么样的歌。大学五年,我一定会努力学好医学知识,努力提高临床实践能力和人文素养,为将来成为一名优秀的医生打下坚实的基础。

　　军训时队列的"齐"很是令人印象深刻。口号要喊得齐,步伐要走得齐,摆手要摆得齐,歌声要唱得齐。这一项项的"整齐划一"虽然使得很多女生私下里不停地诉苦,也有人为之而哭鼻子,但事后大家都明白了一个道理——一个团队的合作精神非常重要。没有哪个人可以随心所欲,没有哪个人可以特立独行。记得心理学中有一个"木桶原理",即木桶盛水量的多少不是取决于长板,而是取决于短板。如果短板不配合、不改变,那么这个团队就很难取得长足的发展。在今后的学习生活中,我如果是一块短板,我会积极向长板看齐,不断提高自己。如果我是一块长板,我会耐心帮助短板。

　　当然,军训还教会了我"忍"。有人说,忍是心字头上一把刀,会很痛苦。我不这样觉得。有得,必有舍。要想得到什么,一定要学会舍去什么。没有忍,就没有齐,就没有进。军训中,当口渴、饥饿的时候,得学会忍耐;当烈日炎炎浑身流汗的时候,得学会忍耐;当保持军姿手脚酸痛的时候,依然得学会忍耐。只有学会了忍耐,一个人才会有更大的收获,才能一步步走向成熟。另外,忍耐常常和宽容紧密相连。大学生活里,难免产生磕磕绊绊,难免受到同学、老师这样或那样的误解。这时,就要学会宽容。俗话说,退一步,海阔天空。微笑着面对问题,阳光会洒满人的内心。

军训过后,实在是感慨颇多,思绪止不住地往外流动。抬头看看窗外,一阵清风迎面而来。我的大学生活就要开始了。前面一定是一片茵茵绿草地,一定是一片阳光和雨露。

我是一片绿叶

□ 2011 级临床医学专业本科 1 班　龙园

听，在那人潮涌动的地方，他们的呐喊声、助威声震天响！

看，在运动员的身边，他们举着红旗，一路陪着奔跑！

这就是可爱的啦啦队队员们！我有幸，成了运动会上众多绿叶中的一片。

还记得，冒雨举行的女子三千米比赛吗？虽然天空中飘着小雨，但我和其他啦啦队队员一样都早早地来到了比赛场地。我们摩拳擦掌，仿佛我们也要参加比赛似的。

比赛就要开始了，我们的心提到了嗓子眼上，对着自己身边的运动员不停地讲述着操作要点，帮助他们缓解心理压力。此刻的我们恨不得把自己体内的全部力量一股脑儿地倒进运动员体内，让他们跑得更快、更有力。

"加油！""你是最棒的！""我看好你！"比赛开始了。我们早已顾不得平日里端庄的仪态，个个扯破喉咙，为自己学院的运动员呐喊助威，好像生怕会因为自己的声音不够响亮，而让别人夺得桂冠。

比赛进入白热化阶段，运动员有些体力不支了。这时候，我们三五成群地高举事先精心制作的小牌子，跟着运动员一起在雨里奔跑着、呐喊着……我看见一名运动员嘴唇有点发白了，便赶紧递上一瓶已经拧开瓶盖的稀盐水。为了让她保存体力，我尽量帮她托住瓶底，并不断叮嘱她尽量喝慢些。看见她加快了奔跑的步伐，我笑了，虽然此时的我也有些气喘吁吁。

哎呀，不好，最后一圈，她不知怎的突然摔倒在地上，整个人都趴在地上。身后的对手都陆续从她身边超过。我和另一名啦啦队队员赶紧跑过去，把她扶了起来。当我们询问她是否坚持比赛时，她表示要坚持跑完全程。我们给她拍了拍身上的尘土，一人扶着一边，陪着她走完了几百米。

我们在众人的掌声中到达了终点。

那一刻,我和那名运动员抱头痛哭。她对我说:"感谢你……没有你,我坚持不到最后!"我帮她擦去脸颊的泪水,笑了笑:"非常愿意做你的绿叶!"

此刻,太阳出来了,温暖涌动在我们每一个人的身上。

拼　搏

□ 2012级临床医学专业本科3班　钟春梅

冰心老人曾说过"成功的花,人们只惊羡她现时的明艳,然而当初她的芽儿,浸透了奋斗的泪泉,洒遍了牺牲的血雨"。是啊,每一个精彩人生的背后都会有一个辛酸的故事。有人说人生因梦而精彩,而我却更喜欢"人生因拼搏而精彩"。

呱呱坠地,咿呀学语,我们从懵懂到成熟,一路走来编织着五彩斑斓的梦。小时候的我们未尝世事之维艰,总是憧憬着我们长大后能成为科学家、歌唱家……然而随着涉世的深入,我们意识到了现实的残酷。一些人心安理得地说着"梦想离我太遥远,我拼尽一切也无法到达理想的彼岸"开始了自甘堕落。他们的一生在一声长叹中画上句号。目标远大说明我们有雄心壮志,但是距离遥远绝不能成为我们退缩的说辞。试问你为之拼搏努力过吗? 没有拼搏,梦想何存? 没有拼搏,何来精彩人生?

翻开历史的画卷,或许我们看到的是光辉灿烂的一幕,听到的是万众欢呼。殊不知这一幕背后隐藏着多么震人的力量,需要他们多么顽强的毅力去拼搏! 还记得吗? 那感动60亿人的2分41秒,英国运动员德里克·雷德蒙,400米纪录的保持者,在巴塞罗那奥运会中两轮预赛均获小组第一名。4年前汉城奥运会因脚伤赛前两分钟退出赛场。为了迎战奥运会,他做过5次手术,这是他最后一次出征奥运赛场。然而在400米的决赛中,他旧伤复发,右大腿肌肉撕裂。此时距离终点175米,苦等8年的奥运金牌梦提前宣布终结。赛场上的他是就此放弃,还是忍痛前行? 惊人的一幕出现了,他单脚奔向梦想的终点,顿时成为万众瞩目的焦点。通往成功的路上只有快慢之别,并无胜负之分。即使没有胜利的奖牌,骄傲和尊严也将与我们一路同行。他说:"其实我们都会碰上这样或者那样的困难,它们会如同荆棘墙一样横亘在你和你的梦想之间。如果你真的不幸碰上了的话,除了跳过去之外,你还有别的选择——拆了它! 就像我做的一样。"

奥运明星如此,那我们学校的运动健儿们呢?他们的坚强和毅力,他们的奋斗和拼搏,他们的痛苦和泪水,是不是更值得我们为他们喝彩呢?眼前一闪而过的百米运动员,是你们天生拥有矫健的身姿、风一样的速度吗?不是。短短跑道,他们全神贯注,奋勇向前,用尽全身力量冲向终点。他们拼搏奋斗的汗水将会幻化成成功的喜悦而萦绕心头。3000米的运动赛场,让我真正感受到了他们的拼搏与坚持。或许漫漫跑道就你孤身一人,没有同学的陪伴,加油声不会一直伴你左右,但你毅然坚持。尽管酸痛侵袭,口干舌燥,呼吸困难,泪花早已模糊你的视线,但你却用顽强的意念坚持了下来,跑向了终点。无论成败如何,我都觉得你是最棒的。因为你努力过,拼搏过,没有留下遗憾,这就足矣。我真心为你们呐喊。因为战胜对手只是人生的赢家,战胜自己才是命运的强者。

赛场上的运动健儿们,我为你们感到骄傲。因为你们懂得去努力,去拼搏,去追逐,去实现自己的梦想。漫漫人生路是我们一生的赛场,在这个赛场上我们可以驻足观看两旁的风景,可以奋勇向前,迎击困难,领略人生不断的搏击,享受拼搏过后的喜悦。

因为拼搏,人生分外精彩。

那样美丽

□ 2011 级法学专业本科班　金莎

　　起跑线上,运动员一字排开,隐约可见的健美肌肉中蕴含着爆发的力量,坚定的目光中充满了自信。枪响了,她们开始了征程,笔直的跑道上,发出了充满韵律的声音。掌声、呐喊声、助威声,声声人耳。

　　迎面奔跑着一个人,马尾辫有节奏地摆动着。在阳光的映射下,健康的肤色与白色的运动服显得是那么适宜。她跑着,奔跑着,那么美丽,那么有力! 任汗水飘洒,任时光匆匆! 有人要赶超上来了,她并不着急,稍微调整一下节奏,继续领先。从她的眼神里,可以读出什么是女性之坚韧,什么是顽强不屈。此时,呼吸声、风声、呐喊声显得如此默契、如此美丽!

　　她冲刺了,她到终点了,她打破了女子 800 米校运会纪录。她就是陈艳杰,一个普普通通的大一学生。赛后,我们采访了她。原来她从高中开始就坚持体育锻炼。多少个日日夜夜不变的练习,才锻造出她突出的体力和钢铁般的意志。可在比赛前夕,她的小腿拉伤了,而且,她当天参加了多项比赛。不难想象陈艳杰在体力不支、小腿疼痛的情况下是以何种精神完成比赛并打破纪录的。

　　加油! 女运动员们! 风儿拂动着她们的发丝。每一寸肌肤都呼吸着空气,每一秒钟都奏响着激动的曲调。她们追逐梦想的脚步越来越快。她们要用行动诠释一个道理——没有比脚更长的路,没有比人更高的山。茵茵绿场,谁是真英雄!

　　你看,3000 米赛场上,女运动员们还在一圈一圈地跑着。哎呀,一位选手摔倒了! 正当我们以为她会放弃比赛的时候,她爬了起来,继续向前奔跑。旁边不时有人在喊:“你是最美的! 坚持住! 坚持就是胜利!”再看,跳远运动员离弦似的助跑,蚱蜢似的起跳,上演了空中飞步表演;铅球运动员手握沉重的铅球,汇集全身的力量,推出了一道完美的弧线;跳高运动员在步伐优美的助跑后,向前一跃,身体在空中画出一道美丽的弧线。

　　冲刺的味道,不需每刻去寻找。追求的释放,才是永恒的骄傲。

　　无论什么时候,都要让阳光洒满心中! 无论什么时候,心怀梦想、追逐梦想的人都是最美的!

生活的滋味

□ 2012 级临床医学专业本科定向 4 班　康仁军

掩不住时光的流逝,手中紧紧攥着的是回忆与思念。

2013 年,我不仅品尝到了很多甜蜜与快乐,也体会到了许许多多的痛苦与忧伤,还有很多很多说不出的滋味!

记得还是去年年初的时候,刚刚进入大一下学期,手中一下子多了好几块像砖头般的书本,像有机化学,还有解剖学等。老师讲课的内容一下子多出了许多,心里自然而然存在许多不适应,但我知道人的潜力是无法想象的,就像海绵里的水,只要会挤,终究还是会有的。

在大一下学期繁重的课程中,让我记忆犹新的还是对解剖学的学习,白天戴着口罩,身着白大褂,戴上手套,一手抓着手术刀,一手拿着镊子,躬着腰,低着头,细细地对干枯的标本进行解剖,虽然口罩质量还行,可怎么也挡不住浓浓的刺鼻的福尔马林气味,气体不时飘到眼睛里,顿时辣得眼睛流下了眼泪。可是,实验还得做,只能饱含热泪,眯着眼睛继续进行。白天做实验,晚上还得写预习报告,大的本子一写就是三四页,写完后差不多到一两点了,已是夜深人静。

2013 年的暑假如期而至,夏天还是像往年一样炎热,本以为会像往年一样快速地度过这个酷热的时光,却发生了一件让我撕心裂肺的事——外公去世了!噩耗像晴天霹雳一般降临到我的头上,让我手足无措,哭得一塌糊涂。那些天,整个人变得浑浑噩噩。我跪在外公的灵柩前,一边烧着纸钱,一边哭着,怎么也无法想象一个身体还健壮的老人走得如此之快,快到没有和我们打一声招呼!我失去了我的外公,我害怕失去,所以更加珍惜和家人在一起的时光。

转眼间就来到了大二,对大二的学习带着几许迷茫,知道学业会更加繁重,这期间遇到了各种困难,压得我喘不过气来,但我想一切都会好起来的,只要自己肯努力。

2014 年的大门刚刚开启,怀揣着一颗充满希望、渴望向上的心,继续前进!

光阴串成的礼物

□ 2013 级临床医学专业本科 12 班　邹宇晨

光阴似线，将日子串起，编了又散，散了又编。

大学第一个学期的生活令我难忘。抱着满满的一箩筐好奇心，我加入了校学生会文艺部。凭着浓浓的一麻袋兴趣，我加入了校报学生记者团。学生会的活动丰富多样，第一学期，我们部门承办了"我型我秀"大型文艺活动。从 9 月开始策划到 11 月文艺会演，我看见了在台上闪闪发光的选手们幕后的辛酸。台上一分钟，台下十年功。努力和汗水在镁光灯下化作喝彩与掌声，这不仅是赞赏，更是对表演者们的鼓励。一个活动的成功举办，是一个团队共同完成的。对于观众，这是一场视听盛宴。对于我，却是一场实实在在的考验。经历过之后，才真正明白什么是合作、什么是团队。

除了校学生会，在校报学生记者团也让我收获不少。记者团是一个非常温馨的家庭。正是从记者团中的每个成员那里汲取了正能量，我才鼓起勇气参加编辑部部长的竞选。结果，我落选了。可是，我学到了更加重要的东西——不断尝试。任何时候都有竞争，有竞争就有失败的风险，但是参与竞争，不断尝试，历练的正是自己。未来充满无限的未知，精彩的瞬间牢牢铭记于心。得与失的更迭交替，让我的生活更加饱满。

新学期开设了专业课，课程学习更加紧张。学医之路从来不易，不做好吃苦的准备，学不到真正的知识。新年伊始，要让自己朝着更好的一面发展。对回寝刷屏说"不"，对蒙头大睡说"不"，对临阵磨枪说"不"。新的一年，要遇见一个更完美的自己。在这个快速发展的信息时代，需要享受生活。安静地在图书馆里阅读，与前人的思想碰撞；听世界用不同的声音唱出扣人心弦的歌曲；观令人感叹的特技效果，感受想象的光怪陆离。放飞自己的心，任其驰骋遨游，让自己活得潇洒、活得漂亮、活得精彩！

　　我们是自己生活的导演,不是演给别人看,而是亮出自己的心,感受世间的一切。学着如何和这个世界更好地相处,如何让自己真正地独立,如何承担肩上的责任,如何微笑面对挫折,如何充实自己的生活,如何过好每一刻。

　　你们看,光阴正编织着新的一年送给我的礼物。

那些年读研的日子

□ 甘小荣

那时的我,年少轻狂,不知天高地厚。但恰恰是那股年轻时的激情,给我带来了一段丰富多彩的生活。

那一次,我辞别父母独自踏上去学校的路途。经过大学四年的锻炼,我早已不是那个遇到麻烦就找妈妈的小丫头,我充满自信地准备迎接新生活,却没想到前面是一块到处长满绚丽鲜花的沼泽地。

这是一个跟国际接轨的大都市,也被誉为"魔都",充满魔力,一不小心,就可能会"沦陷"。如果说大学时的痛苦在于选择太少,在这里,恰恰相反,似乎有一种选择太多的假象。而且,面对满世界的诱惑,极其容易迷失自己。那时的我心中只有一个目标——一定要在座城市立足。这个看似简单的目标,却有着很大的挑战。多少位高考中的天之骄子,在上海打拼了多年后,仍然发出"上海居,大不易"的感慨。但是无知者无畏,为了这个目标,我还是做了一系列的积极准备。

研究生的学习与大学时期有了很大不同。它要求的学分相对较少,但是标准却高出很多。学校会在研二上学期重新给每位学生评定奖学金,以学生发表的论文情况以及每学期的期末考试成绩排名作为评定依据。这个奖学金对于学生来说不是一笔小数目。因此,我们也不敢放松警惕。在研三快毕业的时候,每位同学必须完成一篇论文。这篇论文在正式参加毕业答辩之前需要通过全市的盲审。如果盲审没通过,那就没有资格参加毕业论文答辩,也就是拿不到毕业证。不过,相对来说,我们比大学时期更加自由。但事物总是具有两面性,自由同时也意味着责任,为了让自己内心安宁,还是要倍加努力。只有这样,才能过上"辛苦但不心苦"的生活。

不得不说,内陆省份的大学生与沿海一线城市的大学生相比差距还是非常大的。不管是穿衣打扮,还是谈吐以及综合能力。我意识到,在这里,除了要克服自己的惰性,还要克服外在激烈的竞争氛围给自己带来的压力。这种压力一方面会促进自己成长和进步,但另一方面,也会无形中吞噬你。好在年轻就是最大的资本。因为年轻,你有很多尝试的机会,也有很多犯错误的机会。虽然内心一直这样安慰自己,可现实中还是遇到了很大的困难。

首先是学习上的困难。刚开学就开设了好几门外教课,虽然自己的英语笔试一直都还不错,可是英语口语实在让人头疼。那时外教特别喜欢让我们完成Presentation,还有就是随堂翻译、之类的作业。当一些本地学生讲着一口流利英语跟外教进行对话时,我真的只能在一旁羡慕嫉妒恨,再怎么说在高考中我的英语成绩也还算比较高的!为此我还痛苦了好久,哑巴英语是很多中国大学生都会遇到的问题,而解决这个问题的唯一方法就是敢开口,多交流。然而,我们却常常因为口语不好更加排斥开口。这样极容易形成恶性循环。

至于专业课,上课方式跟本科时相比也有很大不同。我们需要花大量的时间来阅读专业文献,发现问题,提出问题,然后在每周一次的导师课堂上轮流发言。我们的大老板是一个和蔼的小老头,平时上课非常幽默风趣,门内弟子很多。因此,彼此之间各种观点碰撞,也容易引发新的思想。当然也少不了诸多的欢声笑语。尽管平常的日子很辛苦,但是不得不说,那段时间的生活是非常纯粹而快乐的。

转眼间,研一很快就接近尾声,打算读博的同学待在实验室里继续他们的学术生活。我是从一开始就打算研究生毕业后参加工作的。因此,在研一暑假的时候我就着手准备实习事宜。那时500强外企对我们来说都是闪耀着光环的,自然在我心中最心仪的实习offer就是500强外企。

可是一开头并没有那么顺利。当我在应届生求职网上写简历时,我就发现我一点可圈可点的经验都没有。可想而知,我投出去的简历也石沉大海,一点回音都没有。更加雪上加霜的是,我的身体这个时候开始出现问题。一夜之间,我脸上出现了大量的闭合型粉刺,对于爱美的女生来讲,这真是致命的打击!那真是一段灰暗的岁月,我每天就处在焦虑和莫名其妙的担忧中,因为那时的我很希望毕业后能拿到上海户口,并且找到一份不错的工作。

后来,我得到了一份来赣南医学院工作的机会。我会好好珍藏那些年读研的日子,好好珍惜现在的工作。

我是一名义工

□ 2010级中西医结合方向本科班　刘书燕

往常周末要是没事的话都是要睡到8点多才会睁开眼睛,而且昨晚也是凌晨才睡的,本该有充足的理由来睡懒觉的。可今天却是在早上5点50分就睁开了眼睛,不是被吵醒的,不是被尿憋醒的,也没有任何心事。

梦已经醒了

我醒来了,没有睡眼蒙眬,没有头晕眼痛,居然特别清醒。

宿舍里静悄悄的,室友们都睡得很安静,我不敢出声,也不敢翻身,这是个难得的周末,可千万别打扰了大家的美梦啊!就这么清醒着也太无聊了,索性开了手机,看会儿新闻,刷下微博,逛会儿空间吧。逛到空间,突然有一个动态吸引了我的注意,之后久久不能平静。那是一条儿科大夫刘跃梅主任在凌晨1点多发出的消息——这个星期天,我们前往上犹老年公寓做志愿者,我们去两个博士、四个主任,同时也需要大学生志愿者。

记得我加入"医学生社会实践之家"也有两个多月了,天天看着大家的动态。在儿科大夫刘跃梅主任的带领下,这个群里很多同学都利用周末时间出去献爱心、做义工。

多少次在心里默念着希波克拉底的誓言,多少次回忆起我们新生入学时那斗志昂扬、激情四溢的宣誓——健康所系,性命相托。当我步入神圣医学学府的时刻,谨庄严宣誓,我志愿献身医学,热爱祖国,忠于人民,恪守医德,尊师守纪,刻苦钻研,孜孜不倦,精益求精,全面发展。我决心竭心全力除人类之病痛,助健康之完美,维护医术的圣洁和荣誉。救死扶伤,不辞艰辛,执着追求,为祖国医药卫生事业的发展和人类身心健康奋斗终生。

现如今,大学五年过去了一大半,按理说不管是在医德的形成方面,还是在医术的学习上,或是在爱心传递的行动上,都应该有一些作为的。可事实上,我却还只是躲在校园这个温室里,享受着被呵护、被保护的特权。我想着自己得到的那么多,可是付出的有多少呢?纸上谈兵,好像头头是道,真正实践的又有多少呢?这次是去上犹老年公寓,我堂堂一个上犹人,居然还能无动于衷吗?后悔了?自责了?还能继续睡吗?不行,我一定得去争取一下,我也想要献爱心,我的爱心传递要是能从这次行动中开始岂不更具纪念意义?

大约6点20分的时候,我给刘主任发了条短信,可不敢打电话。主任可是凌晨1点多还在线的,怎能打扰?我还是先看看书,想想该怎么面对吧。

到了6点50分,刘主任没回我短信,难道是人够了,不需要我了吗?队伍是否就要出发了呢?不管这些,反正我得争取一下,鼓足勇气拨通了刘主任的电话,跟主任说明了下情况,介绍了下自己。

刘主任告诉我人员都够了,但是还可以考虑。她让我8点在一附院急诊楼门口等候,要是好坐就带上我。

我开心极了,想到自己就要开始我的义工行了,而且还是去自己家乡上犹县永春老年公寓呢!不管要不要我,我都要去,就是站着,我也是非常乐意的。

天亮就出发

在7点40分的时候,我抵达一附院急诊大楼门口。果然,心情好就是不一样,见着门口的保安就开聊,居然没有任何害羞的意思,话题也多多,问了有关这次活动的事。在确定队伍还没走后,很轻松地开始询问保安大叔工作上的一些事了。

大概10分钟后康健和朱丽娟来了。我们一起合班上过课,康健还是我们群的管理员,都认识,就更是毫无顾忌地聊了起来。到了8点,郑博士到了,后来刘主任也到了,我们相互打了招呼。刘主任这么开心,想必是要我去了,我没事了。

大家陆陆续续到了集合地点,老年公寓的接送车也来了。来了两辆,那肯定有我的座位了。这时刘主任开始分工,让我们把该拿的设备、物品都拿好。一切都准备完毕,我们拍了几张照片,出发喽!

我们坐的是上犹县中医院的救护车。我们五个学生还有一附院影像科的陈卫华主任坐在了一起。我们先问了下陈主任他的职业生涯,因为面临着实习问题,也跟老师打听了下实习的事。看着陈主任有些困,不忍心再吵下去了,就跟其他几个同学要了下基本信息:名字、手机号码、QQ号码等。这也是刘主任交给我的一项任务哦!因为消化科的徐老师坐在副驾驶的位置,所以没有过多的交流。

那天雾有点大,上不了高速,车速也慢了,我们9点30分才到上犹县永春老年公寓。

巧遇恩师乐自来

老年公寓很新,毕竟是2011年才开始建的,占地也挺大的,整个看过去很开阔,也比较气派。我们没有过多地停留,直接进了永春楼。

可是当我刚要进门的时候,我的眼光往我的右边扫了下,居然有了熟悉的感觉,仔细辨认,那居然是我小学三年级的语文老师黄老师。我叫了句"黄老师"。她认出了我,笑了笑。然后,我们紧紧抱在了一起。

黄老师说她刚刚听到我们队伍的声音就出来了,她也听到我说话了。我也没有想到我们会在这里见面,黄老师说,她感到非常意外,她特别开心,我也跟她表达我也有同样的感受。

我们几名学生先把横幅挂好,这是刘主任给我们安排的任务之一。之后,跟着龚老师做一些康复疗法。因为我是中西医结合临床专业的学生,针灸推拿都有一定的基础。龚老师知道我的专业后就准备先指导我去做推拿和艾灸的工作。考虑到这里的老人们都比较年老了,怕针刺对他们刺激太大,就放弃了针灸。

这时,黄老师过来咨询龚老师。黄老师说她的腰椎最近很痛,已经用药了,但效果不是很理想。龚老师问了黄老师的房间号,因为在一楼,我们就直接去了黄老师的房间。房间的设备很齐全,还有空调。

我跟龚老师说,黄老师是我的小学老师,有帕金森病史十余年了。考虑到这些,龚老师给我的黄老师做了下神经方面的体格检查。他让我给黄老师做推拿。我开始了我的推拿手法,虽说学的手法那么多,可真正操作起来却是不够协调的,就连我自己都觉得别扭。

龚老师在看过我的手法后,指出了我的不足。他结合黄老师的情况,非常规范地教我使用腰背部的推拿手法。龚老师告诉我,做完推拿,可以选择用艾条在委中穴给黄老师灸下。交代好后,他带着其他几个同学去看望其他老人了。

我一边推拿,一边跟黄老师交谈。说实话,我是在高考结束后偶然听说黄老师得了帕金森的。2011年4月去看过一次老师,之后我们一直保持着电话联系。直到今年上半年老师的电话没人接,就失去了联系。后来也听说了黄老师是到疗养院去了,再后来又比较忙,也是怪我太懒,就没有再去打听老师的消息了。

今天的相遇真的有些意外。我问了下黄老师家里的情况,看到这里的环境和服务质量,觉得她家人的考虑是合理的。推拿了大概半小时,准备要用艾灸了,拿起艾条,还是有些不自信。于是,我把经验丰富的刘主任给请过来了,刘主任教了我方法及注意事项,大概是看着我掌握了,就悄悄地离开了房间。

我拿着艾条,在黄老师委中穴的位置熏着。毕竟是第一次,特别小心,小心地吹着灰,小心地把握温度。对于艾条离皮肤的距离,我也很小心地把握着。我担心黄老师无法控制住自己的手脚。于是,我用左手固定着老师的腿,当然也是可以时时监测皮温。我怕灰会掉下,烫到老师,眼睛也不敢开小差,还不时地问老师是否可以承受那样的温度。

黄老师告诉我本来9点多她就会发病的,但是她今天心情很好,应该是不会发作了。她让我别紧张,就是发作,也不会有太大问题的。在这个过程中,我问了她在老年公寓的一些情况,问了下她的饮食起居。

这时,护工也进来了,感觉她照顾得还不错的。我知道艾灸一个穴位需要15分钟左右。在把握住艾条长度的情况下,第一只腿我灸了20分钟,剩下的二十几分钟全在另一条腿上了。

这些都结束后我给黄老师做了下腹部的体格检查。当我叩击她的肾区时,她感到有些酸痛。这时,我突然想到我们随行带了B超仪。趁着现在的机会打个B超看看。我把黄老师带到检查室。陈主任耐心地给黄老师做了检查。他告诉我说B超检查正常,没有问题。我长长地松了一口气,然后把黄老师带回房间休息。

将爱不断地传递下去

我告别了黄老师,去看外面的情况,看是否有需要帮忙的。外面都处理得井井有条,暂时没有需要我帮忙的。遇到老年公寓的院长,我便跟院长聊了起来。我先问了下公寓的发展,也得知现在老年公寓共有60多位老人入住,我忍不住介绍了自己,院长居然要留下我的联系方式,让我这个初生牛犊受宠若惊。

后来我们都基本完事了,只剩下做B超的两个老师还在忙。我们开始玩起了私人拍照。龚老师检查了我任务完成的情况。我把黄老师请了出来,黄老师当然不会出卖我的啦!于是,我们就一起各种拍。

不知不觉已是中午12点多了,我也陆续看到护工拿着饭盒去给老人打饭。我们也在12点30分的时候开饭了。菜是很绿色、很天然的,各种菜样以猪肉为主,而且猪是老年公寓自己养的,没有吃过饲料的,蔬菜基本是自己种的,还有蒸红薯、蒸芋仔,纯天然的感觉。

大家都很开心。在饭桌上,我们也更加认识了彼此。因为郑博士和施主任有事得先走,我也吃好了,想着晚上也有事,尽量早些回来把该做的事都做了也好,就和他们一起先走了。

　　在返校的途中,与老师们交流了一会儿,但是毕竟都有些劳累,就陷入了沉默。

　　回想起今天的种种,就觉得一切进展得太顺利了,我很开心、很满足。我的义工生活居然是这样拉开序幕的,太有意义了。感谢主任的大度,没有因为座位有限将我抛下;感谢老师的耐心,没有因为我是新手而嫌弃我的笨手笨脚;感谢老师们的宽容,没有因为我话多闹喳喳而生气;感谢老师们的理解,没有因为我的"低智商"搞错关系而怪罪我……

　　感谢的话太多太多,但是我更愿意将这感激之情化作大爱,像我们的医生、老师一样,去关心、去帮助那些需要帮助的人,将爱不断地传递下去。

我在美国过生日

□ 2012 级临床医学专业本科 7 班　王婷

蓝蓝的天,白白的云,天气非常好,与这所大学的校园相得益彰。

Joan 带我们参观了他们的中学部、学校的篮球馆、棒球场、博物馆、游泳馆,还有食堂和活动中心。当看到他们的图书馆时,我们眼前一亮,安静的环境,精美的设施,舒适的学习氛围,先进的设备,还有学生休息娱乐的地方。不知不觉,我喜欢上了这里。

在实验室,老师教我们给病人做心脏复苏和人工呼吸的正确方法,并让我们用模型亲自操作,模型做得非常逼真,感觉和真人非常相似,这也是我第一次做心脏复苏和人工呼吸,当时非常紧张。美国的教育方式非常开放,老师总是时不时地问我们问题,让我们就各自的观点进行讨论。因此我感受到原来我们不仅是要学,还要懂得提问、怀疑和思考。

在实验课中,我们学习了腰椎穿刺。腰椎穿刺这种外科知识以及穿刺手法我们之前没有学习过。这让我异常兴奋。接下来,我们自己也着手操作,带着紧张激动的心情,一步步小心地操作着。

我们还学习了外科手术中必不可少的操作——伤口缝合。我们用的所有器具全都是手术室里面真正用到的器具,我们在一块海绵上进行缝合,用 3 号线一步一步操作。还有静脉注射的操作方法,感觉每天都在探险一样,总是有不同的新鲜的东西在等待着我们去挑战。

在美国学习期间,让我最开心的就是,第一次在美国过我的 20 岁生日。有这么多的同学老师,还有我们的 Lily 姐陪我。在生日的这一天,我们约定好了要做一顿中国菜来感谢学校领导和 Lily 姐对我们的欢迎和照顾。

Lily 姐让我们在异国他乡找到了家的感觉,曾经素不相识,因为 LMU 我们结识。Lily 姐就像我们的亲姐姐一样,无微不至地照顾着我们。

我们买了好多东西,来到 Lily 姐家,分工合作,有的炒菜,有的包饺子,大家和乐融融,一种家的温暖涌上心头。在吃完饭后,Lily 姐给了我一个 surprise。

这个周末我们坐了 5 小时的汽车到达了南方最大的城市——亚特兰大,正值 NBA 的赛季,我们观看了一场精彩的篮球赛,在赛场上感受到来自世界各地的篮球迷对篮球的喜爱,当然我也不例外,本身就喜欢体育的我也是非常激动,而且也被现场球迷所渲染的气氛带动起来.

我喜欢 NBA 的一个最大的原因是,无论在场上有任何困难,所有队员都会坚持同一个目标,就是"我要进球,我要赢得比赛"。在生活中,我有时遇到一点困难就会退缩,所以我要学习他们的精神,不惧困难,勇往直前。

三周,说长不长,说短不短,在这里,我留下了许多第一次。第一次出国,第一次做心脏复苏,第一次缝合,第一次在国外过生日,第一次亲临 NBA 现场,第一次参观可口可乐公司总部,第一次坐直升机,等等。

这么多美好的经历会一直存在于我的脑海中,永远不会退去,这也是我 20 岁生日最好的礼物。

我会想你的

□ 2013 护理学专业本科 3 班　易含笑

第一次坐飞机,第一次绕了半个地球去另外一个国度,第一次倒时差,第一次我也做了一个外国人。坐了 13 小时的飞机,我终于来到了美国。

由于我们是晚上到的,首先看到的便是宿舍。这样的宿舍是两个人住。屋子里有暖气。Magrate,这所学校负责接待我们的老师,告诉我们晚上只要把袜子放到暖气上第二天就能干。这回,生活在南方的我体验到了暖气的强大——外面下雪,屋子里穿短袖。

第二天我们参观了整个校园。一进校门首先看到的是林肯纪念馆,里面是关于林肯生平的介绍以及一些纪念品。讲解员很热情地为我们介绍着林肯的生平,每介绍完一段都会问我们是否有问题要问。我们对这位美国伟大的总统有了更深的认识。

我们还参观了图书馆。他们的图书馆虽不像我们那么宏伟大气,只是小小的一栋,走进去却很温馨,人很少,一间像教室那么大的自习室里也只有三四个人,总是人少桌椅多。我们进去时正好有一位学生在屋子里温习功课。落地窗外是一棵棵青翠欲滴的大树,宁静、和谐。在这样的学习环境中学习起来一定非常舒服。

学校的食堂是自助的。食堂里都是面包、汉堡、比萨、薯条、饼干,加各种颜色的酱,生蔬菜泡沙拉酱。一直吃大米长大的我突然在食堂找不到大米,变得很迷茫。看着美国人拿了满满一盘的汉堡加上各种颜色的酱,我却不知道要拿什么。无法接受吃生蔬菜,汉堡、饼干好咸、好腻,吃不下去,好像每顿都是吃水果和喝饮料饱的。

终于要上课了。走进教室,"我和我的小伙伴都惊呆了"! 这是教室吗? 怎么只有四个学生? 后来才知道这是小班制,每个班都只有不超过 12 个学生。这是一节叫Shakespeare的课。课上老师和学生像朋友一样交谈,轻松而愉快。下课后老师对我们这些外国学生很热心,主动帮助我们复印课本,一复印就是一整本。

在随后的日子里我们参观了这所学校的医学院。Sophister教我们怎么抽血、插管、缝针。我们还坐上了救护车,模拟急救。而且,更有幸的事是,我们走进了模拟实验室、模拟病房。对于我来说,这些只能在电视上见到的情景,终于自己也体验了一把。

为了让我们体验一下急救,还让我们坐了下直升机。飞机起飞时声音很大,能把周围的树叶全部卷起来。我们激动的心情早已抑制不住——和直升机拍照。其实,直升机里面的空间不大,只能坐下四个人,一个司机,三个乘客,飞机起飞了,还能看见地面上同学们挥手。从窗户向外看整个校园,阳光、楼房、树木,分外迷人。

同行的伙伴有两个过生日、我们开了Party。Party邀请了在这里认识的美国朋友Semi一家人以及Magrate、Marry等。闲余时我们教美国人中国话:"Cabbage is 生菜、白菜、包菜!"当时,美国人震惊了。

我们还教他们怎么用筷子,美国人怎么都学不来。现在才发现筷子真是个高技术含量的东西。聪明的东方人,两根竹子都能用得如此灵活,便宜又方便。我真佩服老祖宗的智慧。

学校校长邀请我们吃晚饭。校长在任时居住的楼房,离任了就要搬出去,和总统住进白宫是一个道理。第一次吃这么正式的西餐。桌上,我们用英语和校长聊天。校长是一个平易近人的人,很热情,话语间总是带着微笑。

3月15日。我们包车去了亚特兰大,这座美国南部最大的城市。上午出发,5小时的车程,下午到了亚特兰大,然后去看了NBA比赛。以前,只能听别人讲,只能在电视上看NBA比赛。NBA赛场比我想象的要大,音响很大,像开演唱会那样。NBA很注重带动现场气氛,时常会有球衣从天上飞下来,啦啦队表演时滑稽的动作让现场每个人都开怀大笑,大屏幕上会随机扫现场的观众,扫到两个就要kiss,当时屏幕上正好扫到一个吃了满口是奶油的男人和一个正在发呆的女人,现场观众都笑了。

NBA不仅是比赛精彩,更重要的是能给现场观众带来欢乐。

一转眼,三个星期就要过去了。

最后一天,美国林肯纪念大学的校长及校长助理、国际交流学院的院长以及院长助理为我们颁发了证书。

那天我还有点小伤感,因为真的很喜欢这里,喜欢老师的热心,喜欢食堂阿姨的微笑,喜欢阳光下草地上的宁静,喜欢"Excuse me"的和谐。特别是 Magrate,带我们爬山,带我们吃饭,帮我们问"test room"在哪里,陪我们看电影,给我们上美国文化课,回答连我们自己都听不懂的英语问题,从来都不觉得烦。

微笑,真是世界上最美丽的表情。

那天下午我们都收拾好了行李,坐上了校车。夕阳西下,金色的阳光撒在 Magrate 白色的头发上。"I will miss you!"

Magrate 似乎听到了,回答了一声"Me too"。

再见了,美国林肯纪念大学。

我会想你的!

遇见美国

□ 2012 级临床医学专业本科 8 班 周海倩

第一天，我们随着飞机飞上三万英米的高空，跨越太平洋，向美洲大陆进发。经过了十几小时的飞行，飞机终于降落于芝加哥机场。

紧接着我们赶忙转机去田纳西州，经过两个多小时之后我们到达了田纳西州，出机场两名 LMU 的老师已经等候许久。

出了机场，一股清新的空气迎面而来，顿时让我感觉呼吸是如此的舒畅。干净的街道上偶尔有几辆轿车奔驰而过，无喧嚣，且安静。车行驶在高速公路上，公路两边虽然不像欧洲绿化得那样好，却是一马平川，让人感觉心胸宽阔。

经过长时间的旅程，我们的肚子也早已咕咕直叫。好心的司机特地带我们去肯德基买夜宵吃。

第二天，我们观看了 LMU 的篮球比赛。虽然我不了解篮球，但深深地被赛场的热情所吸引。篮球比赛开始时，场上观赛的所有观众都要站起来向国旗致敬。

褪去了刚抵达美利坚的新鲜感，晚上躺在床上的我也开始想家了。之后的几天，我也开始渐渐适应这里的学习，适应这里的饭菜，适应和人见面说"hi""how are you？"。

好在我有一群快乐的小伙伴，没有那么孤单，我们一起上课，一起回寝室，一起在 LMU 里瞎转悠。说实话，这里的环境确实不错，大大的学校人很少，绿化也很好。

美国学生上课方式和中国存在一些差异。比如，他们上课都带电脑，而且桌子没有抽屉，教室没有垃圾，很是干净。上课时即使是好友，也不坐一起上课，上课不会说话，认真听老师讲课。

无奈自己英语水平不够，不能完全听懂老师在讲什么，但还是发现了与我们学校老师授课方式的不同，他们更多的是使用案例，而不是书本上的框条知识。

他们上课的内容很少,一节课下来感觉时间过得很快,却不会觉得没有学到什么东西。

在美国的那些日子,让我最印象深刻的不是坐直升机,也不是美国老师教我们临床技术或者亚特兰大之行参观可口可乐总部和 CNN 及观看 NBA 比赛,而是我在美国遇见一群热情的朋友。还记得我们一起蹲在地上吃我们自己炒的菜吗?还记得我们在学生活动中心和美国学生打台球比赛吗?还记得那个在 Lily 姐家大家一起办的 Party 吗?还记得那时我们一起犯傻、一起笑吗?

我会好好珍藏这些记忆,直到永远。

美国见闻

□ 2012级临床医学专业本科7班 周平

历经了十几小时的飞行,我们终于到达美国,没有疲惫,有的是好奇、兴奋、激动。

在去学校的路上,时间已经是当地时间深夜零点了。街面上静悄悄的,十分安静。美丽的带有美国特色的小房子安静地散落在街道周围,街道上十分整洁、干净,让人看着很舒服。

很快,我们抵达了LMU(林肯纪念大学)。在夜幕的笼罩下,这片土地更加富有神秘感,我们急切地想要去探索这片校园。无奈,身体疲惫还是需要休整一番,在 Mrs. Proctor 和 Mrs. Russell 的带领下,我们入住了自己的宿舍。

宿舍是两个人一起住的,装饰得很温馨,Mrs. Proctor 和 Mrs. Russell 为我们准备好了牙刷、毛巾以及浴巾等生活用品。在宿舍的桌子上,还有记事本和一些LMU 专有的纪念品。

第二天,我们漫步在校园的小路上,呼吸着清新的空气,感觉心旷神怡。美国空旷的建筑风格,让人特别舒适,特别怡然自得。

我们深深爱上了这片土地、这所大学。

早餐的时间到了,Mrs. Proctor 和 Mrs. Russell 带领我们在食堂里吃了美式早餐。虽然美式早餐不如家乡的食物合口,但是也别有一番滋味。用餐之后,Mrs. Proctor 和 Mrs. Russell 组织召开了一个欢迎仪式。副校长汉森出席了这个仪式。他对我们的到来表示热烈的欢迎,祝福我们在 LMU 学习生活期间可以收获很多。

之后,我们便开始学习课程。这期间,我们参观了 LMU 的医学院。他们耐心且详细地给我们介绍了许多他们学校的教学方式和教学设备。

慢慢地,我们在 LMU 的生活进入了正规。上课期间我们正常上课,闲暇时间我们也会去学生中心和本校学生进行一系列的交流,认识了一些朋友。

一天晚上,Mrs. Proctor 和 Mrs. Russell 邀请我们去看他们大学的篮球赛。我本人是个篮球迷,自然很高兴去看大学的篮球比赛,当我们进入篮球馆的时候,我的第一感觉是空旷,场地很大,可以容纳 3000 人左右,篮球场的硬件设施很完善,而场边也有很专业的乐团在演奏着。场下的啦啦队一个一个活蹦乱跳,随时准备上场表演。

我耐着激动的心情,快步向台阶下走去,找了一个好位置,和我的团队坐在一起,等待比赛的开始。等待是焦虑的,虽然啦啦队的表演很精彩,但我还是迫不及待地想看篮球赛,终于球场上的灯光忽然聚焦到一点,比赛要开始了。主持人逐一介绍了所有上场比赛的队员。在山呼海啸般的呐喊声中,在镁光灯的照射下,队员们缓缓小跑入场,并开始向观众行礼,开始了热身活动。伴随着比赛的进行,我们也很快投入其中,激烈的比赛让我们难以忘怀。伴随着哨声的响起,比赛结束了。在比赛结束后,我们前去和队员合照。作为球迷的我,晚上回去之后,还在不断地回味着比赛的精彩。

在某个周一的晚上,我们收到校长道森的邀请,前去道森先生家里共进晚餐。校长热情接待了我们,并详细询问我们在日常生活中是否遇到问题。我们感到非常温暖。晚餐结束之后,我们愉快地进行了合影。

在之后,莉莉老师,一位对我们所有人都如亲人一般的华裔老师,带领我们在她家里准备一场地道的中国晚餐,并邀请了校长道森和学校的其他领导。同学们从下午便开始在莉莉老师家忙碌,我们每个人都分好工,开始忙碌,准备着晚宴。终于,在客人们到来的时候刚好做完所有的菜。当客人们准备用餐时,我们满怀期待地看着他们,等待着他们对菜肴的评价,当他们异口同声地说出"Good"的时候,我们终于放下心来。

随着晚宴的进行,我们也交流得很愉快,彼此都更加深入地了解了对方,也更加了解了对方国家的饮食。

我们还观看了一场 NBA 比赛,参观了 CNN 总部以及可口可乐公司总部。一切的一切让我们更加了解美国。在和美国当地学生的交谈中,我们也从他们口中知道他们心中的中国是什么样子。

在离开美国的那一天,我们依依不舍地和莉莉老师告别,和 Mrs. Proctor 和 Mrs. Russell 告别。女生们的泪水模糊了双眼,男生们心情也不好受。

不知道多久以后我才能再来美国,但我觉得不会太远。

哦,提灯天使

□ 校报学生记者　熊亚玲

　　"我志愿献身护理事业,奉行革命的人道主义精神,坚守救死扶伤的信念,履行保护生命,减轻痛苦,促进健康的职责,勤勉好学忠于职守,兢兢业业,将毕生精力献身给护理事业。"

　　我站在护理前辈面前,高举着手臂,大声宣读誓言。那么有力,那么铿锵。在那个时刻,我发现原来我如此美丽、如此炫目。一袭飘然的白衣,一个别致的发兜,一顶圣洁的燕尾帽,演绎了一个美丽而优雅的白衣天使。

　　有人说,护士的胸怀像大海般宽广,护士的品格像蜡烛般温和,护士的心灵像清泉般纯洁,护士的举止像春风般温暖。是的,没错!她能容纳千百万患病的父老兄弟,能燃烧自己、照亮别人,能给遭受疾病折磨的患者带来生命的春天。她是托举生命的提灯天使。

　　一生奉献给护理事业的佛罗伦斯·南丁格尔小姐,出生于一个富有之家,自幼便在家庭里接受良好的教育,精通英、法、德、意大利、希腊及拉丁语。然而,她不顾家庭的阻挠和社会舆论的压力,毅然决定去做一名护士。她努力学习护理知识,积极参加一些关于医院社团福利、儿童教育及医院设施的改善等问题的讨论,为伤病员清洗伤口,建立护理巡视制服,夜以继日地工作,为患者减轻身心痛苦,倾听他们的苦恼,给以慰藉。夜幕降临时,她提着一盏小小的油灯,沿着崎岖的小路,在4英里之遥的营区里,逐床查看伤病员。

　　因为有她,在克里米亚战争中伤病员的病死率由42%下降到2.2%;因为有她,长达200年的护理事业的黑暗走向了光明;因为有她,护理学逐步走向了科学的发展轨道。她被士兵亲切地称为"提灯女神"。为了纪念她,国际护士会和国际红十字会把她的诞生日定为国际护士节,并以她的名字设置了南丁格尔奖。

　　授帽仪式的那一天还有另一道美丽的风景,即男护生授帽。他们没有纯白的鞋子,没有别致的发兜,但拥有一顶独特而别样的男护士帽,神圣而纯洁。学校里男护生总是护理专业的宠儿。选择护理作为他们的职业,需要多么大的勇气！中国首个获"南丁格尔奖"藏族男护士巴桑邓珠,出生于自治州首府康定的一个牧民家庭。30 年的坚持,他跑遍了全州 18 个县的角角落落,每一座大山,每一条大河,只要发生过瘟疫或灾害的地方,都留下了他的足迹。他是雪域高原上一道美丽的风景,是雪域高原的"提灯天使",是男护士学习的榜样。

护士,平凡而伟大。他们在整个医疗活动中的作用不可或缺。他们没有点石成金的医术,却能为枯萎的生命注入生机。他们用娴熟的护理技能、先进的护理理念以及无私奉献的精神感动了无数的生命。

现在的我庆幸而自豪,因为我是一名白衣天使,是托举生命的天使。虽然我羽翼还不够丰满,力量还不够强大,但我会从实际出发,从点滴做起,肩负起天使的职责。

时刻准备着

□ 校报学生记者　廖子微

接到采访 2010 级护理学专业实习回校的学生的任务,我特别激动,因为再过半年我也要去实习了,我很想知道他们的实习生活。

通过联系学长学姐,我最终决定采访洪树敏,2010 级护理学专业本科 1 班班长,他曾担任护理学院学生会办公室副主任,曾获得学校三等奖学金。

众所周知,护理学院几乎都是女生,洪树敏作为护理学专业的男生可谓凤毛麟角。他是在中山市人民医院实习的,而且也准备毕业后在中山市人民医院工作。当问到作为一名男士在医院做着护士的工作会不会觉得受到歧视、放不下自尊时,他笑了:"怎么会? 现在的社会观念正在发生转变。我们医院有 200 多个男护士呢! 我们要转变自身的认识,树立正确的价值观和职业观,工作没有尊卑贵贱之分。三百六十行,行行出状元。"

作为一名实习回来的学生,他对一名优秀护士所需具备的品质深有体会。他说,首先必须学好专业知识,打下扎实的基础。这是对病人负责,也是对自己负责。严格遵守无菌原则和三查七对原则,对每个病人都要认真负责。他谈到,与其他院校相比,我们学校的实习生更为认真、刻苦,但是相对缺乏创新意识和独立自主意识。所以,我们要学会与病人沟通、与老师探讨,多向老师请教。只有这样,才可以更好地提升自己。他说,通过实习生活,他对树立全心全意为病人服务的态度感触很深。病人就是自己的亲人朋友。在护理工作中,必须耐心对待病人,理解病人,遇到问题要冷静处理,及时上报。

他在医院实习了一年,学到了许多书本学不到的知识。他觉得时间过得太快。马上要毕业了,他特别怀念大学的学习生活。在之前的大学时光里,他曾感觉未来特别迷惘,荒废了好多时间,没有好好珍惜身边的朋友。但是现在,经过一年的实习,经过一年的思索,他的人生目标变得明确而清晰。他要成为一名优秀的护理工作者。

　　他建议我利用寒暑假的时间多去医院见习,多感受一下医院的氛围。在课余的时间多发展自己的兴趣爱好,多去图书馆读一读对自己有益的书本,不断加强自己的修养。

　　现在的他时刻准备着,准备着在工作岗位上挥洒汗水、绽放青春。

前进路上有你也有我

□ 校报学生记者 周豪

他们不是一个人在战斗,而是一群人在战斗。

一身黑色班服,帅气、文雅,眼前的三个人是基础医学院解剖知识竞赛冠军——Super 组合。他们是 2013 级临床医学专业本科 9 班的吴江超、邹秀文以及马丽萍。

谈起比赛中的点点滴滴,他们显得很是兴奋。他们报名参加这个比赛后,大家约定一起努力复习。毕竟,他们是代表班级参赛,必须全力以赴。一个人学习时容易产生惰性。所以,大家之间相互监督。晚自习时如果有人打瞌睡,其他人便会马上提醒。

回到各自寝室,大家就通过 QQ 相互交流与讨论学习心得与体会。有时,实在太累了,他们竟然抱着书睡着了。

他们感叹,那段时间真感觉又回到高中阶段,紧张、疲惫,但是很充实。终于,功夫不负有心人,他们在初赛中获得了第一名。

第二轮更是胆战心惊。面对胸有成竹的对手,Super 组合顿时备感紧张。他们相互解压、相互鼓励,可还是心慌,直到听到班级啦啦队的响亮口号——"非比寻常,9 班最强"时,他们的心情平静了很多,信心倍增。他们觉得,他们不是一个人在战斗,而是一群人在战斗。

第一场,吴江超斩获全胜,行云流水般的作答为后面的比赛打下一个非常好的基础。可是第二场却出现了很大的波折,邹秀文因为声音小,导致答出了题目别人却没听见,最后大家据理力争,争取到一个机会,但是,评委说如果他们这个组合真正有实力,备选题就必须全部回答正确。

面对这样的处境,他们毫不犹豫地答应了。终于,他们在规定的时间回答正确了全部备选题,获得了雷鸣般的掌声。

第三场,由于这个环节比较特殊,马丽萍起初特别紧张。对手可能也很紧张,答题时有几次发挥失常。机会来了,她不断给自己加油。最后,她获得这个环节的最高成绩。

终于,Super组合以三个环节总成绩第一的成绩赢得本场比赛。

谈到获得冠军的体会时,他们说:"这个奖项,不是靠一个人拿到的,有三个人的共同努力和相互配合,自然也少不了班级同学的支持和鼓励。这不是谦虚,而是事实。我们必须清醒地认识这一点,不管在什么时候,都要有一颗感恩的心,而且要时刻认识到自己有多么不足,继续努力。"

在收获中成长。胜利是他们渴望的,但他们更加享受这个过程。他们说,他们开始怀念那段一起发奋看书的日子。

猝然临之而不惊,无故加之而不怒。生活、学习中的失意随处可见,就如那些油漆未干的椅背在不经意间贴上来。但是,如果已经遭遇了,也别沮丧,以一种坦然自若的心态面对,脱掉脆弱、被污染的心情外套和不快。我们会发现,新的生活才刚刚开始。或许,那是人生的又一个转折点。

也许,Super组合的故事非常普通。但是,我们在不断思考,再普通的事情都要认真地对待,不必在意最后的结果,因为结果是自然的,而过程则需要精雕细琢。只要努力了,无论结果怎样,我们都能微笑面对。

卸下包袱,轻装上阵。原来,世界如此精彩,前方之路如此宽敞。

致我们逝去的六一

□ 校报学生记者　陈洁

又是一年儿童节,而对于早已过了过儿童节年纪的我们来说,儿童节早已变成对高考倒计时的计算点,抑或是一个普通的月初而已。有的人或许会因此而开心,但也只是为了那入账的生活费或再次回归的手机流量。六一带给我们的记忆和感动离我们越来越远,越来越遥不可及。

突如其来的任务让我的心咯噔一下。我不得不开始从我的脑海里翻寻那对我来说也早已陌生的六一记忆。过去的经历已随时间淡忘大半,如今记忆犹新的似乎只剩下少时的动画片了。

那时候动画片里的角色成了我们嬉戏打闹时最喜欢扮演的对象。我印象最深的要算葫芦娃了。

关于故事的剧情,我已能倒背如流。故事里的反面角色主要有两个,一个是蝎子精,另一个是蛇精。九千九百九十九年前,他们被一个大葫芦压在了山里,后来被一只穿山甲不小心放了出来。当初压住他们的葫芦,被一个老爷爷带走,重新种出了七个葫芦娃。妖怪害怕了,不想再被压回山里。他们决定向葫芦娃发起挑战。最后,妖怪虽然杀死了老爷爷和穿山甲,可是仍然被葫芦兄弟捉住,压到了一座七色的大山下。

时隔多年,重温这部经典作品,竟多出很多感触。葫芦兄弟每一个都有很强大的力量。大娃可以变大,二娃拥有千里眼和顺风耳,三娃刀枪不入,四娃和五娃可以喷火、喷水,六娃会隐身,七娃有一个可以把任何东西吸进去的葫芦。与他们相比,妖怪也不甘示弱,拥有如意和魔镜两件宝贝。起初,妖怪通过自己的手段,一个一个地活捉了葫芦兄弟。最后,葫芦兄弟团结一心,反败为胜,共同制伏了妖怪。现在想来,这种团结的力量不正是如今的我们所缺少的吗? 在现在这个社会,到处都是尔虞我诈、钩心斗角。许多人自命不凡,不懂得合作,不知道奉献。

许多人都习惯了事不关己、冷眼旁观。如果我们再不进行自我反思和积极行动，也许，葫芦兄弟的美好品德和无言感动，只能寻觅于记忆之中了。

我将这部动画片又看了一遍。正要关闭电脑，突然滴的一声，电脑自动弹出一个新闻窗口，内容不外乎明星八卦、恶搞童年之类。看到这里，不知我的心为何又咯噔一下。我愣了几秒，苦笑一声，合上了电脑。

谨以此文纪念我们逝去的六一。愿此间少年依旧纯洁。

勇敢的心

□ 校报学生记者　杨圣纯

　　当我在那条万人拥挤的独木桥上安然通过时,我激动不已。在我庆幸着自己好运的同时,对那座无比向往的象牙塔也充满了憧憬。我想,我的大学生活必定是一段让我永生难忘的经历。

　　进入大学,我加入了学校里炙手可热的校学生会,在里面摸爬滚打了一年。我带着胜利的笑容从一个小干事走到了部长的位置。我很高兴。在这一年的锻炼中,我学会了如何以一个正确的态度去待人接物。

　　也许,在步入大学之前,我对自己的各方面还比较骄傲,但是经过这一年,我才知道我的骄傲那样微不足道。通过不断地与同学接触、与外界沟通,我一点点学会怎样扭转自己原先稚嫩的思想,学会放下自己所谓的尊严与骄傲,去学习自己所欠缺的东西。还好,我在这场与自己的博弈中胜利了,让我向着自己最初的目标踏出了一大步。

　　后来,学校成立了校报学生记者团。这个消息对痴迷读书写作的我来说可谓是大喜讯。所以,我在第一时间就报了名,并且成功通过了面试,成为校报记者团的第一批成员。对于这个组织,我心里有着说不出的情感。可能参加校学生会的初衷是为了锻炼,那么加入校报记者团则完全是出于我的热情。我喜欢这里纯净的气息,我乐意为它去做些什么。所以,每次有采访任务,或者集体活动出去玩,我都会积极参与,生怕自己被落下了。在这里,我很开心,因为在这里我能看到人真诚、善良、友爱的一面,并且能让自己保持住这样的本性。

　　作为一个东北女孩,虽然说着一口略有东北味的普通话,但是在这个身边充斥着各种地方口音的学校里,我的普通话还算是比较标准的了。就这样,我有幸加入了校广播站,成为其中一员。在广播站的日子也是很愉悦的。每当自己的栏目播出时,听着广播里传来自己的声音,心里总是有说不出的满足感。虽然播音是一件很麻烦的事,但是我却乐在其中。在广播站的这半年里,我才真正体会到了付出带给自己的满足和快乐。

现在的我已经步入大三,原先那些不切实际的幻想已经慢慢褪去,但是对大学生活的追求以及迈进大学之前自己所定的目标却从未改变。我想,经历得越多,自己所收获的就越多。这些收获会在我以后的生命里成为我跨越障碍的支持和动力。

永不放弃

□ 2014 级医学检验技术专业专科班 马丹阳

时间总是过得那么快,6 月悄逝,高考远去。曾经满腔热血、熬夜苦读的高三也就此落下帷幕,也代表着我的中学时代画上了句号。

随着 8 月的到来,我们迎来的正是我们早已无数次幻想并期待已久的大学生活。对于我,首先迎来的便是军训。军训对于每个大学生来说是必修的一课。看过电视剧中的军人,个个威武帅气,也曾想过自己穿着帅气的军服训练的背影。可当真正军训的时候,才体会到光鲜亮丽的背后,总是有着不为人知的心酸以及不被旁人所看到的付出与努力。

每一天,天还没亮就要开始训练。训练之后再到食堂吃饭,然后又继续训练,直到吃中饭。午休之后再继续训练。就这样,一天天重复着。

紧张而单调的军训生活让初来乍到的我有着许多不适,没有父母的呵护,没有亲人的关心,任何事都要靠自己解决。

单调乏味的队列训练和烦琐的内务让我有些措手不及。我发现,就连看似简单的站立,原来也那么累人。所有的一切都似乎并不像想象中的那么简单。

因为来学校报到有点晚,耽误了几天军训。为了跟上班里的进度,我第一天直接就和同学走起了齐步,踢起了正步。可因为没前几天的基础,走起来总是显得格格不入,身体也一度吃不消,又累又热,也曾想过放弃,可当我看到其他同学都还在坚持,我又有什么理由和资格去说放弃?

踢正步对大多数同学来说都有一定难度,特别是我掌握不好其中的要领,感觉很辛苦,但每当这个时候,教官都会带领我们唱歌,分散我们的注意力。还好,这一关我熬了下来。

因为缺乏基础,在训练前,教官和同学总是会耐心地一遍遍指导,给我做示范,可自己的腿总是踢不高。本来就失落的我更添了一些挫败感。但我既不想拖大家的后腿,又不想被落下。因此,每当休息的时候我总会偷偷地一遍又一遍地练习。

　　终于,在教官和同学的帮助下,在第三天,我成功做到和他们动作保持一致。

　　其实,和累比起来,高温的天气更让我受不了,感觉就像是被火烧。因为太阳太毒辣,同学们都早已看不出原来的肤色。我的脸也晒得火辣辣的,如果下场雨,我们会乐得不行。军训虽累,可是作为熊孩子的我们总会自娱自乐,让训练变得不再枯燥乏味。

　　时间真快,军训已经结束了,想到终于可以告别烈日的曝晒与辛苦,虽然有些高兴,但也有不少伤感。因为在军训的日子里,同学与教官之间已建立了深厚的友谊,即将分离,总是有些不舍。

　　大学军训真是让我受益匪浅。它让我懂得坚强与坚持,学会像军人一样拥有钢铁一般的毅力。虽说大学生活与我曾经无数次的幻想大相径庭,但是"既来之,则安之"。我会努力充实自己的大学生活,让我的大学生活更加精彩。面对生活,面对自己,我永不放弃。

军人的姿态

□ 2014 级中西医结合方向本科班　周绮梦

军人的姿态是什么？

浮现在我的脑海中的是战场，是军人的浴血厮杀，是军人的铮铮铁骨，是军人钢铁般的意志。如今，作为大一新生的我切身感受了军人的姿态。

初来大学，一切新奇不已。没想到的是，军训给我来了当头一棒。早上五点多早起训练，白天烈日之下训练军姿，晚上还要观看视频，接受国防教育。这让每一个人都尝到了当军人的滋味。

家中的我们，每一个都是父母手掌中的宝贝。然而在军训场上，大家穿着同样的衣服，迈着同样的步子，晒着同样火热的太阳，喊着同样嘶哑的口号。

在军训初期，认识了我们班的教官 Z。第一印象便觉得 Z 很温柔。在训练中，Z 对我们并不太凶，但同样要求很高，不允许嬉笑散漫。

刚训练的时候，每天早上起来都要和自己斗争，小腿、大腿都酸痛不已，真的不想下床。我和室友天天抱怨，真希望自己得一场病，最好军训后才好。但这只是幻想，没有那么好的运气，只得咬牙坚持下去。没有人有特权，大家都是一样的，训练时有几个同学不舒服，短短几分钟之后也坚持回到训练场上。作为健康人群中的一员，也都没有了怨言。Z 表扬了这些同学，掌声也一次次回荡在耳边。

在每一次的休息中，Z 都会教我们唱军歌，像《团结就是力量》《军中绿花》《打靶归来》，等等。每一首歌都像一只自由飞翔的小鸟，在蓝天中翱翔。

每个教官都从基础的正步、齐步走教起，一步步进行着，一次次考验着，曾经稚嫩娇气的我们在一点点蜕变着。

军训很快接近了尾声，似乎每一个人都厌倦了单调而枯燥的训练。Z 却并不满意我们的训练成果。离结束还有三天时，每个人都表现出了厌烦之态，Z 尽力提起我们的兴趣，但无济于事。

终于,Z 生气了,让我们自己训练,她坐在了旁边。班上同学很快认识到自己的错误,大家一起分列训练。压抑的氛围很快改变了,变得斗志高昂起来。那天军训完,Z 回到班上,告诫我们无论多么无聊,都应尽心做好该做的事,未来的我们将遇到更加困难的事,如果连这点苦都不能受,那么未来的路该如何走下去?

我终于明白,人的姿态不需要完美,不需要闪耀夺目,只需要走好脚下每一步路,为人生的每一个阶段打好坚实的基础。

大学军训渐渐远去。我们用半个月置身其中,却要用一生去想念。未来的路还很漫长,唯愿即使在迷茫、彷徨之中,我们也能保持军人的姿态,勇敢前行。

前行的力量

□ 2013级麻醉学专业本科1班　徐本立

　　我曾多次想过如果我未能考上大学,是否还能像现在一样淡定自若,是否还能坚定自己曾经的目标,是否还能对生活充满期望?

　　大学是一个舞台。在这里,青年学子可根据自己的意愿,尽情去追逐自己心中的梦。有的人觉得朋友重要,于是八面玲珑,左右逢源。有的人觉得学业重要,于是夜以继日,埋头苦读。还有的人觉得能力重要,于是倾心社团,充实自我。亲爱的朋友,不管你选择什么,不要忘记时常抬头望望前方的道路,看看自己是否迷失了方向、迷失了自我。

　　我热爱大学,并不是因为它能给我带来多少荣誉,而是因为它让我懂得思考、变得成熟。记得刚开始上大学时,我很喜欢去评论别人,甚至企图去改变别人,喜欢去挑别人身上的刺,到头来弄得自己满身是伤,身心俱疲。后来,我渐渐发现,与其思考如何改变别人,不如思考如何改变自己。年少轻狂的我们,总是认为自己所做的就是正确的,即使行不通,也总是固持己见。曾有几次,同学对我说,你小子有点苛求于人,不懂得包容。也许,我得好好学习一下“己所不欲,勿施于人”的古训。

　　我一直觉得学习是分内的事情,大可不必外求于人。刚进入大学之时,我们都在同一起跑线上。但一年之后,班上同学的成绩出现了比较大的差距。现实总是显得那么残酷和猝不及防。但又不可否认,究其原因,也许和态度密切相关。常言说,态度决定高度。一个不懂得付出、不愿意付出的人最终是不会有什么收获可言的。其身边也不会有什么知心朋友。

　　对于现在的我们,我觉得最重要的是选择成为一个什么样的人。在确立了人生目标之后,最关键的事情就是脚踏实地地去奋斗、去实现。即使前行路上跌跌撞撞、头破血流,但因为你付出了满腔热血,挥洒了汗水和泪水,它就是一种收获、一种成功。

成为优秀的自己

□ 校报学生记者　邱丽芳

披肩的长发,温婉的气质,嘴角始终带着温暖的笑。

她就是吕佳,浙江嘉兴人,2012 级英语本科 2 班学生,国家励志奖学金获得者。

在两年多的大学生涯里,她曾获得一等奖学金一次,二等奖学金三次,"三好学生"两次,获得全国大学生英语竞赛三等奖、英语写作比赛特等奖、英语知识竞赛一等奖等。

看着吕佳的优异成绩,我们以为英语专业是她的第一选择。出乎意料的是,她当初填写志愿时第一专业填的并非英语,而是被调剂的。

当问到有没有因为被调剂而抵触英语时,她笑着说道:"一开始很伤心,但觉得既来之,则安之。既然学了,就好好学,好好享受命运的安排。"

因此,她比别人更加努力。

人生的道路永远不会一帆风顺。当被问到如何看待生活中的不如意时,吕佳和我们分享了她的座右铭:"Remember the three words when you're upset: Never mind. It does mater. It will be over in the end。"

说到英语学习时,吕佳侃侃而谈。在英语的学习上,她很感激系里的老师。一开始她的胆子很小,不敢开口说,但是老师不断鼓励她去观摩演讲比赛,鼓励她加强练习。慢慢地,她敢于在公众场合说英语了。

凭借自己的努力,吕佳以 576 分和 526 分的好成绩分别通过英语四级和六级,同时也通过了专业四级。谈到她的学习方法时,她强调学习英语,要多读、多听、多说、多看,也可多看些美剧,如《生活大爆炸》《破产姐妹》。她特别强调:"扩充词汇量是王道。只有这样,才有利于理解。"

她喜欢旅游,曾游览过广州、浙江等地的风景名胜。她很喜欢乌镇那一类生活气息十足的地方,喜欢那份简简单单的美好。她也常与家人、朋友一起去旅游。在开阔视野的同时,彼此交流感情,还可以沉淀心情,更好地了解自己内心想要的是什么。

吕佳很注重锻炼自身能力。高中毕业后,她常利用假期的时间出去打暑假工,她说:"明白自己要什么之后,就要慢慢锻炼自身能力,便于以后更好地融入社会,成为自己想要成为的那种人。"

当被问到毕业后的打算时,吕佳表示自己不打算考研,目前在准备考会计师,因为这是父亲的期望,同时自己也想争取多点的机会回到家乡工作。

"我没有很大的野心,只想好好地照顾家人,过安安稳稳的生活。"吕佳的话语虽然简单,却不难看出她对待生活的态度。

学习并非一蹴而就,要想有所收获就要持之以恒;生活也非烟火燃放,刹那即成永恒,久远的是细水长流。吕佳是优秀的,她用自己的努力诠释自己的大学。吕佳也是平凡的,用心感受着生活中的点点滴滴。

幸福的蒲公英

□ 校报学生记者　彭小花

　　她，扎着简单的马尾辫，鼻梁上顶着一副深红色镜框的眼镜，脸上洋溢着青春的笑脸，充满着朝气和活力。

　　她，就是舒志颖，2012级预防医学专业定向班学生。

　　她，来自江西南昌。谈及自己的姓名，她说，"舒"谐音"输"，"颖"谐音"赢"，家人之所以为她取这个名字，是希望她在成长道路上，即使输了或失败了，也要做一个有志气的人，努力赢得自己想要的人生。

　　现在的她已是一名大三的学生。她不断鞭策自己，先后获得四次二等奖学金和"三好学生"光荣称号，两次获得国家励志奖学金。

　　在采访过程中，通过和她的交流，笔者能清楚地感觉到她超强的自律性、自控性，成绩也绝非像她自己说的那样，来得如此容易。

　　刚上大学的时候，舒志颖觉得很是轻松、自在，因为老师不再像初中、高中那样逼着自己读书。但一段时间过后，渐渐地，她发现身边越来越多人逃课，她突然觉得自己有些迷茫。可她始终坚持不逃课。她说，如果逃课只是为了待在寝室，那还不如坐在课堂上。即使只听了五分钟的课，那也比别人多吸收了五分钟的知识；而且，只要自己逃一次课，就会有第二次、第三次……慢慢地，会由只逃非专业课发展到什么课都逃。所以，两年多来，她坚持上好每一节课。

　　和其他女生一样，她爱追剧、看电影。但有一点不同，在学习的时候，她会享受其中。她觉得，该学的东西就必须学好、学精。虽然有时学习也会不在状态，那时她就会想办法逼自己，比如说让手机保持没电状态，去上自习的时候就放在教室充电，排除干扰。

　　问及大学生活里最深刻的记忆时，她说，她很庆幸，一路走来自己听从了内心的声音，做了很多上大学以前想做却没勇气、没机会做的事。

她从小喜欢播音。大一的时候,就报名去广播站面试,可惜没过;大二的时候,她又报名面试。同时,因为比较喜欢音乐,她先后两次报名参加"我型我秀"活动和校园十佳歌手大赛。她还经常写散文和诗词,向文学社投稿……这些是她成为大学生以前想过很多次却从没有做过的。

在第二次报名参加"我型我秀"活动的时候,她站在离报名处不远的地方,手里还攥着报名费,停了足足十多分钟,犹豫要不要再次仅仅因为喜欢而站上"我型我秀"的舞台。最后,她还是下定决心迈出了那一小步。现在回头看看,自己都觉得那时的自己很勇敢。

种种尝试与挑战无疑给她的大学生活增添了不一样的色彩。这些色彩是由她的勇气、坚持调和而成的。

她虽已大三,却依旧怀念高中的朋友、高中的单纯时光。她说,大学和高中不一样,高中可以是一大群人真心相对,而大学有两三个真心朋友就很不容易。她很幸运大学能遇到真心以待的室友。室友在平淡如水的生活中给了她很多感动。

大二期末考试放假回家的前两天是她的生日,但因为最后一科是考生化,复习任务比较重。所以,她决定不过生日。回家前一天,她和室友去市区买准备带回家的东西。路过一家蛋糕店时,她想给自己买一个小蛋糕。可室友却说出一系列理由:蛋糕有什么好吃的,奶油吃了发胖之类的,百般阻挠她买蛋糕。

当时,她觉得很委屈,自己掏钱买个小蛋糕庆生还被室友阻止,心里有些不是滋味。晚上回到宿舍,却惊喜地发现室友早已买好一个大蛋糕。因为备考,她甚至没有和室友提起自己的生日,而室友却默默为她准备好了一切。想起市区的"蛋糕风波",她才明白原来室友是为了给她惊喜。那是一个她会一直珍存的记忆。事情虽小,却充满感动。

对于过去的两年半大学生活,她坦言也有一些遗憾。比如说,大二的时候就退出了所有的社团活动,没有坚持下来与学弟、学妹一起成长;班委竞选的时候没有主动站出来;也后悔没有跟着老师多做几个课题……

正因为清楚自己的遗憾所在,也正因为清楚自己想成为一个怎样的人,现在的她更努力地去争取自己想要的,更努力地朝自己想要去的远方而奋斗。

"要做勇敢的蒲公英,随风飘哪里,就算曲折,我们,依然不放弃。要更爱你的决定,抬头看天空的星星,明亮而坚定,幸福就会在我们,经历了困境,深爱不离不弃。幸福就会在我们,经历了困境,深爱不离不弃……"就像电视剧《幸福的蒲公英》主题曲歌词所写的一样,虽然现在的舒志颖力量微薄,但凭借她的努力,她一定可以抵达心中所想到的远方。

不一样的"学霸"

□ 校报学生记者　姚锶镓

覃,这个字,第一眼看到便只觉生涩难识,而把它作为一个人的姓,却有了截然不同的化学反应。

《说文解字》云:"覃,长味也。"意指意味深长,深不可测。

初识她,不觉丝毫疏冷,唯剩玉立亭亭,朴素恬静,正如她的名——覃婷。

她,来自2012级临床医学专业本科7班,佐以国家励志奖学金证明的"学霸",独有属于她的娉婷秀雅的气质。

其实,作为学霸的她,其生活并不是一般人所想象的那么枯燥、乏味,她也是一个疯过、玩过,也执着过的性情中人。

在她的童年记忆中,也塞满了小时候痛快玩耍的回忆——从小在农村长大的她,也曾像许多书里所描绘的"假小子"一样,小脸红扑扑,穿着宽松衣裤,束起高高的马尾,满院子乱跑,满田地乱窜。上树抓鸟,下地偷瓜,统统不在话下。

最乐的还要数那些个燥热的夏日里,傍晚后,抛开了母亲大人吩咐的采草任务,背着空空的小竹篓兴冲冲地溜到村头去看唱戏班唱戏。那破旧简陋的临时舞台上,看一群浓妆艳抹的唱戏人演绎着段段流传已久的戏码。咿咿呀呀的唱词,自己听不懂一个字,却仍是欢呼雀跃,沉醉不已。直到曲终人散之时,全然忘了一点活儿也没干,还蹦蹦跳跳地跑回家。

在她的成长过程中,也像所有的新生一样,有过自由自在、兴趣使然的大一生活。我们通常习惯把所有的喜欢,都留在美好憧憬里的大学来实现,她也不例外。宁静的外表下隐藏着的那颗炽热的心也悄然绽放,既着手于办公室的工作,也热衷于与好友一起轮滑。穿过偌大的校园,留下浩荡的背影,就算跌倒摔跤也丝毫不减热情。

在学校各色各类的活动中,都可以看到这抹忙碌穿梭的娇小身影,像一只不知疲倦的勤劳的蜜蜂,采集着前所未有的新奇和快乐。

当然,她也会有阴郁冬日里宅在寝室吐槽动漫的幼稚举动。

可是,在我们的眼里,她依然是一个让人赞叹的当之无愧的学霸。尽管覃婷说:"学霸和普通人没什么两样,只是在最打紧的时候,按照正确的方法和该有努力取得了合适的回报而已。"

因为那些日日夜夜对家人最好的考量,她选择了这条漫长的医学路。从大一开始,她认真学习推拿,积极参加班级、部门、协会等组织的健康卫生志愿者服务活动。在学医这条高强度、高要求的道路上,她时刻秉承着一份坚定与无悔,孜孜不倦地探索着、拼搏着。

也许,考研、规培的那几年极其难过,未来也许很苦、很闷,可是她澄澈的眼神和谈起这个抉择时一点儿也不退缩的飞扬神采,都在告诉着我们:她会以最大的努力坚持这份最初的梦想!

青春的色彩

□ 校报学生记者　王萍

他，凭着自己对搏击类运动的热爱，加入了我校武术协会。

他，表现突出，先后获得五次先进个人奖。

他，帅气的脸上露出善意的笑容，深邃的眼里透出对武协的热爱，温和的话语中流出对未来的美好向往。

他，2012级临床医学专业本科6班的曾杨杰，我校武术协会第二十五届会长。

曾杨杰，江西抚州南丰人，从小喜欢看武打片，酷爱搏击类运动，一跨进大学校门便到处询问有没有搏击类运动协会，后来偶然得知武术协会有这类运动，便不假思索地报了武协，而且只报了武协，再没报其他协会。

到了武协，进入了后勤部，练散打，他高兴极了，感觉自己找到了心灵的归宿，找到了家的温暖，因为散打是实战型的，而不像其他学校的武术一样倾向于表演，而且教练从小在武馆长大，有真功夫。

虽说训练很辛苦，每天下午上完课就要回寝室换衣服，拿上道具，然后去足球场训练，练完出一身汗，浑身黏黏的，弥散着一股难闻的气味，向周围散去，越散越远，然而他却很开心。他说："每次训练完就去吃饭，吃完就回寝室洗澡，感觉很舒服，感觉身体上的每一个细胞都得到了训练，得到了放松。这真是一件惬意的事。"

他每天都坚持去训练。他很享受武协带给他的快乐。

当我们问其为何会去竞选会长时，他只给了我们几句简短而又感人的话。他说："因为我爱武协，武协已经成了我生活中的一部分，我希望可以继续留在武协，更希望能为武协出一份力，希望武协能在自己的手上越来越强大，让更多的人知道武协，了解武协，加入武协。"

对于能不能当上会长，他抱着一种无所谓的态度，因为他觉得，谁当会长都好,只要自己还能待在武协就很开心,唯一想看到的就是武协发展。

在谈及去年的双截棍交流大会时,他激动不已,因为那次交流大会,涉及赣州各大高校协会和武协教官。尽管如此,我校武协还是披荆斩棘,获得了优秀团体奖这一殊荣。

作为会长,他要处理武协中大大小小的事务。他说当时真的压力很大,多亏了武协所有成员的配合,尤其是各位教官。在那段艰难的日子里,有很多教官晚上上完自习还去足球场研究教学方法,研究各种套路。

他不仅爱散打,也爱踢足球,还爱打篮球、羽毛球、乒乓球等,可谓是爱好广泛,最近又喜欢上了游泳。他人缘好,朋友多。他说:"工作能看出一个男人是否成功。爱情能考验一个男人是否负责。对待任何事,都要有责任感,要敢于担当,敢于负责任,而且凡事都要把握一个度。"

2013 年 6 月 9 日,我校首部由大学生执导并自演的青春校园题材电影《左边的男生》在黄金校区放映了。曾杨杰便是那个一直站在女主左边的男生。直到最后大学毕业了,男生也没对自己心爱的女孩说出自己的心里话。他说,时光易逝,别给自己留遗憾。

他的家境并不差,虽不能说是锦衣玉食,但至少衣食无忧。可他,却经常去做兼职。他觉得,通过勤俭节约,可以真切体验工作的艰辛。这样就更能懂得生活来之不易。

面对未来,他若有所思:"成为一个学霸,争取拿奖学金。准备考研,努力成为一位优秀的医生……"

我在康和园的那五天

□ 校报学生记者　邱丽芳

时光漫长,身边的人来来往往。日子一长,当分离成为习以为常,便不再苛求,不再期待。我以为我会抱着这样的念头过一生,可在刚刚拉开帷幕的纷飞时节里,我参与了一场特殊的"旅行",遇见了一群特殊的孩子。虽然只有短短五天,却恍若隔世。

第一天:惊喜

当我们到达康和园时,发现几乎都是陌生的面孔,常住的孩子们大多数都回去了,留下的都是一些刚被接过来的陌生面孔。年龄参差不齐,大的已经上初三,小的还不满五周岁。

看到我们,他们怯生生地喊着"哥哥姐姐好"。纯真的笑脸一瞬间打动了我。

下午三点,有南康义工联的工作人员来接孩子们去参加他们举办的登山活动。地点在离康和园不远的南山。

到了南山广场,我抬头看着陡峻的南山,就已经做好了背小朋友们的准备。让我惊讶的是,除了一个生病的小女孩爬了一会儿留在了山脚下之外,其他的孩子都靠自己登上了这座有些大人都停在了半山腰的山。

其中,有位八岁的小男孩脖子上挂着从志愿者那儿拿来的相机,一步一步往上走,到三分之一的时候有些走不动了。我们说帮他拿东西或者牵他,他都拒绝了,自己一步一步往上迈,累了蹲着休息一小会儿,之后接着走,就这样走到了山顶。到山顶大家坐下休息时,他偷偷扯着我的衣服说:"姐姐,其实我好怕高。"我回头看着那站在半山腰就可以一览众山小的路,说不出话来,只能蹲下抱了抱他。而边上一个义工,眼睛很快就湿润了。

登山结束后,义工联那边还举办了一些娱乐活动,孩子们主动表演节目,唱歌的唱歌,跳舞的跳舞。他们的多才多艺博得了阵阵掌声,不断有路人驻足观看,也震撼了我们几个第一次正式接触他们的人。

这一天,孩子带给我的是惊喜,惊于他们的毅力,喜于他们的多才多艺。

第二天:心疼

第二天,通过前一天的接触,我们和孩子们已经熟络多了。他们也开始在我面前活跃起来。因为这份活跃和熟络,也让我们看到了让人心疼又无奈的一幕幕。

孩子们很独立。做饭、洗碗、打扫等家务活,都分组做,除了那个不满五岁的孩子,其他的无论大小,都分了组。端着碗盘洗碗,拿着和自己一样高的扫把扫地,提着桶比水重的洗澡水排队洗澡、洗衣服。这些场景在康和园每天都在上演。

每次看着孩子们提着半桶水摇摇晃晃时,总想去帮忙提,可是何叔拦住了我们:"这是孩子们自己的路,你可以帮着一次。等你走了,他还是要自己提,让他自己走自己的路吧。"

我们虽然心疼,却也不得不承认何叔说得对,心里矛盾不已。

虽然孩子们的生活条件可能连一般人都比不上,但他们依旧感恩、知足。孩子们每餐前都有一道例行的仪式,双手合拢祷告,说感恩词:"感恩天地滋润万物,感恩国家培养务用,感恩父母养育之恩,感恩老师谆谆教导,感恩同学关心帮助,感恩农夫辛勤劳作,感恩一切! 让我们以感恩之心,奉献于这美好的人世间,请老师用餐! 请大家用餐!"

一日三餐,从不间断,就连最小、最闹腾的孩子到了这个时候,也会严肃安静下来。虽然在康和院待了五天,这个场景看了很多次,可每次都还是会触动心底最深处的那根弦。

第三天:快乐

第三天,何叔让我们带孩子们去旭山公园玩。

旭山公园离康和园有一段距离。孩子们没人喊累,大一点的孩子主动背起一些小的,玩的时候也会互相关照。虽然偶尔有几个调皮的孩子因好奇而到处跑,但孩子的天性如此。我们无奈于他们的不听话的同时,也庆幸家庭的缺憾并没有磨灭他们的天性和活泼。

孩子们在公园门口看到了棉花糖,闹着要吃。一位志愿者不忍心让孩子失望,就买了。很快,孩子们人手一个拿着各色的棉花糖吃得很开心,脸上的纯真笑靥比阳光还要热烈,也感染了路人。一位叔叔当场就说孩子们很乖,资助了一些糖钱。我们的心也暖暖的。

中午回到康和园时,已经到吃饭的点。以为还要自己动手,不料已经有义工阿姨帮忙做好了火锅给孩子们当午饭。当孩子们吃得正开心时,那几位阿姨没吃午饭便偷偷离开了。

这样的人在这几天里我们看了很多,时不时会有义工、学生或者其他一些人带些水果等来看看孩子们,然后默默离开。

第四天:感动

第四天,我们应何叔的要求,给孩子上了一堂有针对性的综合课。而这堂课我们也准备了许久,因为在我们第一天到这儿时,就有好多孩子问什么时候上课。

在简陋的教室里,孩子们很积极,也问了很多关于外面世界的问题,我们在很多孩子的眼里都看到了他们对未来美好生活的向往与渴望。

在这几天里,我们最大的感受是感动,感动于那些陌生人的善行,感动于孩子们的努力和渴望。

第五天:不舍

这是我们在康和园的最后一天。

我们有太多的担心和不舍。担心这个小朋友不小心摔伤的膝盖会不会有人及时给他换药,担心那个小朋友哭了时会不会有人及时安慰,担心会不会有人及时提醒他们做饭、打扫,舍不得那一个喜欢抱着我撒娇的小男孩,舍不得那个老是把碗里的肉都夹给我的女生,舍不得那个喜欢帮我捶背的小女孩……

担心和不舍只能放在心里,然后对接手的志愿者一遍遍地交代注意事项。我以为,我可以洒脱地和他们说再见,可听着身边的孩子一遍遍地问姐姐什么时候再来时,我的鼻子还是忍不住酸了。

窗外的风景飞逝,就如这五天的时间。坐在返校的车上,不同于去时的忐忑,想着这五天与孩子们相处的画面,我心里百味杂陈,因为我知道很多临时住在那儿的孩子,可能后会无期,只能在心底轻轻道一声珍重,愿他们能有一个最美的未来。

五天,时间很短,带给我的触动却很大。我明白,这个世界有时不公平,但你绝对不会是最悲惨的那个,要学会知足、感恩。我明白,这个世界有时很寒冷,但阳光终究会洒在身上,要学会理解、信任。我明白了,个人的力量非常有限,但只要大家心在一起,就会变得无比强大。

五天,我学会了很多、很多,心里很暖、很暖……

你若盛开，蝴蝶自来

□ 校报学生记者　黄文君

　　生命是一场奇妙的旅程，在每个拐点都安排了欢乐或悲伤，我们都竭尽全力填充时间的空白，努力让自己变得更好。

　　在青春这条路上，我们或许有疲惫，或许有彷徨，或许有纠结，或许有执拗，或许有遗憾，但一切经过时间的沉淀，都会变得弥足珍贵。

　　她叫王雪梅，2014级医学心理学方向本科班学生。她在今年经历了一个不平凡的暑假，收获了一场意外却惊喜的北京学习之旅。

　　今年7月，她和全国各地报名参加杉树计划项目的珍珠夏令营的同学一样，独自背着行囊，怀着激动的心情，踏上了北京之旅。

　　转眼就入了秋，夏令营结束已经过去三个多月，但是雪梅每次跟我们提及那段美好的经历时都会心一笑。

　　炎热的夏季，初到北京的她，对一切都是陌生甚至是胆怯的。杉树计划的青年志愿者们顶着烈日、饿着肚子在火车站台边的等待就像是一杯冰镇雪碧。她就像见到了亲人一般，平复了旅途中所有的焦躁和不安。

　　在北京，她因为体质敏感，严重水土不服，起皮疹，却不曾觉得难受，因为同在的不同地方的珍珠生都特别关心照顾她。在志愿者中，有一位中医学专业的学姐即使工作到很晚，也依然坚持每天为她换药。这是一群可爱的人，更是一个温暖的团队。

　　在这七天里，每天都有来自各行各业成功人士的讲座。这些人当中有青年人，有老年人，有情感大师，有创业者，也有企业家……他们都是志愿为这个计划项目服务的。这些讲师会采用游戏和自身经历结合的形式给她们讲述一个个道理。

　　这是一场知识的盛宴。机会来之不易，在场的每一个人都在很用心地听。事实上,对于学医的她来说,项目管理之类的内容大抵在生活中是用不上的,但这里却给了她一个认识朋友的新平台。

雪梅说,她真的很幸运,遇见了这样一个团队。她很庆幸她是珍珠生中的一名。这是她一生的财富,也将是她奋斗的力量。

当被问及这些课给她带来了什么时,她笑着告诉我们:"无言的感动总在心中。我们接受爱、奉献爱。我们要学会用自己稚嫩的翅膀回报社会,不会因为力量微小而放弃,只会让自己变得更优秀,更有实力感恩社会。

"七天里,老师不断地告诉我们各种道理。有的现身说法,有的游戏举例。每堂课似乎都是毫无联系的,但只有在听完后才会明白老师们最终就是想让我们找到自己的目标所在。他们教会我们如何享受渐变、融入团队、把握机会;怎样管理项目、做职业规划;如何定义幸福标度、提高自我修养;怎样保持人际沟通、调整心态;如何通情达理、看待两性关系……说了很多很多,主题却未不曾变。那就是让自己变得更优秀。"

生活中的雪梅也因为穷人的孩子早当家,早早地就可以独当一面,遇事从容淡定、不惊不喜。她的生活井井有条。每天早上早起练篮球的她带动了全寝室人早起的习惯。

她喜欢运动,更热爱生活。

大学,充满希望。她将在大学五年的生活里挑战自己、锻炼自己、提升自己。

03

第三篇

爱的纪念

开篇语：

"我用尽一生一世来将你供养。只期盼你停住流转的目光。请赐予我无限爱与被爱的力量。让我能安心在菩提下静静地观想……"爱是伟大的力量，只要人人都充满爱，世界将会变成美好的人间。本篇所选取的文章有的表达了对亲人的爱，有的表达了对朋友的爱，还有的表达了对生活的爱。

永远的师长

□ 一附院　杨心华

2007 年 12 月 9 日上午，我们正在学校参加教评知识开卷考试，突然见医院主要领导匆匆离开考场，事后得知他们是因附院原副院长罗教授患病在急诊科抢救而赶去的。

当我怀着忐忑不安的心情来到急诊科时，只见学校、医院的领导正汇集在一起商议罗老院长的后事。一种沉痛的心情立刻笼罩在心上。我急忙奔向抢救病房，只见护士正在拆卸抢救器材。急诊科主任抚摸着罗老院长的额头，泪流满面地说："老院长，您救人一辈子，现在好好走吧！"顿时，我强忍泪水，望着平静躺卧的老院长，触摸着他那尚有余温的遗体，深情低下了头向他诀别。一个人，说走就走，才 78 岁啊！

悠悠往事，历历在目。罗老院长是福建长汀人。1956 年江西医学院毕业后分配到我们医院，一干就是一辈子。

记得我 1975 年来医院内科工作时，他是科主任，给我的印象是一个不苟言笑、严肃有余的人。那时工作条件简陋，内科、儿科、中医科、皮肤科都在一个病区，一个值班医师要照看四个科的病人。每天早上的交接班，大家坐的坐，站的站，值班护士和医师要分别把前一天病人数、危重病人的病情及新进院的病人情况进行报告。

我们刚参加工作，交班时难免紧张，一时说得不清楚或者结结巴巴不顺畅，他就会瞪着眼睛说我们："值班医师不掌握病情，值什么班？"当他查房时，还要求我们住院医师要对所管的病人的病情了如指掌，因什么病进院、住院第几天、进院后做了些什么检查、结果怎样，用了什么药、疗效如何，现病情变化和体征情况等都要一一报告，遇到疑难病他问得还更为详尽。若我们汇报与他问诊和检查情况不一致，少不了又会当众挨他批评。那时，我们这些年轻医生个个既怕他，但又敬重他。

在他的言传身教下,我们年轻的医生每天都要早点进病房,转一转、问一问、查一查,生怕他查房时我们一时答不上来,就连化验结果也得背出来。他们老一辈医务工作者那种认真负责、静心行医的敬业精神,深深影响着我们。久而久之,也迫使我们养成这么一种习惯:没事就到病房转。

他平时处理病情干脆利落,很有针对性。记得有一次,一个病人呼吸心搏骤停,那时还没有电除颤技术,只有人工心肺复苏,他带着我们迅速赶到病房,在床边指导我们,手把手教我们掌握心脏按压部位和使用力度,达到抢救效果,又不致把肋骨压断的效果,抢救用药指令明确,不模棱两可,最后使这个病人成功复苏,且没有留下后遗症。

1984 年,根据学校领导指示和医院科研需要,成立了赣南医专高血压病防治中心,他是负责人,我是医务科长兼秘书。那时他已经是业务院长了,虽然医疗管理工作繁重,但他坚持每周看两次高血压门诊,数年如一日,而我作为秘书却没有像他坚持得那么好,甚至他参加全国高血压病五年前瞻性研究协作科研课题的资料,绝大部分都是他亲力亲为,既繁多且翔实,在他身上体现了这代人严谨求实的科学态度,没有丝毫急功近利的浮躁表现。他任科主任长达十几年。在他的领导下,科室风气正,令行禁止,医护团结,集体荣誉感强,科室屡屡获得学校和医院的各类嘉奖,我们至今还常常回忆这段难忘的美好时光。

罗老院长刚直不阿,疾恶如仇。那时我们每到星期六早上要集体先打扫卫生,再交接班,如果发现有的医护人员没有参加清沟扫地、拔草,他不给情面地批评。在那个年代,我们还有体力劳动。现在住院大楼的那块土地上,当时各个科室都分有一块荒地,由科室种上红薯和蔬菜。他以身作则,带动全科职工利用业余时间松土、施肥、除草。出身于农家的他,干这些活很内行。

对一些不好的风气,他极为反感。记得有一位下放医师刚调来医院内科,喜欢记一些病人的名字和单位,经常做去找病人买紧张的副食品、自行车、电视机和汽车票之类的事,他认为这样不好。一次在医护办公室,我亲眼看到他在批评这个医师。去年他生病住院,我去看望他,按常规给他一个小红包,不料他竟说我:"你怎么也学这一套?"我当即脸红耳热,感到很尴尬,只好自找台阶说:"病人为大,再说您还是我的老师呢!"晚年,他作为返聘的老专家,常年坚守医院专家门诊岗位。

作为我院第一代心血管病专家,他在赣州地区心血管内科具有很高的知名度,有医院想高薪挖走他,但他不为金钱所动,坚持在我们医院上班,为医院的发展发挥余热。即使上专家门诊,他也不会因病人只挂普通号没有挂专家号而推诿病人,也不会因为今天看了多少个病人、开了多少张处方而计较。68 岁那年,他还不辞辛劳,积极参加医院组织的七一共产党员到敬老院为孤寡老人义诊看病活动。他从医从教一辈子,直至患脑栓塞,才因身体原因恋恋不舍地离开他心爱的悬壶济世的职业生涯。

罗老院长走了,走得很安详,我想另一个世界也许很需要他这么一个好医师;他留下了,留下的是敬业精神和刚直的风范。虽然他走了,但他的音容笑貌、言行举止给我留下了难以磨灭的印象。

两元钱的礼物

□ 2003 级医学影像技术专业本科班　陈兰兰

　　岁月荏苒,时光如梭,父亲已经六十岁了,本该享受天伦之乐的他却还在为子女操心。暑假回家,外甥女用天真的眼睛看着我,问:"小姨,你送什么礼物给外公啊?"同时俏皮地向我一笑,我无语,是呀,我该怎么表达我对父亲的心意?

　　吃饭时,我开玩笑地问:"爸爸,你希望我送什么礼物给你?"爸憨厚地笑了:"傻孩子,送什么礼物,你在学校吃好穿好就行了。"我凝望对面的父亲,他眼窝凹陷,皱纹布满额头,无情的年轮如刀一样给爸爸刻上深深的印迹。我试图在脑海里搜寻昔日矫健的父亲。可是,面前慈祥的父亲已不再年轻,我的心一阵阵酸楚。母亲出去打工了,年老的父亲身边少了母亲照顾,变得更加沉默寡言了。

　　但我对父亲的爱仍需要表达。正好,我的文章公开发表了。看着我的文章变成了铅字,攥着刚发的稿费,我心花怒放,首先想到的是送什么礼物给父亲。

　　父亲不抽烟不喝酒,最喜欢的就是听点歌了,特别是满文军唱的那首《懂你》,我也很喜欢。我灵机一动,这首歌送给父亲再合适不过了,但如何让这件礼物变得更有意义呢? 半天的思索让我终于想到了"绝招",而且又省钱又有意义。

　　我花了好几天空闲时间把《懂你》这首歌学会了,并能声情并茂地唱出来。歌唱好了,我联系了电台点歌台节目主持人,我说要在父亲生日那天亲自送歌给父亲。以往点歌都是固定的歌曲、固定的歌手唱的,所以主持人开始不肯,但经过我三番五次的央求,终于答应了,并且只收我两元钱。我真心地感谢主持人,在广播中播放了我的祝福话语和歌曲。

　　一天晚上,当五彩缤纷的烟花闪烁天空,五颜六色的蛋糕香飘满屋,生日蜡烛跳动欢快的火焰时,我把单放机轻轻放在桌上,调好音频和音量。时值八点整,从广播里传来我对父亲温馨的祝福:"我是兰兰,父亲是我走出乡村的铺路砖,是我登上高峰的石阶,在您的生日里,女儿祝您健康长寿,幸福永远。"接着是我全心全意唱出来的歌。世界仿佛停留在那一刻,周围鸦雀无声,我用至真至纯的歌喉打动了我家的每位亲朋好友,歌声完毕,一片雷鸣掌声,一向不轻易表露感情的父亲眼里泪光闪闪。父亲哽咽地说:"这是我终生难忘的礼物。"姑姑笑着问我:"你花了多少钱?"我诡秘地说:"是从我稿费中拿出的,才两元钱。"我把脸转向我朋友,"这首歌我学了好久呢。"朋友恍然大悟,原来我学歌是为了这份礼物啊!

爸爸,愿我的祝福如清风般拂去您的疲惫,愿我的歌声似阳光般温暖您的心间,它不及姐姐们贵重的礼物值钱,却源于小女儿心中那份最温柔的爱。

爱是一种透明溶液

□ 2005 级药学专业本科班　唐玲

　　我和她是双胞胎，可一直我都不愿提及她。尽管我与她黏在一起的岁月随着各自步入不同的大学成为一段过去。第一次远行，第一次离别，心里竟掀不起一丝涟漪与依恋。

　　她比我大 5 分钟，体重却一直比我轻很多。刚一出生那会儿，妈妈便不指望能把她养活。如猫崽那般弱小的身躯却发出昭示着新生命的呱呱啼哭，可由于种种原因，她还是没过满月就不得不离开妈妈身边，被留给乡下的奶奶带。于是，我自私地享受着全心全意的母爱，体验着家庭的温暖，直到我们到了该上学的年龄。

　　我见到她的时候，感觉她长得跟我一模一样，只是比我矮小、瘦弱，很让人怜悯。妈妈见了心痛得直掉泪，抱着她哭个不停，觉得对不住她。之后，妈妈的爱几乎全部倾注于她身上，而我被遗忘在一旁哭泣着。无形中似乎我也要对不住她，也要对她好，这种感觉很难受，我开始不喜欢她了，讨厌她了，甚至有些恨她了。她抢走了我童年里享受快乐的权力，抢走了曾经给予我温暖的家，我开始不允许她叫我妹妹，而我也拒绝叫她姐姐。我觉得我们是两个排斥的个体，永远不可能手拉着手分享彼此的快乐与忧伤。

　　稍大些的时候，妈妈还是不让她干活儿，而我早已学会了扫地、洗衣、做饭等。她开始试着和我说话，而每次都被我冷言冷语地拒绝。尽管她很听话很乖巧，没有任何值得人讨厌的地方，可我却想不出能和她说话的理由，刻意地想避开她，看见她心里会莫名地难过。很多次我对妈妈咆哮着凭什么家务活要我一个人干，可妈妈总是以她比我瘦小为由一次次地敷衍我，对这样的答案很不满意的我只能一次次地发泄在她身上，埋怨生活的不公。而她总是默默地承受着，无怨无悔。

　　长大后，她渐渐地意识到了什么，开始觉得有愧于我，开始觉得这对我很不公平。我做事的时候，她总是抢着要做，却怎么也做不好，只好带着歉意的微笑恳求我下次再给她机会并保证会把它做好。我开始习惯于她跟我抢事做的动作和做完事后的表情，我慢慢地接受着她歉意的微笑也开始回应她一个不冷不热的微笑，偶尔还有些简短的对话，可我们依然有着距离，似乎永远无法跨越，那是心灵里沉淀已久的浑浊。也许当习惯成一种个性的时候是无法轻易改变的。

我对她已不再那么讨厌了，只是感情平淡如水，犹如一个简单的朋友。我们就这样一起走过了高考，然后上着不同的大学。后来我们各自有了手机，她便开始频繁地给我发短信，说一些学校的趣事，说一些她自己的生活，但更多的还是有关家里的事。她似乎很渴望我把她当亲人看。每回说起家里的事，她总是小心翼翼地用婉转的口吻试探。她给我发的每一条短信都有很多个"嘻嘻""哈哈""呵呵"。她似乎很想把自己的快乐传递给我，可有时我会莫名地想：正发短信的她快乐吗？甚至为此我会感到极度的不安。这种莫名的感觉慢慢地侵袭了我的脑袋，我竟有些思念她了。

大一寒假我们陆续回家，吃完饭后她还是习惯地跟我争着刷碗，可我分明看到了一双红肿的、起着水泡的有些粗糙的手，这哪是以前那双细嫩的小手啊！我的鼻子莫名地酸溜溜起来，有一种很想哭的冲动。过后，我向妈妈说起这事，妈妈告诉我："汇过去的生活费你姐一分也没动，说家里供两个大学生不容易，留着当下一年的学费，你姐姐一直在做零工，只要有时间，什么活儿都干。"

我哭了，我终于很痛快地哭了。为自己的自私而哭，为自己与她相处这么多年竟不曾真正认识她而哭，她为我、为这个家默默地付出爱，默默地承受着痛，我却为自己一直那么自私着以致隔绝着那份厚厚的关爱，不曾让她靠近我半步，我竟扭曲着她对我的感情，甚至对她冷落。

回校后，我发了一条短信给她："姐，多爱惜自己的身体，别太省了。"我知道此刻我已把她视为我最为牵挂的亲人。良久，她回了短信："妹，谢谢你！你也一样。"我也知道她在那头灿烂地笑了。

我想我们已融入对方的心里，而那层长了茧的隔阂也随之坍塌了。

爱是一种透明的溶液，刚开始溶质与溶剂混合的时候是混浊不均匀的，可只要轻轻地摇一下，它就会变得澄清透亮起来。给爱一个时间，千万不要因为它一时的混浊而扭曲了它。它可以流窜到各种感情里，给生活带来希望，给人生添一份色彩，给世间弥留永恒，甚至可以溶化冻结的心。

走在父亲的视线里

□ 何小军

我虽然离开父亲身边十几年了,父亲的眼睛却从来没有离开过我。

在我的兄弟姐妹中父亲对我比较疼爱。在我懂事以后,他常常会当着我的面讲我小时候的一些事给亲戚们听,说我小时候很活泼、很可爱。那时我们家做水酒卖,来我们家喝酒的人都喜欢抱着我玩,逗我笑,还用手指或是筷子蘸着酒放在我嘴里,常常喝得我脸红耳赤发酒疯。还说我经常在吃饭的时候端着饭碗走东家串西家去要菜吃,就像个小叫花子一样,但每每都能要到许多好吃的。我当然不知道父亲说的这些是否真的,但能从父亲说话的眼神和笑容里感觉到那种父爱的慈祥。

父亲是穷苦出身。我的爷爷在父亲七岁时参加红军,在战斗中牺牲了,奶奶也早早地过世了。父亲被一位亲戚收留,他放牛、砍柴、种田样样都干,学得了一身种田的本事,深得大家的喜欢,亲戚帮他成了家。新中国成立后,父亲成了生产队的骨干,样样农活都干得比别人好。在我三岁那年,他带着家人做土砖、备瓦、砌墙,起早贪黑建起了三间新瓦房,结束了寄人篱下的日子,使村里人刮目相看。

在一个三岁小孩眼里,父亲是个非常了不起的人,是自己心目中最伟大的人,甚至想长大以后也要成为像父亲这样"伟大"的人。因此,父亲成了我的教科书,父亲的话对我来说就是真理。父亲虽然没有多少文化,但他对我们总会有各式各样的要求。如吃饭时手不能搁在桌上,要端着碗;吃饭时要端坐在桌旁,不能走来走去;上学时不能跟别人打架;放学后要早点回家放牛,不能在路上贪玩;菜应该怎样浇;牛粪应该倒在地里的哪一个角落。我的哥哥姐姐们对这些话只是当耳边风,常常让父亲生气。在父亲的眼里我是个比较听话的孩子,不会惹他生气,因而时常在兄弟姐妹们面前表扬我。从此我也更加循规蹈矩,兄弟姐妹们都把我当作父亲的红人,我有时也被兄弟姐妹们孤立。尽管父亲对我很疼爱,到上学之后,我却感到父亲的这些话不再是一种教育,只是一种没完没了的唠叨,时间一长,也产生了一种逆反情绪,甚至总想要逃离这个家,躲开父亲的视线。

这一愿望在我高中毕业后实现了。那一年我高中毕业时,虽然没能幸运地挤过高考这座独木桥,但也在一个偶然的机会中考上了镇中心小学的代课老师。当时我真觉得拥有了一片自由的天空,不用老在父亲的训导下过日子了。然而,昨天还坐在教室里听老师讲课,今天却要走上讲台给学生讲课,我一时竟不知所措。晚上,在昏暗的灯光下,我又坐到父亲的面前,想像过去一样聆听父亲的训导。父亲却说:"你已经长大了,是一名老师了,凡事要学会自己拿主意。"他送给我一句话:"不懂就要问就要学,要勤奋不能偷懒。"这是一句再普通不过的话,但这也是父亲一辈子生活经历的结晶。俗话说:"要教给学生一滴水,老师必须有一桶水。"我开始发愤学习教育学,自学师范的课程,拿到了师范毕业证书后,又开始自学大专课程,从教一年级开始到教五年级,语文、数学、音乐、美术、自然、政治、体育,我几乎教过了小学里所有开设的课程,成了学校里的骨干教师,连续几年被评为全镇、全校的优秀老师。

也是因为自己的勤奋学习,在镇里招考新闻报道员时一考就中的,后来又被选到县委报道组工作。一天,接到大哥打来的电话,大哥在电话里告诉我,父亲问我这段时间是不是有情绪还是有什么心事。我很纳闷,我的事情他老人家怎么了解得这么清楚呢?大哥没说。直到有一天我回老家去,在父亲的房间里看到一大沓报纸,我随手一翻,每张都刊有我的文章。父亲没有文化,看不懂我写的东西,但是他要求大哥凡是我发表了文章的报纸都收集起来带回家去给他,以这种特殊而原始的方式来督促我的工作。这时我才明白,尽管自己已离家六十里远,可他老人家的眼睛一直在盯着我呢,我一直没有离开过父亲的视线。在父亲的督促下,在县委报道组工作的两年里,我从来没有睡过午觉,晚上从来没有在12点以前入睡过,换来了连续两年全地区优秀通讯员的荣誉。

在20世纪90年代中期,我只身来到这座远离家乡的中心城市,离父亲越来越远了,与父亲见面的机会越来越少,父亲目之所不能及了。夜深人静的时候,我感到特别孤独和无助,真想像过去在家时那样与父亲聊上几句,哪怕是听一听父亲的声音也好。那时父亲还装不起电话,我只好把电话打到镇政府,由镇里的干部转告父亲第二天上午11点到镇政府接听我的电话。父亲果然很准时。在电话里,我感觉到了父亲为有我这么个儿子感到骄傲和自豪,但他并没有在这方面多说,除了让我多注意身体外,他说得最多的就是要好好工作,与同事搞好团结。

与父亲通完电话,我心里感到无比的踏实。

　　二十多年来,我从小山村里走进了这座中心城市,从一个农民变成了一名国家干部,从当初的高考落榜者成长为一个小单位的领导者,这期间经历过的事越来越多,走过的路越来越长,离家乡的路程也越来越远,但自己却觉得与父亲的心越来越近。父亲现在已是八十多岁的老人了,由于常年在农村坚持劳动,身体还很健康,平时还能扫地、担水,有时还到地里干些农活,只不过眼睛不太灵光了,视线模糊认不太清人,哪怕是自己的子女有时也分不清是谁,常常把我和弟弟混淆,弟弟回去看他,他跟别人说是我回去了。而当我回去看他时,却又把我看成是弟弟。我想父亲的双眼模糊只是视力的一种退化,他传承给我们的质朴品格却永远是清晰明亮的,深深地镌刻在我们的骨子里。儿行千里不知远,我们做儿女的将永远行走在父亲的视线里。

朋 友

□ 2007 级康复治疗学专业本科班 陈璐

以前,我总以为朋友只是玩伴而已,大家一起玩耍,一起学习,一起走路,一起……然而,我长大后,却惊奇地发现,朋友这个词还有它更深的内涵:它让孤独的心得到抚慰,让无趣的生活添上色彩,让人生变得更加精彩。

当你烦恼时,朋友会不厌其烦地聆听你的牢骚,静静地为你分忧。这时,你心中的烦恼便烟消云散。这种畅快,也只有朋友能给。

当你开心时,朋友会兴高采烈地分享你的快乐,欢笑着与你共舞,这时心中的喜悦便如簇簇锦绣一般缓缓蔓延。这种开怀,也只有朋友能给。

当你跌倒时,是朋友将你扶起,是朋友为你擦干眼泪,也是朋友在一遍又一遍地对你说:"你永远是我心中最棒的。"于是,无助的心有了依托,信念之塔再次筑起,热情之火再次燃起。这时你会发现,风雨之后的那座虹桥早已筑起,天空已是一片亮丽。

当你夺冠时,是朋友最早为你喝彩,是朋友为你由衷地感到自豪,也是朋友满心欢喜地对你说:"我就知道你一定是最棒的。"于是,满腔的喜悦在心头澎湃。然而,在你春风得意时,也正是朋友给了你当头棒喝,他让你知道生命的意义不在于满足,而在于那份无止境追求的执着。

有了朋友,我们才有了承受风雨雷电的勇气;有了朋友,我们才有了体会酸甜苦辣的泰然。

平常的日子也是歌

□ 绘丹

祖先为我们设定了许多节日,使平淡的岁月平添了不少欢聚、喜庆和热烈。与此相对,那些非节日的平平常常的日子就显得有些暗淡无光了。

4月20日,这是一个平常的日子。我的父亲西装笔挺地准备出门。我好奇地问:"爸,这么漂亮,干什么去呀?"父亲喜气洋洋地说:"今天是我和两个好兄弟的'平均生日',我们三人要好好地庆祝一番!"我不解地再问:"什么叫'平均生日'?我还是第一次听说呢!"

父亲解释,他和两个好兄弟的情谊已经延续了多年,为了纪念共同走过的春秋岁月,他们三兄弟突发奇想要过一个共同拥有的"平均生日"。于是,三人把各自生日的月份数和日期数分别相加再除以3,就得出了"平均生日",4月20日就是这样算出来的。父亲说:"'平均生日'的特点就是你中有我、我中有你,彼此融合、相互交汇,很能表达我们三兄弟的心愿。"

我是一个爱较真的人:"可是求平均数时或许会出现一个问题,除以3后的结果未必得整数,总不能说4.9日、20.1日吧?"父亲笑了:"这好办,四舍五入嘛!"父亲说他们三兄弟的生日分别是2月11日、3月28日和8月20日,在求平均数时,月份数和日期数分别约等于4.3和19.6,四舍五入后,"平均生日"遂定在4月20日。

在父亲的日历牌上,4月20日被加注了红钩标记。父亲意味深长地说:"在我看来,4月20日这个平平常常的日子也是一首歌啊!"

我感到无比新奇,指着3月7日旁边的红钩问:"爸,这个平平常常的日子是什么歌呢?"父亲脸上洋溢着幸福:"这是我和你妈妈相爱第1001天纪念日,我们还希望能一起迎来相爱的第1001年!"父亲的快乐感染着我:"哦,是这样,祝福爸妈爱到地老天荒!"

在日历牌上,我惊喜地发现 11 月 3 日旁边也有一个醒目的红钩! 父亲告诉我,若干年前的那一天,我长出了第二颗新牙,洁白似玉巧,细小如米粒,逢人就露齿招摇,高兴地满地乱跑。生命抽出了新芽,难道不该讴歌吗? "当然!"我响亮地回答,仿佛回溯到幸福的童年时光。

这个 9 月 21 日的红钩唱的是什么曲目? 我急于知道答案。父亲说:"那一天,我在互联网上发送了第一封电子邮件,E-mail 为我的生活翻开了崭新的一页!"

"爸,提醒您,可千万不要网恋哦!"

父亲说提醒无效,他已经网恋啦! 我大惊失色,父亲让我别急,他的网上恋人不是别人,正是我的母亲。父亲还兴致勃勃地带我参观浏览了他和我母亲在网上共建的"浪漫小筑",风花雪月的,好美哟……

在精美的日历牌上,父亲把诸多红钩标记慷慨地赠给了一个又一个平平常常的日子。是的,平常的日子也是歌啊! 我跟着父亲很快学会了这支歌,唱着这支歌,我不再烦恼;唱着这支歌,我激情满怀;唱着这支歌,我勇创未来!

回忆高考

□ 2003 级医学影像技术专业本科班　陈兰兰

好热！我站在马路边等车，我是到贵溪办事。路上行人少，车辆更少。哦，又是一年一度的高考来临，难怪车辆如此之少，并且悄然无声，交警紧张而忙碌地指挥着。每年的今天我都会想起，迄今已经六年了，那段高考的经历仍然记忆犹新。

我行动不太方便，就和别的年级的同学住在一起。高考时他们放假了，就只有我一个人在宿舍。而我的同学在另外一栋宿舍。我们一中的学生到四中去考试，统一坐专车去，大概要 15 分钟。我没有手机，也没有闹钟，只有手表。上午考了一场语文，下午要考数学。我中午睡了一觉，醒来才发现超过了专车预约的时间了。我赶忙起床，飞快地跑向门口，天哪！车已经走了。路上行人稀少，车辆更少，偶尔有辆车也是背道而驰的。我心急如焚，开始恐慌，在炎热的烈日下手心出冷汗，头脑也发涨。此刻的每分每秒对于我来说，比什么都重要。

我期盼的眼神在渴望救星的出现，一个无助者的眼泪是冰冷生涩的，心头是哽咽的，我一次次在心底呼唤"救救我"。因为这次高考对我来说，太重要了，简直是生死攸关。我立下了军令状的啊！我说过非本科不读的，如果这次上本科泡汤的话，我本来就有些极端的思想或许真的受不了。

我四处寻觅，双腿几乎都瘫软了，近乎绝望的我看着静悄悄的马路，都快哭出来了。突然，我看到校门口一个陌生人骑着单车出来。我抱着最后一丝希望，带着哭腔，对那人说："叔叔，我要到四中考试，却耽误了时间，能否载我一程？"他看了我一眼，马上答应了。我那快要破灭的希望之火又燃烧起来了。我看了一下时间，还有 25 分钟。我坐在后座，他加快了速度。我看见他的后背已经浸透了汗水，头发有些泛白。

他一边载着我，一边和我聊了起来。原来他女儿在四中读书，到一中考试，刚才就是送女儿来高考的。还有十分钟就要考试了，我心里有些急，我看见叔叔骑得更快了。我在倒计时,还有8分钟,真恨不得把一分钟掰成两分钟来用。叔叔在和我聊天,我却没有一点聊天的心情。他大概看出来了,就安慰我说:"别急,你不会迟到的。"在还有5分钟就要考试的时候,我终于赶到了。我长长地舒了一口气,老天有眼!我下了车,看着陌生的叔叔慈善的面孔、清瘦的脸庞,不知用什么语言来表达我的谢意。我想起口袋里还有桃子,拿出来给他吃,他怎么都不接受,说留给我自己吃。我给他五块钱,他笑着说:"别傻了,孩子,去考试吧,加油!"我想起了他女儿也要高考,我也祝福他女儿高考顺利。他笑着说:"进去考试吧。"

数学不是我的强项,然而那次的数学我却做得比较轻松。终于,我顺利地上了本科院校。

如今我穿上了白大褂,每天都忙碌着为病人服务。我深深知道,如果没有那位陌生叔叔的出手相救,我的今天没有这样阳光。萍水相逢的好叔叔,祝你一生平安!

幸福的鼠标

□ 肖大庆

　　每天，坐拥电脑，移动鼠标，是我的一种工作和生活常态。可是，此时此刻，鼠标握在我的手里，却有一种前所未有的感动，幸福的滋味把我包裹得严严实实。

　　正在办公室上着班的我，突然接到儿子打来的电话，说他刚在网上查询到，他已被某大学录取。

　　儿子今年参加高考，成绩不太理想。在填报志愿时，虽权衡了方方面面的因素，但最终档案没被投出，全家人沮丧得一声叹息。过了几天，接到班主任的电话，说部分高校因缺额而降分，可以补报志愿。这样，在调整分数线后，儿子总算榜上有名。一家子又沉浸在"失而获得"的喜悦里。

　　下班回到家，儿子的心情仍处在兴奋当中，他把在网上查询到的高考录取的具体信息，当着我的面又说了一遍。我喜不自胜，笑容满面地对儿子说："快去，把电脑打开，我要亲自上网看看。"我三步并作两步，坐在了电脑前，右手握着鼠标，点开网站，在"考生录取查询"框里，郑重其事地将儿子的准考证号码输入，再点击"查询"，儿子被录取的信息立马显现出来。握着鼠标的手不能自已地颤抖了一下，鼠标也跟着我的手幸福地跳跃起来，像只可爱的小老鼠。

　　这一细微动作，被站在旁边的儿子看得真真切切。他不无愧疚地说："爸妈，今年高考，我没能考到你们所期待的成绩，完全是怪我自己，怪自己的自控能力太差。上高中后，我迷上了写作，看文学书挤占了我太多的时间，分散了我的学习精力。由于过度沉迷文学，我甚至一度有过放弃高考的念头。好在你们及时给我敲响警钟，使我悬崖勒马。现在好歹考上个大学，以后我一定吸取教训，引以为戒，再不能做本末倒置的傻事了。"

"过去的就让它过去,清零吧,一切从头开始。来,儿子,我还想再看一遍你的录取信息。我们一起来操作吧!"

"好。请输入:1625……"儿子一字一顿地报出自己的准考证号码。

我重复着第一次的操作程序。这次,握鼠标的右手握得更紧,我怕一松手,这只幸福的"小老鼠"会欢快地跑掉。

好想好想我奶奶

□ 2008 级应用心理学专业本科班　邹清茂

　　春季,雨水多了起来,我的心也显得越发沉重——我想我的奶奶了!

　　在我的记忆里,奶奶总是笑呵呵的,脸上布满着皱纹。每每想起这些,都会触动我的泪腺。奶奶很健谈,总爱搂着我,对我絮叨着:"傻孩子,要好好读书。奶奶以前家里穷,没学到文化,你要好好珍惜。去读书,是为了……"奶奶宽大的衣襟里总是鼓鼓的。每次奶奶总是吃力地把手伸进兜里,掏出一块起皱的糖,挤扁了,还带有丝丝的温热。那时的糖包装简陋,远比不上现在的精美。如今商店里的糖果琳琅满目,可我吃起来总觉无味。我再也吃不到带着温热的甜甜的糖果了。

　　小时候,我总是喜欢和奶奶一起睡。床铺虽然挤了点,可我心里总是暖暖的。可现在奶奶不在了,那床铺也空开来了。办丧事时母亲没有通知我。等我放假回来,奶奶早就下葬了。那时奶奶的房间显得很大,遗物都随奶奶而去了。放在桌上的多是些药盒子,蒙了好大的灰尘。我吃饭时问起母亲,她也只稍稍提及。我没有多问,低头吃饭。我一个人站在奶奶的房间里,嘴巴嘟嘟囔囔,突然间声音又大了很多。虽然房间光线比较暗,但我没有开灯,对着自己墙上的涂鸦,泪水直流。奶奶,我口袋里的糖果该给谁吃了呢?

　　奶奶,这些日子您过得好吗? 有人和你聊天吗? 我好想回去,在你墓前,锄锄草,摆上花,陪你说说话,让你不孤独、不寂寞。我真想再尝尝你给的糖果的味道,继续享受您对我的疼爱……

感动,因为心存感恩

□ 肖翠容

黛玉葬花的多情伤感,是对那轮回自然无限的感恩;韩信千金的报答恩情,是对漂母"一饭之恩"的无限感恩。黛玉为落花而感动落泪,韩信为解决温饱而感动并谨记在心。那一瞬间的感动,只是因为心存感恩。

一年四季,每个人的生活节奏都在日新月异地更换着,忙碌的脚步并没有抹灭人们内心深处最真诚的情感——心存感恩。因为心里保留着对自然的感恩,我们学会了保护环境,保护人类的守护者;因为心里惦记着对父母的感恩,我们从叛逆走向了懂得尊老爱幼的成熟,更加理解亲情的含义;因为心里沉淀着对老师的感恩,我们对桃李满天下的教师们怀有崇高的敬意,真心感谢老师的辛勤培养。

自然界的感恩,显得那么羞涩。大自然赐予了大地无限的生机,无论春夏秋冬,循环有序的生物链条从来都没有断开过,万物懂得遵循规律,感恩大自然给予了的生存空间。喜欢春雨绵绵的长情,那是多愁诗人的最爱,喜欢坚强无比的小草——"春风吹又生"的顽强生命力,那是懂得感恩大自然的诠释,用自己的脊梁撑起了春的蓬勃朝气。喜欢炎热夏季的蝉鸣,那是为高歌自然美好的气息而奏响的音乐,为和谐大自然而欢呼之声。喜欢秋高气爽的舒适感觉,还有那"落红不是无情物,化作春泥更护花"——懂得回报自然,协调着自然的轮回的落叶。喜欢冬日里停落在窗上的冰花,会意着自然界无声的巨大的潜能,感恩着自然界神奇的原动力。那感恩是自然界里无处不在的元素。

"身体发肤受之于父母",父母是我们最大的恩人,给予我们生命,成就了人类最伟大的事业。父母亲勤勤恳恳地劳作一辈子,养育着下一代,一句"谢谢"又岂能够表达我们的感恩。伟大的亲情在身边,我们是幸福的孩子。当父母含辛茹苦地劳作时,你是否曾望着他们佝偻的背影;当父母聚精会神地望着你的书本时,你是否曾发现他们期待的眼神;当父母不辞辛劳地带你求学时,你是否曾站在校门口望着他们一路走一路回头的情景……那一幕幕像电影片段在脑海里重播,恍然发觉,心里留下了深深的眷恋,脸上早已淌满了晶莹的泪滴,那是一种发自内心的震撼,那是一种叫"感动"的情愫。

辛勤的园丁,拥有"春蚕到死丝方尽,蜡炬成灰泪始干"的专业精神,为人们所敬佩。他们为新一代的人才指点迷津,培育了一代又一代的天之骄子,默默地点亮了他人,却悄悄地燃烧自己。呕心沥血的工作,把教育事业作为自己生命的全部,那是一种我们不得不佩服的勇气和执着。他们是培育下一代的传播员,是人类灵魂的工程师,周而复始地栽种着一棵棵小苗,送走一批批参天大树,让我们在心里牢记——师恩难忘!

日出东海落西山,每天都是那么美好,因为我们懂得了感恩。你感受到自然在无声地展现着它的感恩了吗?你感觉到自己辛勤的父母对自己的期待了吗?你抓住默默奉献的园丁为你创造的机会了吗?

学会感恩,学会生活,学会做生活的有心人。为生活而感动,为生命而感动,为真情而感动,因为心存感恩。

扮好母亲的角色

□ 陈雪娇

　　母爱是世上最伟大、最无私、最纯洁的爱。在你无理取闹时,有母亲耐心地教导你;在你生病住院时,有母亲日夜地照顾你;在你伤心彷徨时,有母亲在身边鼓励你;在你事业迷茫时,有母亲在背后默默地支持你;在你功成名就时,有母亲衷心地祝福你。在我们的印象中,母亲永远都是一脸的微笑,既灿烂又温暖。殊不知,这些都需要通过不断地自我修炼才能造就出来。

　　不久前,在前往宝葫芦的公交车上发生的一幕让我印象深刻。车子开到一半就出现堵车,再加上车里拥挤不堪,车上的乘客开始躁动。有位小男孩终于按捺不住,不停地向他的母亲抱怨。其实,处于当时的环境,这位年轻的母亲心情肯定也特别糟糕。可让我意想不到的是,她没有跟着一起发牢骚,而是意识到自己的母亲身份,耐心地劝导她的小孩不要心烦气躁,既来之则安之,同时通过做游戏的方式帮小孩解闷。这位母亲在孩子面前压抑住自己的不满情绪,始终保持和颜悦色,让孩子学会了遇到任何事情不是一味地抱怨而是泰然面对。

　　在日常的生活中,不论何时何地,母亲都应该扮好自己的角色。因为母亲在孩子眼里就是一面镜子,每时每刻都照进孩子的心灵;因为母亲就是一缕阳光,永远温暖着孩子的内心;母亲就是一池清水,永远滋润着孩子的心窝。所以,在孩子面前,你永远都是母亲,应该收起你的小脾气,配合孩子,进入角色,和孩子一起快乐成长。

母校,你好吗

□ 贵溪市人民医院 **CT** 室　陈兰兰

三年之久,却忘不了五年之情。在 70 周年校庆之际,我,一个学子,被母校邀请参加活动却因工作繁忙不能赴约而只能在远方发自内心地祝福。

忘不了第一次来赣州的时候,下了火车的我一眼望去觉得赣州是座很干净的城市,空气很清新,我将要用五年的青春和炽热的激情编织未来的梦幻。

记得刚来时我被分到了公共卫生事业管理 2 班,因为我是文科生,和公共卫生事业管理 2 班同学在一起军训、吃饭、玩乐,结下了不解之缘。

新生住最高层,年级办老师们考虑到我的肢体不便,让我住在了一楼,这样吃饭上课就方便多了。

而我家里人因我考上大学有了短暂的欢喜后却因我学这个专业而忧心忡忡,学校考虑到我的实际问题也积极地帮我转系,让我学临床专业。刚开始我还满心欢喜,然而当面对枯燥无味视如天书的医学知识时,对于缺乏高中理科知识和善于文科思维的我来说,每节课都是煎熬。我强烈的自尊心突然变得不堪一击,我垂头丧气地出现在年级办门口,一气之下递上了退学书,是张剑主任(现在的张书记)和罗老师、彭老师苦口婆心地劝说让我回头,深刻地记得张主任说:"你好久没有来我们年级办了,有什么困难可以找我们说说嘛。"谈到以后工作的事情,他说:"只要我还在年级办,我就一定会帮你。"三位老师是领导,更像大哥,就是在他们的鼓励下我重新扬起理想的风帆。

在校的岁月里,有着坚定不移的斗志,有着意气风发的精神,象牙塔里的日子充实又短暂,老师们和同学们在学习上和生活上都给了我很多帮助。转眼到了实习阶段,我在附属医院实习,接受的是手把手地临床实践,那一年感受的是生命的神圣和无尽的责任感。

快要结束实习的时候,同学们都为找工作而奔忙。我也因此陷入更大的繁忙中,简历制作了十多份,一份份小心地递出去,希望有个真诚的声音回应我,学校也努力地将我推荐出去。最终我选择一外地县级市人民医院,几经周折,经卫生局考试对外招聘,我又回到了生我养我的地方工作。

记忆中的老校区草坪操场已变成了宽阔的橡胶跑道,拥挤破旧的宿舍已变成了美丽清新的求思园,狭小单调的食堂也建成了宽敞明亮的新食堂,菜色迷人,香味扑鼻,菜价低廉。另外在校外不远处又建了两栋高楼宿舍。

如今的赣医,早已搬入了新校区,我猜想建筑肯定更宏伟,环境更优雅,影响更大了吧,衷心感谢学校及附属医院老师们的培养,也衷心祝愿各位老师身体健康,工作愉快,家庭幸福,桃李满天下;祝愿学子们学业有成。

曾经记得……往事如风,带走的是岁月,留下的是深情。

播种爱

□ 2011 级医学心理学方向本科班　陈海霞

自学校支教志愿者招募的那一天起,就注定我和孩子之间将有一段难忘的情缘。

在支教小学的体育场上,我们和孩子们一起游戏、一起比赛。听着孩子们快乐而纯真的笑声,我们的心暖暖的,幸福感油然而生。

在课堂上,一双双好奇的小眼睛盯着我们,我们的心情一下子激动起来。为了让自己在讲台上能顺利地为小朋友们讲授知识,我在来之前做好了充足的准备,查阅资料、设计教案、课前说课,等等。甚至就连晚上做梦我都梦见我站在讲台上。原来做一名老师是那样辛苦。回到大学课堂上,我可得认认真真听老师讲课了!

当我向孩子们提出问题时,他们总是表现得那么积极。一只只小手总是举得高高的,甚至还有人急得站起来,争着回答问题。我切身感受到了这些孩子对知识有着多么大的渴望,对学习有着多么大的兴趣。对比之下,身为大学生的我们呢? 我们刻苦学习了吗? 我们认认真真地读了多少书?

课间,我们和孩子们一起聊天。他们和我们无话不谈,家里的、学校的,老师的、同学的,时不时还对我们问这问那。当我们融入孩子们的学习、生活中时,那种幸福的感觉无法形容。虽然有时他们也很调皮,甚至让我们的喉咙变得嘶哑,但当我们看到他们开心的模样、纯真的表情,我们早已把辛苦忘记。

快乐的时光总是短暂的。有人说:“使人成熟的,并不是岁月,而是经历。”我不知道,支教是否会让自己变得成熟,但是支教让我明白了责任和爱心。如果人人都播撒一点爱,世界将会变得多么美好!

红领巾飘起来

□ 2011级护理学专业本科2班 王雪雁

在潭东镇东坑逸夫小学,一个小女孩的梦想给我带来了无限思考。

她用她最真诚的声音告诉我们,长大以后她要成为一个著名的主持人,她要给每一个人带来快乐。

在讲述使自己感动的一件事时,小女孩抽泣着诉说她的家庭变故。她家有三个女孩,她排行老三。今年,她母亲又生了一对龙凤胎。因为父母都在外打工,所以小女孩姐妹几个都是由爷爷奶奶带大的。去年年末,奶奶不知对父亲说了一句什么话,父亲拿起木棍使劲地打奶奶的头。尽管小女孩大声地哭着、喊着,但没有任何用处。于是,她咬了父亲一口。父亲一怒之下,对她一顿狂打,嘴里还骂着说:"养你有什么用!还不如打死算了!"奶奶看不过去,跑过来护着她。自从那件事之后,奶奶再也没来过小女孩家,也没有帮忙带过孩子了。而且,今年年初奶奶就过世了。清明时,父亲没去奶奶坟前扫墓。小女孩不知道自己的父亲为什么会这样对奶奶。因为这件事,爷爷也和小女孩的父母不说话了。小女孩真的不知道该怎么办。她只是想和家人快乐地在一起,仅此而已。

听着小女孩的诉说,全班同学都哭了。我一边安慰着小女孩,一边不停地拭去眼角的泪水。

为什么天下竟然会有这样的父亲?听小女孩的班主任说,小女孩很坚强,学习很刻苦。我很佩服小女孩。想想自己,自己的家庭多么幸福!父母是多么爱自己!我还有什么理由不好好学习?还有什么理由不在大学期间努力学习医学知识,提高自己的综合素质?还有什么理由不去感恩、不去回报社会?

小女孩,你现在还好吗?你的梦想还在吗?

红领巾,飘起来!

感谢有你

□ 2010 级临床医学专业本科 10 班　王黎珍

"在我心中,曾经有一个梦,要用歌声让你忘了所有的痛。灿烂星空,谁是真的英雄？平凡的人们给我最多感动。"

很多时候,一个感动的瞬间就能洗涤我们的心灵。把握生命中的每一份感动,始终拥有一颗感恩的心,并把这颗感恩的心洒向四方,让其生根发芽、开花结果。

感谢有你,我的爸妈。羊有跪乳之恩,鸦有反哺之情,更何况我们？父恩比山高,母恩比海深。他们生育我们,让我们体验生命；他们呵护我们,让我们免受伤害；他们抚养我们,让我们不断成长。他们的付出,从来都不奢求回报。他们在深夜里为我们添衣加被,在酷暑中为我们烹制美味,在临睡前为我们端上热气腾腾的牛奶,在我们迷茫的时候一直站在我们身后……他们总是最能给我们力量的人。

感谢有你,我的老师。用"春蚕到死丝方尽,蜡炬成灰泪始干"这句话形容可敬可爱的老师再合适不过。当我们疑惑的时候,老师耐心为我们解答；当犯错的时候,老师给予我们最细心的引导；当迷茫的时候,老师为我们点亮一盏明亮的指航灯。从咿呀学语到启蒙上学,老师将我们引入知识的殿堂,给我们阐述着这世界上最美丽的东西,让我们感受世界的丰富多彩,更重要的是让我们明白,在人间一直都存在着温情,而这种温情也包含了感恩。

感谢有你,我的朋友。朋友正如那把雨中的伞,天晴时默默收起,雨天才为你开放。我们的相识纯属偶然,远离家乡,为了不同的梦想相聚在我们美丽的校园。我们一起畅谈梦想,一起肆无忌惮地嬉笑打闹,一起分享那些属于我们的热血激情和迷茫,一起行走在奋斗的路上。感谢在这青春舞动的年龄,有你们陪我度过,一起享受阳光下的安详、夜色中的静谧、细雨中的轻歌。感谢在这最美丽的年华我们一起走过。

　　拥有一颗感恩的心,希望有那么一刻你的视线突然模糊,不是因为失意,而是因为感动。拥有一颗感恩的心,希望有那么一刻你的心感到酸涩,不是因为难过,而同样是因为感动。拥有一颗感恩的心,让我们的一生弥漫着幸福。

感恩之情

□ 2011 级临床医学专业本科 1 班　龙园

　　今天是感恩节,手机收到了很多短信。一条一条仔细阅读,看着看着,眼里含满泪水。室友问我怎么了,我说朋友太煽情了。

　　说到感恩,要感的恩实在太多了。今天看完好友的刷屏信息以后,我就感动得不行。我真的太想我的好朋友们了,即便暑假见过,但还是想得不行。高中的时候我们四个人还每天见面,每天早晨六点准时起床,每天一起背单词,一起做理综题目,一起参加模拟考试,一起为了高考不知道吃了多少苦头。那个时候,一帮人一起哭,一起笑,每天晚上下了自习的时候,全校空旷得只剩下鬼了,我们还一起狼嚎着“不抛弃,不放弃”的口号,给自己加油鼓劲。那个时候的生活真苦,可现在想起来怎么那么甜,怎么那么让人回忆,怎么那么想回到过去,怎么那么想把以前不想吃的苦再吃一遍?

　　现在,我们四个人已经在不同的学校,学着不同的专业,也不在一起打打闹闹了。虽然我们很久不联系,但偶尔联系起来,永远有说不完的话、唠不完的嗑,笑不完,哭不完。我们都是一帮非常感性的情感动物。

　　朋友这个生物真的太神奇了。不相识的两个人或一帮人,能因为缘分走到一起,分享彼此的快乐和悲伤,互相帮助,互相解闷,互相支撑,互相鄙视,互相吐槽,互相牵挂。太神奇了! 感谢让我认识他们! 我觉得我是全世界最幸福的人,因为我有世界上最棒的好朋友们。“朋友”这个词太重了,太宝贵了,不同于“同学”或者“同事”或者“认识人”,他们是真正可以依靠的人,他们是可以与我相互搀扶着走过黑暗的人。

　　感谢所有和我一起成长的人,有同学,有朋友,甚至还有很多素不相识从未碰面的人。感谢所有给过我鼓励、祝福、问候和信心的人,感谢曾经伤害过我的人,你们让我更坚强、更勇敢、更懂得明辨是非。感谢各种各样的困难,是你们让我走向成熟。

　　感恩生活。感恩生命。

学会珍惜

□ 2012 级临床医学专业本科定向 4 班　钟铭

　　一次偶然的机会,我邂逅了一部电影——《非常小特工之时间大盗》。在这部影片中,玛丽莎是一位退役特工,她身怀绝技,在疯狂的时间控制者发出警告说要偷走时间并征服全世界的时候,玛丽莎的生活发生了翻天覆地的变化,继女瑞贝卡和继子塞西也被卷入了战争。她带着令人眼界大开的新奇装备,依靠智慧拯救了世界,并且让全家人团聚。虽然这是一部带着童话色彩的儿童科幻片,但是它却告诉我们一个寓意深刻的道理——学会珍惜!

　　"世界的公民们,我判决你们全部犯有浪费时间的罪名,时间都花在无谓的追求上,而不是珍惜和你爱的人在一起的时光,时间不再是你们轻易得到的,我要剥夺你们所有的时间,末日计划已经启动,我会继续加快时间直到耗尽,世界将会结束……"自称是"时间守护者"的反派角色在疯狂地呐喊着,时间也越来越快地消失,人们陷入恐慌……

　　现实生活中虽然没有时间大盗,但我们真的也留不住时间。时间在悄无声息地流走,每一秒都在飞速流走,走在青草上,飞在空气中……时间一去不复返,看着真有一些心痛。我们必须抓住每一次机会去爱自己身边的人,去做自己想做的美好的事,去享受生活、感受亲情。

　　在影片最后,时间大盗的谜底终于揭开,他就是特工们的 Boss——航天局局长。原来他被时间冻结在里面出不来,父亲用尽一生时间想尽办法拯救,直到白了头发也依然没解决。为了让时光倒流,回到以前和父亲团聚的时光才导致了这一切的发生,然而时间永远不可能回到从前。

　　如果你曾经失去过亲人,就会明白剧中的反派何等心酸,我们总是觉得和家人在一起的时间理所当然地存在着,可这个时间其实是个倒计时。你还能拥有父母多久呢?倒计时而已。好好珍惜吧!

价值是因为珍惜才得以提升的,因为只有失去了才知道它的重要。为什么非得等到失去之后才开始后悔,才懂得珍惜呢? 时光转瞬即逝,不要等到时间没有了,才注意到时间。父母渐渐老去,不要等失去了,才注意到亲情。要知道,树欲静而风不止,子欲养而亲不待。

学会珍惜,珍惜使生命更加精彩。

带着感恩出发

□ 2010级临床医学专业本科5班　赖根洪

有人说：生命是一趟旅程，每个人都在途中，每个人都在不知不觉中路过沿途的风景。也许，生命本身就是一个奇迹，一花一世界，一叶一菩提。这奇迹里有太多的酸甜苦辣。

很喜欢一句话：岁月是白纸上的铅笔字，擦得再干净，也会留下痕迹。

经年回眸，掬一捧岁月，那些悄无声息的过往，也便演绎成静水深流的沧桑，点点滴滴，淌过灵魂，蜿蜒生命的冷暖。

岁月中，所有的行走都在梦中，那些繁华锦瑟，那些痛苦彷徨，那些浅笑处的忧伤，那些泪光中的彷徨，都于云卷云舒中萦然。

暴雨之中，是谁，为你撑起一把伞？漫漫黑夜，是谁，为你点亮一盏灯？怀着一颗感恩的心，你会发现，暴雨中总有温暖的守护，黑夜里总有星星的闪烁。

感觉岁月中，所有的行走都在心上，心的哭泣，心的呢喃，心的挣扎，心的缠绵。事实上，人生，原本就是一个相守的过程。那些低到尘埃里的花，那些飘到云端上的梦，经年后，或许只剩下宽容与感恩。许多事，沉淀了，便是晶莹。

感恩，珍藏在我们心中，又时时刻刻向外散发着光与热。带着感恩出发，用善于发现的眼睛探寻人生路上的风景。我相信，无论是广阔的大自然，还是热闹的人间社会，都会使我们收获最宝贵的财富。

生命于我们，像春天的风，润暖；像夏日的阳，火热；像秋日的果，丰硕；像冬日的雪、遐思，无时无刻不在累积深刻……以一怀洒脱诠释恬淡，以一眸微笑学会感恩。也许，世事无常，岁月无痕，然，岁月终会因经历而感恩，生命亦会因感恩而厚重。

掬一捧岁月，握一份感恩。心，永远微笑向暖。带着感恩出发，在暴雨中为他人撑一把伞，在黑夜中为他人点一盏灯，我们的人生和我们的世界将永远是晴天，永远充满光明。

大手牵小手

□ 2009 级康复治疗专业本科班　罗赣君

十二年前,我还是个小学生,感恩节前夕,写了篇以"感恩"为题的作文。文中,我写了她和他。

小时候写的那篇文章给我留下了非常深的印象。有两个原因。一是内容很真实;二是老师写的评语。老师的评语是这样写的:你应该觉得幸运,你有一个好奶奶,你还遇到了一个好心人。

一个是至亲,另一个是陌生的大叔。他们都有一双温暖的大手,都是我应该感恩的人。时隔久远,恩情却难以忘却。

她的体态有些偏胖,个子不高,给人的第一印象是敦实。这就是一直陪伴我长大的奶奶,一个在大桥上给了我爱与勇气的人。

小时候,我很讨厌上学。一是因为大冬天的要早起去上早读。二是因为天才刚刚亮,显得有些灰暗,路很长,胆子小,一个人不敢去。没办法,每天奶奶总是比我早半小时起来,帮我整理好笔和书后,连哄带骗地把我送到大桥的桥口。因为到那里的时候,差不多天已经大亮了。通常,奶奶会用她那双温暖的手牵着我的小手,陪我走到学校。直到有一天同学取笑我说这么"大"的人,还要人送,不害臊啊! 奶奶知道后,就想了个折中的办法。第二天把我送到桥口处,郑重其事地告诉我,前半段路我陪你走,下半段路要靠自己走完。说完,奶奶就转身离去。无论我怎么哭鼻子,奶奶在这点上很"固执"。起初几次,我一直看着奶奶的背影消失后,才不甘心擦干眼泪去上学。后来听老妈讲起,才知道奶奶偷偷在桥下看着我走到学校,才离去的。

那年,严冬的一个傍晚,我在外面打雪仗,不小心把棉手套给弄丢了。顿时我害怕极了,我叫奶奶不要告诉其他人。奶奶安慰我说:"傻孩子,别想那么多,早点睡,奶奶的手就是你的手套啊。"说完,把我冰冷的小手紧紧地握在她的大手心里。

听了奶奶的话,我就去睡了。由于睡得早,晚上十一点的时候,我醒了。看到了一幅很难忘的画面。窗外下着白茫茫的大雪,奶奶一个人带着老花镜,悄悄地帮我赶制一双新的棉手套。那一刻,我的眼角湿润了。我觉得我很幸运,有一个这样的好奶奶。

从那时起,我就知道她是我要用一生来感恩的人。我要用一腔感激之情去报答她伟大而无私的爱。

他呢? 一个我从来没有看到过他长什么样子的人,给我的唯一印象是他的黑色秋裤和温暖而又粗糙的大手。这是在十二年前的那个雨季里,一个在独木桥上给了我一次生命的人。

放学回家,要经过一座独木桥。那天,天气很灰暗,连日来的雨也停了。独木桥离水面有一米的距离,桥很窄还有些滑。排在我前面的是个大叔。他比一般人更高大。我仔细地打量了一番——大叔穿的是件黑色的秋裤,个子很高,很结实。

我背着比我小一号的书包,走到快到桥头的位置时,不小心滑倒了,掉进水里。水很急,不一会儿,就把我冲走了一段距离。在我掉下去没多久,我又听到有人也跳进水里。我的眼睛睁得很大,看见那条秋裤向我游来。当我连喝了三口水的时候,闭上了眼睛。我的手开始胡乱地抓,没有目的地抓。很快,我的手抓到了一双很大、很粗糙的大手。手上很温暖,一股很大的力气传来,他把我从水里拎了起来。很快他把抱我上岸了,问我怎么样。我说我很冷。当时我的脑子一片空白,一直抓着那双大手,根本没看他的脸长什么样子。很快家里来人了,对大叔说了声"谢谢"后,抱着我回家换了衣服,去了医院。从那次起,我将这份感恩放在心中。

他对于我,可以说是一个我一生只碰过一次手的人。这么多年过去了,心中总是会装着这么一件往事、这么一个人。

虽然他叫什么,到现在我也不知道,但在我心中,他的背影永远定格在独木桥上。而我也将以他为榜样,怀着一颗感恩的心,用善意的手握紧需要帮助的手。

十二年后的此刻,我已不是当年那个小学生。但我却越发地想写这两双大手……

因梦而起

□ 2010 级眼耳鼻喉方向本科班　陈妙虹

早上醒来时,发现枕头边湿了。昨天晚上的梦里,我梦见妈妈离开了我们,她不在了。

我们这几个孩子哭天喊地,抱成一团,嘴里念的心里想的都是妈妈。

当我醒来时,心情久久不能平静,于是拨通了妈妈的电话。

"妈,你在家还好吧?"我假装平静地说。

"怎么大清早打电话过来,发生什么事了?"

"想你了,天气转凉了,多穿几件,别冻到了……"我把以前她嘱咐我的话向她说了一遍,最后,我哽咽地说了一句,"妈,我要永远和你在一起。我爱你!"

"嗯。"电话那头的妈妈沉默了很久。

感谢那个梦,它让我顿时醒悟过来。当很多悲剧发生了之后,人们就会怪老天爷不给他们机会,说什么苍天无情之类的话。之所以会遗憾,是因为我们没有把握住平常看起来似乎微不足道的机会。活在当下,须时时刻刻有颗感恩的心。只有这样,我们才不会错过一些东西。我怕我来不及说出口的时候,已经物是人非。所以,无论是花开还是花落,我一样会珍惜。

生活就像五味瓶,酸甜苦辣咸,都要品尝。无论是喜是忧,是哭是乐,都要坦然接受。回眸小时候的蹒跚学步,妈妈一遍又一遍地牵着我的小手,一声又一声地鼓舞我往前走。翻开青春的纪念册,老友笑颜依旧,友谊之树常青。在大学努力求学、追逐梦想的我们,有同学相伴,有老师关心,还有什么理由不珍惜美好的光阴?

感恩,从现在做起。

爸爸，我爱您

□ 2010级公共事业管理专业专科班　兰德勇

　　静静的秋夜里，一阵急促的手机铃声犹如刺耳的警报啸叫，惊扰了我的残梦。电话中传来妈妈的哭腔："你说你爸爸，瘦得只剩皮包骨头，今天我打了一份十元钱的猪肉，他却大发雷霆，我们在这工地，吃得那么差，就吃那么一回猪肉，他有必要那样吗？"

　　我听后心里感到极为难过，禁不住潸然泪下，心中思念与辛酸的潮水猛烈地冲击着我。关于您的记忆便如电影般一幕一幕展现在眼前，这一晚，我彻夜未眠。

　　爸爸，从古至今，百善之本，理当孝为先。而我却远远违背了它，无以孝为首，无法报答您的恩情。在您面前，我是一个"罪人"，所有的过失，或许我今生今世都无法弥补。因为在您垂老体衰之际，我还不能为您做一点点什么，哪怕是端杯水、洗件衣服，这些微不足道的小事我都做不到。

　　那时，我们家境极为贫寒，您虽贵为高才生，但苦于出路无门，知识不能施展。哥哥和我出生后，家里日子变得更加拮据，可真是三餐不继，家徒四壁。为了全家生计，您背上了行囊，毅然决然地踏上了远行的路。

　　从此，风霜雨雪里有您跋涉的背影，崎岖坎坷的路上有您匆忙的脚步。

　　从此，工地街头有您羞于示人的血泪与挥洒如雨的汗水，马路桥头有您温馨纯厚和凝重悠扬的鼾声。

　　从此，时间的流逝把您的青春消耗殆尽，冬去春来刻印着您岁月的伤痕。

　　如今，您曾经矫健的步伐已略显蹒跚，曾经强壮的体魄已瘦弱不堪，曾经神采奕奕的眼神已暗淡无光。可您依旧用神圣无私的爱滋润着我们的心田，用瘦弱的身躯为我们遮风避雨，用勤劳的双手为我们扬起生命之帆，任劳任怨，无怨无悔。我亲爱的爸爸，或许您由于过度操劳和繁忙，不曾发现岁月无情。在您慈祥的脸上，我清晰地看见了岁月风雨的残痕，您头发也有些白了。您为了我们这个家，从来没有被如此残酷的生活折服，仍然挺直腰身同命运同生活进行顽强斗争。

经历了多年的艰辛，走过了许许多多的风风雨雨，肩负过沉重的担子。我的爸爸，您从未肯停下来歇一歇。我虽早已成年，却不能帮您分忧解愁。看着您佝偻着背，憔悴着容颜，还要背负行囊，远去打工，我的愧疚涌上心头，心酸溢满胸怀。您虽然日月操劳，担负着生活的重荷，却依旧省吃俭用，竟为十元钱的肉对妈妈大发雷霆，而我每次与您打电话，您都嘘寒问暖，叫我吃好穿好，生怕我没钱用。想到这里，我双眼噙满泪水，我真是一个"罪人"，不但剥削了您的青春，而且还要把您剥削得"体无完肤"。

爸爸，您为我们兄弟俩付出得太多了。我们一点一滴的成长都离不开您的帮助。爸爸，感谢您将我们抚育长大成人，为我们构筑舒适温暖的家。从呱呱坠地到咿呀学语，从刚入学门到长大成人，感谢您无私的关爱陪伴了我们生命的每一个阶段。您的爱如天载地负，不求回报地荫庇着您的孩子，闪烁出永难磨灭的人性光辉。

爸爸，您就像是一座高山，背负着太多太多的责任，伟大、坚实而又广博。您使我学会了坚强、记住了宽容、懂得了自制。

爸爸，您就像一部小说，不用旁征博引、引经据典地去证明什么，而是向我们默默地展现着，娓娓道来一个或许不精彩却朴实无华的故事。所有的爱、所有的情感都蕴含其中，任我们品味。

爸爸，您就像一个摆渡者，扬起生命之帆，让涛声歌唱，扯缆绳做琴弦，掬劲风当号角，奏一曲超越时空的乐声，用汗水和泪水划破一切艰辛困苦的阻险，只为我们能到达幸福的彼岸。

您的爱，是一份时时让我心头泛起涟漪的爱；您的爱，常常使我心中升腾起无比虔诚的敬意。人生旅途上的几十个春秋，真情岁月，亲情无止境。您的爱将永远存留在我记忆的心门，永远根植在我心灵的深处。

父爱无边，父爱如天。爸爸，我爱您……

怀念家驹

□ 2012 级临床医学专业本科 6 班　赖城

　　垂柳依依,阴雨绵绵,今又清明,满山遍野的怀念与追思,点缀青柳的枝头。一个人,一副耳机,一条小路,一种心情。

　　"原谅我这一生不羁放纵爱自由,也会怕有一天会跌倒⋯⋯"耳麦里依旧是这么熟悉的《海阔天空》。

　　细雨打湿我的脸颊,远在天堂的你,还好吗?

　　你是 Beyond 组合的主唱兼节奏吉他手,在 1983—1993 年短暂的十年间,用浑厚的粤语唱响了你的人生,这就是你——黄家驹。

　　开始听你的歌是在高三。那会儿为了高考我整日在书山题海里鏖战,一次又一次的模拟考让我疲惫不堪,一次偶然的机会听到了你的《海阔天空》:"背弃了理想,谁人都可以,哪怕会有一天你共⋯⋯"我沉浸在这感动的歌声里,把疲惫与烦躁宣泄在这没有半点颓废的歌声中⋯⋯

　　那年暑假,家人逝世,高考失利。那一刻骨铭心的痛如梦魇般缠绕我。我不能接受至亲的家人离我而去,更不敢相信一千多个日子的坚持竟换回来失败的结果,我声嘶力竭。

　　高三的班主任递给我一张 Beyond 的专辑⋯⋯从那以后,我开始了解 Beyond 这个激情四溢的乐队,开始喜欢上黄家驹纯粹、慷慨、有力的声音。他的歌即使是愤世嫉俗也一样激情澎湃,没有半点迟疑,让我得到释放。

　　随后,我收拾心情回到昔日的校园,走向了高四的征程,高四的日子我只能背水一战,每天陪伴我的是厚厚的习题,每天奔走于寝室、食堂与教室,机械地重复着同样的剧情,但是你的歌一直伴我左右,在我迷茫的时候、疲惫的时候⋯⋯

　　《真的爱你》唱出的是游子对母亲的深深眷恋,《不再犹豫》一次次鼓舞失意灰心的我⋯⋯在那段日子里,我慢慢明白了生命的可贵,所以我要好好珍惜每一天的日子；我懂得了忍耐与安静，懂得了有时候只有退一步才能真正地"海阔天空"；面对高四，面对高考，我"不再犹豫"；他的歌总感觉是在阳光底下，而不是躲在阴暗的角落里怒视生活。在歌声里，我看到了坦然。

时间定格在1993年6月30日。那天的东京阴风惨惨，画面迷离，你不小心从舞台上失足，从此离开了人世。人们所做的一切都回天无力，你就这样在人们不舍的眼神中告别了人世。在你短暂的十年里，在非洲设立了世界第三基金会，唱出的歌激励了一代又一代的青年。你可知道，在你走后，乐队再也没寻找新成员来填补，随后这个组合被宣布解散，而你专注弹着吉他深情高唱的画面永远定格在这一天。

"仍然自由自我，永远高唱我歌，走遍千里。"一曲已终，薄凉的细雨飘落在我深远的回忆里，我在心底里默念——愿连绵的雨丝带去我对家驹深深的怀念。

爱,一起走

□ 校报学生记者　郭彩云

"湖南百公里"已成为中国规模最大(2013年参加者达到28000多人)、运作最为规范的知名大型群众性健身及公益爱心活动,得到了全社会的参与和关注。2014年湖南春季百里毅行时间定在4月12日至13日。此次活动规模达到12000人。

我校有四人报名参加了此次活动,分别是来自2011级中西医结合本科班的周兴兴、胡小叶、罗兴庭和2012级临床医学专业的赖日甜。他们四人乘坐4月10日凌晨的火车,6小时后到达南昌。原本中午前往湖南长沙的火车因故误点了,他们随即改签了下午1点的车,站票。

上车后,离奇的事情出现了。整列车厢除他们之外竟然没有一个人……空调的风有点冷。空车厢里的风声听起来像是尖叫、狂欢。

晚上7点30分左右火车到达长沙。休整了一个晚上后,四人在指定的地点领取了服装,准备好第二天的雨衣。

12日上午,主办方在羊湖湿地景区举行活动开幕式。蓝色的横幅上写着"爱,一起走"几个大字。此次百里毅行的主题是"保护湘江水,爱我母亲河"。8点30分左右,参与人员寄放好物资,拿好签到卡,队伍基本全部出发。

湘江上,春风缓缓吹来,还有毛毛细雨,旗帜飞扬,行走的队伍像一条长龙紧紧贴着大地,慢慢前行。

旅途刚开始,大家跃跃欲试,油菜花,湘江水,春天的姹紫嫣红都在眼里。长长的队伍,心情都是飞扬的。即使是撑着伞,穿着雨衣,一个个小脸都不是那么明显,气氛却是欢快的。

到潇湘大道,沿河堤向南,过湘府路大桥,再经解放垸、昭山风景区窑洲和湘潭电化,将近晚上8点到湘潭体育中心,开始搭帐篷。第一天总共有四个签到点,每个签到点都有免费供应的水和功能饮料,还有随行的医务人员。

随着将近 60 公里路程的完成,大家精疲力竭,一个个狼狈的身影,和体育中心正在进行的晚会形成鲜明的对比。周兴兴在日志中这样说道——不知道有多少孩子在半路上了计程车离开了原定的路线,不知道有多少人在懊恼,在后悔,就像明信片里写的:"你用了一小时做出决定,然后用了两天还没想清楚自己当初是为了什么。"欢乐的晚会,亮闪闪的灯光,一个个挨挨挤挤的帐篷,还有里面困倦疲劳的他们。或许,更多的人也在想同样的事,想着放弃。

夜晚的雨水渗进了帐篷,第二天四人又增添了些许的狼狈。兴许是一夜的好梦,第二天 6 点起来后,体力得到恢复,前一天晚上还动摇的信念又重新坚定起来。

背上路上需要的物品,上湘江江堤到湘钢钢材码头,路经狮灵港,再经湘潭二桥过江,接着下桥,上湘江大堤,沿湘江上行到达龙船洲,再到排棚子,最终到达终点——株洲体育中心。

在活动的第二天,已经有人用乘车代替步行。旅途变得枯燥乏味,内心增加了一些孤寂。在每个签到点,随处可见坐在路边休息的人群,医务人员忙着给他们处理脚上的水泡。越接近终点人们越是疲惫,队伍也稀疏了些许。

他们四人手拉手,互相扶持,互相鼓励。忍着满脚的水泡和拖着仿佛灌铅的双腿,他们一直咬牙坚持着。沿路贩卖食品的小贩依旧是前一天的面孔。黄瓜从五块钱一根变成了一块钱一根。

下午 3 点,到达终点的人很多,却都累得趴在地上。四人兴奋地捧着毅行证书,并在印有"我成功了"的蓝色横幅上留下了自己的姓名。

他们成功了,成功地挑战了百里毅行。

谈到此次活动的最大的感受,周兴兴说:"我背负的背包远不止我自己的装备,但收获的东西也远超过任何时期。"

罗兴庭说:"什么事情只要坚持下去,都没有想象的那么困难。"

爱,一起走,勇敢地走下去。

因为爱

□ 2012 级临床医学专业本科 4 班 张丽颖

8 月艳阳天,夏日如烈火。

在度过了一个烦闷无聊的暑假之后,我在 8 月中旬便独自一人踏上了南下的火车。

虽然,距离正式开学还有整整半个月的时间。

也许,还处在假期里的赣医对于我的突然归来有些猝不及防——没水、没电、没人、没吃的。

好吧,谁叫我来得这么早!

在办理了一系列的入住手续之后,我回到了许久不见的"家"——那间不到 20 平方米却充满欢声笑语的宿舍。

我迅速地安排好自己的衣食住行问题,坐在写字台前让大脑飞速旋转:作为院学生会主席,首先要确定学生会的到校人数,然后在老师那里领取需要发放给新生的物品,还要确认录取人数,布置新生报到点,安排人员 24 小时值班……

是的,我提前半个月到校,就是为了做好迎新工作。

虽然此时的我还带着对家的眷恋,享受着假期给我的慵懒,思念着凉爽入秋的北国,可是,我不得不舍弃眷恋、抛弃慵懒、拒绝思念。因为,我必须带领院学生会同学全力以赴做好此次迎新工作。被别人需要是一种多么强烈的幸福!

亲爱的 2014 级新同学,当你看见穿着志愿者衣服的学长学姐凌晨三点带着刚下火车的你来校报道,当你看到一路舟车劳顿疲惫不堪的家长因为学生会成员的工作表现而露出笑脸,你就会知道,自己并不孤单,因为你已经成为赣医大家庭中的一员。

我始终认为,如果每个人做什么事情都要讲条件、讲报酬,那么这个世界早已没有了温暖,没有了快乐。只要是对的事情,是对大部分人有利的事情,哪怕牺牲我们自己的一部分利益,那也应该值得去做。

奉献让人成长,责任使人成熟。在这个日新月异的社会里,总有一些连幼稚园小朋友都说得出的人生道理值得我们用自己的一生来共同守护。

"一、二、三、四……"窗外飘来新生嘹亮的口号声。我闻声抬头,恰好看见8月骄阳照耀下"魅力赣医"的宣传标语。

因为爱,所以奉献。

父爱如山

□ 2012 级麻醉学专业本科 2 班　卫玉娇

父亲没有体贴温馨的话语,没有耳边不停的唠叨,没有日夜陪我度过的温柔。但是,父亲一直给我一种山一般的依靠,给我一种时时刻刻的心安。在他的眼里,孩子就是他的世界。

记事以来,总记得父亲的"老爷车",一辆年代已久、锈渍斑斑的自行车。曾听母亲提起,小时候每次父亲下班骑车回家,我都兴奋地冲过去,要父亲载着我到处玩。他不管多累,都会答应我,眼里满满的都是爱。

当我慢慢地长大,别家孩子的父亲用的都是崭新的摩托车、小汽车,而自己的父亲仍然骑着破旧不堪的自行车。坐在"老爷车"上总觉得身边的小伙伴投来异样的目光,我再也不肯坐上那辆自行车,执意自己走路上学。而父亲总会静静地推着自行车跟在我身后不远处,看着我进了学校才转身骑车离开……

为了分担家里的负担,我开始去工厂打暑假工。一天,由于任务太多,不得不多加两小时班。当我拖着疲倦的身子走出门口时,却看到了那熟悉的身影,身边依旧是那辆破旧的自行车,昏黄的路灯把他的身影拉得好长好长,似乎早已疲惫不堪。他带着一丝沙哑的声音说道:"下班了? 晚了路黑人少,担心你一个人回去不安全,过来接你。"泪水瞬间充盈了我的眼眶……

宁静的小路,昏黄的路灯,婆娑的树影,两个模糊的背影。坐在父亲的自行车后面,从未感到他的背影如此踏实、高大、温暖。总觉得路好长,又好短。冗长的岁月,抹不去的是满满的爱意;消逝的流年,带不走的是甜甜的回忆。后来母亲告诉我,父亲看我到了平时下班的时间还不回家,焦急地去找我,在门口站了两小时等我……

转眼间,我考上了大学,学校离家有点远,父亲背着我的厚重的行李,我第一次坐上火车,踏上新的征途。第一次离家远行,心里又是激动、紧张、期待,又是难过。到达学校,早已夜黑,学校外面找不到住宿的地方,父亲把我宿舍的床铺好,对我说:"一路上都累了,你快休息吧。""那你怎么办? ……""我都这么大的人了,没事,我自己会解决的。"说完便转身离开了。

那一个晚上我都没睡踏实,心里想着:他怎么办? 他怎样了? 第二天得知有个学长让父亲在他宿舍休息,我才心安。第二天他帮我把东西都整理好后,语重心长地说:"大学很重要,要好好学习,以后会受益终身的。"我突然发现,父亲老多了,也瘦多了,两鬓已经发白,深深的皱纹也顺着脸颊爬了上来。看着他渐渐走远,才发现父亲的身影再也没有以前看起来那么高大了,变得瘦弱了。他的背影消失在远方,随着我的泪水一起模糊。

原来,不管自己怎样,父亲永远都会在身后默默地支持着自己。恐惧时,父爱是一块踏脚的石;黑暗时,父爱是一盏照明的灯;枯竭时,父爱是一湾生命的水……

经常哼唱起筷子兄弟的《父亲》:"总是向你索取,却不曾说谢谢你。直到长大以后,才懂得你多不容易。每次离开总是,装作轻松的样子。微笑着说,回去吧,转身泪湿眼底……谢谢你做的一切,双手撑起我们的家……"

许你一世花开

□ 药用植物园管理中心　林金鹏

在你离去的那一夜，我梦见了花开。鲜红的花开满苍山，碧叶却不知影踪。直到多年以后，我才明白，那是曼珠沙华，为你而开，也为我而开。在阴的叶，在阳的花，永不相见。

我的外公是在我初三那年去世的。那年，我 15 岁。

外公是小学教师，由于吸入大量粉尘，患上了气管炎，也卒于该病。

每每想起外公，脑子便一片混乱。太多的记忆碎片、太多的感触从脑海奔涌而来。也正是因此，我曾多次想要写点文章来铭刻，却都未果。

我刚满月就被送到了外公家。如果说生命是由身躯和灵魂两者构成，那么我的身躯受之父母，我的灵魂却形成于外公、外婆。

记忆的窗口定格在屋后的竹林。这是你去工作、我去上学的必经之路。你的棕色教案、我的米老鼠书包，还有河边的那些田野。当你在夕阳下巡视咱家稻田时，我总会屁颠屁颠跟在你的后面。你还记得那辆凤凰牌自行车吗？我坐在车身的三角杠上，总是说："外公，这杠子坐得屁股痛……"

初中时，大姨的孩子总是拿着"三好学生"的荣誉回家，周末在家还给外公外婆干农活。而我，除了找你要生活费，就是在家看电视。

命运总是如此，让人眼睁睁看着机会溜走，遗憾慢慢形成，最终给人一生无尽的遗憾。

房间里，一个老人孤单地坐在床前，两眼凝视着窗外，不时发出几声来自脏腑的咳嗽……一个少年也在房间，开着电视，沉浸在自己的世界里。两人坐在同一张床上，却不在同一个世界。殊不知，两人不到两米的距离流逝着少年一生最后与挚爱相处的时光，酝酿着少年一生的痛苦与愧疚。

我看着你藏在书中的遗书，泪水无法止住。"希望子孙做一个有学识的人，能考上重点高中,能考上大学。万般皆下品,唯有读书高……"

外公啊,我对你亏欠了太多,虽然你不求回报。我满怀着对你的愧疚和自责考上重点高中,进入大学。

如今,我总会梦见,我们大手牵小手穿梭在竹林,静观叶枯叶落;我们一起行走在田野山间,慢看果熟稻黄;我们被分割在两个世界,相互寻找、呼喊……

那个秋天,你走了,天地之间绽开了一朵曼珠沙华。

外公,愿你在天堂,一切安好!

难说再见

□ 2010 级医学心理学方向本科班　叶湘伦

繁华落尽,终有散场;拥抱过后,难说再见。

一段纯真的青春,一段年少轻狂的岁月,一个充满幻想的时代,当别离的笙箫悄悄响起,当烟雨朦胧下我看不到灞桥的尽头,当我最后一次关上深绿色的门,别离来了。

我有些猝不及防。

天色已经黑了,夜幕下的海面,渔家们升起了灯光,享受着辛劳一天后妻子做的晚饭。烧烤架的烟火燃烧得正旺,一股股香气飘然散去,你喂我一口,我分你一些,好不温馨。

点歌台的周围最是不会少人的。巨大的屏幕让黑夜消失在他们脸上,尽情地嘶吼着,仿佛要把这一切的不舍与悲痛扔进大海。我看到了歌者的泪水,我听见了烧烤人的哭噎。最后一次家庭聚会,最后一次推杯换盏,最后一次一起疯狂。

我离开了,拎着一瓶酒悄悄走进了黑夜,坐在柔软的沙滩上,看着面前夜幕下的海面,仿佛一张巨大的网,吞噬了我们所有的欢笑,带来的却是无尽的忧伤。点了一支烟,灌了半瓶酒。当了我五年寝室长的老巫坐了过来,递了一支烟,相视无语,却不知从何说起。

五年,青春能有几个五年,又能有几个睡在同一屋檐下的五年? 就这样默默地坐着,看着海面,任海风徐来。不是喧嚣太闹,而是青春在逃。我们都知道,繁华过后终有散场。

那晚,毕业酒会前夕,多少人是在期待与害怕中度过? 我们期待着最后一次开怀畅饮,放肆青春,可我们却害怕,害怕酒醒之后看到寝室一张张空荡荡的床铺,害怕听不到那些熟悉的声音。

五年相遇相知,五年风雨同舟。五年,我们长大了许多,也成熟了很多。五年了,心与心分不开了。那晚,多少人酒不醉人人自醉,说了平时不敢说的话? 多少人替他人擦干了泪水却湿了自己的眼眶? 又有多少人紧紧相拥不忍分开? 多少不会喝酒的人和每个人喝了酒? 又有多少人跌倒了哭着爬起来? 一杯酒,满腹离殇,诉不尽不舍,道不尽离愁。

毕业了,真的毕业了。昨天我还是拎着行李箱面向着希波克拉底雕像进来报到的新生,怎么今天就要背对雕像离开了呢?

赣南医学院,一个从陌生到熟悉得不能再熟悉的地方。你承载了我们多少的青春与梦想啊! 是你,为我们穿上了崭新的白大褂! 是你,教会我们明白医者的使命! 更是你,把我们聚在一起,带来欢声笑语!

人生不过百年,青春不过数十载。感谢上苍在最美好的时光里让我遇见最美丽的你们。

离别就在眼前

□ 2010 级临床医学专业本科定向 2 班　付星祥

久久不忍提笔,只因舍不得五年的赣医生活。

聚散离合,时光匆匆。流年似水,佳期如梦。

五年的赣医生活陪伴着我的年轻,陪伴着我的任性,陪伴着我的成长。依稀记得五年前战战兢兢地独自求学,陌生的城市,陌生的人,尘土飞扬的校园和失落的我。这样一个曾经一下车就想要离开的地方,如今却成为我精神上深深的寄托。

在这激情燃烧的岁月里,我们风雨同舟,甘苦与共。这一路走来,鲜花与掌声同在,失望与泪水共存。有成功的喜极而泣,也有失败的黯然神伤,有把酒言欢,放舟江湖、笑傲风月的洒脱,也有马失前蹄,折戟沉沙、铩羽而归的失落。

此刻站在五年大学生活的终点,看着五年前的自己,白驹过隙的感觉油然而生。

那一年,在军训场上,我们英姿飒爽,豪情满怀,用绿色的军装和古铜的肤色收获醉人的深秋;那一年,在篮球场上,我们身姿矫健,步履轻盈,用挥洒的汗水和飞扬的激情画出生命的弧线;那一年,我们第一次身穿白大褂在解剖楼,惊心动魄地手持手术刀,体验生命的伟大;那一年,我们第一次以一名实习生的身份走进医院;那一年,我们第一次面对生命的诞生和死亡……

往事一幕幕,欢欣一幕幕。我们曾一起走过的点点滴滴,如今都随着一缕青烟飘向白云深处。

岁月改变的不仅仅是我们的容颜,还有我们那颗曾经年轻的心。年轻的我根本没想过自己会成为一名医生,甚至无数次想要逃离,可就是这所平凡而又伟大的赣医让我明白了医生的圣洁和崇高。作为赣医万千学子中的一员,我深感荣幸和自豪。渐渐地,我感到肩上的担子越来越有分量,社会已经迫不及待地需要我们,丰富多彩的学生时代转眼即逝。

　　每每想到此情此景,心中难免惆怅。也许,成长的代价就是我们失去纯真的微笑,而多了一份离别的伤感。此刻,毕业、离别、工作,成为我们现在的真实。

　　6月是见证奇迹的时刻。我们即将带着我们的使命,下基层、挑重担,行医、治病、救人。因为使命,我们不得不放弃,不得不割舍,我们惜友情、恨离别,可无情的现实却使我们互相成为过客。也许,这一别,难再见。

　　青春一场,激情未退,我们今日高举酒杯告别,在这段魂断梦牵的岁月里,我们的记忆永不褪色,多少甜蜜和苦涩,变成多少悲欢离合。无论我们有多少眷恋、有多少不舍,都唤不回逝去的时光。

　　心是成长的力量,年轻是飞翔的天堂。我们可以高歌一曲,把酒言欢,畅谈明天……

我是一名学生记者

□ 2011 级临床医学专业本科定向 4 班　刘瑞健

回首 2013,不好评定为是"坎坷的",还是"顺利的"。

生活总是这样,今天给你一颗糖,让你甜蜜一下,明天给你的也许就是苦药了。2013 年,我努力,没有什么可后悔的!

时光飞逝,想想 2013 年就这么飞快地沉落于记忆之中,便想着写点东西来缅怀,去思考岁月的匆匆、年华的流转……

回顾过去的一年,最难忘、最有趣、最值的莫过于在校报学生记者团的日子了。

去年 5 月 19 日,校报学生记者团成立了。随后,老师组织我们这些年轻的记者去瑞金采风。大家都很喜欢这个六一的"特殊礼物"。我们在红都瑞金感受到了浓厚的红色文化。先辈们为了自由和正义不惧牺牲、奋不顾身的热血豪情,使在场的每一位学生记者在感受历史使命的同时也收获了满满的能量。

在学生记者团的这段时间里,我对新闻工作者这一职业有了许多体会与理解,真正理解了新闻职业道德的重要性。以前听老师讲课时,总觉得职业道德是一个很虚无的东西,但自从成为一名学生记者后,我和我的伙伴们一起采写新闻,一起商讨选题。原来,道德既在心中,也在脚下。

我渐渐明白,不具备新闻道德的人写不出好的新闻稿件。写新闻不仅需要扎实的写作功底和新闻专业知识,更重要的是要具备很高的新闻职业道德。没有专业负责的工作态度,没有为新闻献身的精神,没有时刻的准备,没有实事求是的调查,就算写出文章,那也是没有价值的新闻。认真、严谨、求实,这些也正是做人需要具备的基本素质。

衷心希望年轻的校报学生记者们在这个如家一般温暖的集体里散发出更多的青春与活力! 衷心希望校报学生记者团越办越好!

梦,成长

□ 校报学生记者 马俊华

一年前,我进入了校报记者团,我想用文字记录我的大学生活,想用文字表达出我的心声,想用文字爆料学校的重大新闻。作为新成员的我,开始时有些不太适应。各位学长学姐可谓是强中更有强中手,而我呢,只不过是无名小卒一个,我真的要这样吗? 我真的要做一名无名小卒吗? 不,这不是我的梦想,这不是我的性格,这不是我想要的。

一年,可以让一个人改变许多。一年,可以让一个人学会许多。进入记者团一年以来,在学长学姐的带领下,我们采访了研究生、学霸等。我写的采访稿一次又一次地被修改。我将自己最满意的稿子发给老师,但最终的结果是石沉大海。和我一同进校报的小伙伴,他们的文章经常出现在校报上。而我? 我失落过,伤心过。但是我不失望,总有那么一段让我感觉难熬的日子,但最终还是过去了。其实,现在回想起来,感觉自己好傻,自己的文章没有被发表说明我的水平和能力不够,这不怨任何人。想想学长学姐也是从我这个时期走过来的,我为何不像他们一样呢? 现在的我就是要坚持我的初衷,坚持我的梦想。

电影《三傻大闹宝莱坞》告诉我一个道理,不管身处何境,你要相信"lisnwill",一切都会好的。现在的我们,正处于奋斗的年纪。奋斗的青春最美丽。要奋斗,首先要给予自己充分的自信。相信自己,勇敢向前,就算是失败了,也是虽败犹荣。只要尝试,我们就会看见更大的希望。在我每次写稿子时,我就告诉自己,这是我一个人完成的,我需要独立,需要能力,我不需要别人的协助,我要自己来完成这项任务。我相信,我总会成功的。我相信,黑夜的尽头是黎明。我相信,阳光总在风雨后。

如今,我的文章渐渐在校报上"抛头露面"。这还得感谢老师对我的指点。在校报的一年,我成长了许多,蜕变了许多,用文字记录大学生活,用文字表达我的心声,用文字爆料校园新闻。我的初衷没有错,我的选择没有错,我的坚持没有错。

　　校报,让我成长,助我蜕变。

最美不过遇见你

□ 校报学生记者　周静文

　　像许多大一新生一样,刚进入大学的我充满了期待和激情,憧憬着大学生活。面对形形色色的社团活动和铺天盖地的社团招新,如何在满目的选择洪流中找出真正适合自己的社团着实成了困扰我很久的问题。

　　直到我遇见了你——校报记者团。

　　我拖着军训后疲惫的身躯准备回寝室,却在路上遇见了不一样的风景。一道橙色的光扑入眼帘,狠狠抓住我的目光。顾不得疲惫我便向那群橙色身影寻去。赣南医学院校报记者团。这是我第一次遇见你。没有太多的考虑,我决定要加入校报记者团。

　　记者,"无冕之王"——《泰晤士报》对记者的称谓,听到这个名字我心中油然升起敬畏之情。

　　记者,记录事实的人——我对校园记者的感受,在加入这个队伍之后我也明白了这个职业的艰辛和汗水。

　　从"王"到"平凡的人",我,一步一步地走近它。它散发出的那种光芒令我感觉到真实,那种光芒照耀到每一个我,勇敢的我、懦弱的我、善良的我……最后我吃惊地发现,经过一年在校报记者团的锻炼,那个小小的我成长了,那个懦弱的我不见了。

　　当你认真地听优秀的人和你诉说自己的故事,你会发现弥足珍贵的人生道理,会欣赏到委婉有趣的优美词句,会赞叹回答问题的技巧。当你在发现、欣赏、赞叹的同时,心中自然地萌出提问的小芽,顷刻间每个细胞都不安地跳跃了起来。

　　自信地站起,自信地提问,自信地等待答案,自信在心中的某一地方小小蹿动着。那一时刻,我便成了"王"。拿起笔,用笔以最快的速度记录着,选出最精华的语句,那一时刻,我又成了平凡的人。我仿佛化身金色的萤火虫,在凝露的山谷里到处散播着光芒。

　　遇见你,真好!

我爱你,校报

□ 校报学生记者 易金秋

　　大一一路走来,在校报老师、学长学姐和众多小伙伴的帮助照顾下,我学习到了很多,也收获了很多人生第一次。

　　校报教会了我如何采访、如何思想、如何待人接物等。这一年,我学会了沉淀自己,明白了"上善若水",看清了自己内心深处到底渴望的是什么。

　　在文艺副刊部待了一年的我最后却投向新闻部的怀抱,或许是我简单直率的性格并不适合在电脑前绞尽脑汁纠结一篇很文艺、很高深、很矫情的文章,简单说那样只会让我更抓狂。而那些看似累人瞎折腾的外出采访、追踪报道却让我有着不一样的兴趣和热爱。

　　就像每学期的出游,累是不可避免的,可累并快乐且总能给我的身体、心灵带来不一样的感受。爱折腾、爱疯狂、爱时不时"头脑风暴"的我或许能在新闻部找到更多吧。

　　我也是深深爱着文艺副刊部的,也很骄傲我们校报有很多优秀的学长学姐,在做人做事方面都是我们学习的榜样。始终记得换届例会那天的场景,学长学姐们那重复了一遍又一遍的苦口婆心的话:敢想敢做,勇于行动,不踏出第一步,怎么知道自己能够走多远。是啊,世界上最难的事莫过于迈开脚下的那一步。也许,是因对未知的恐惧、对前路的担忧。但是,战胜恐惧的唯一办法就是直面恐惧。等迈过去了,内心释然了,我们才会淡然一笑,其实那没什么。

　　在校报这个大家庭里面,有老师的关爱,有学长学姐的帮助,还有小伙伴们的推心置腹。校报的很多伙伴都是在学校的其他协会身兼数职的。不管他们在哪里,他们最爱的依然是校报。他们坚持自己的原则只是为了不让自己变成当初自己讨厌的人。不忘初心,方得始终。

　　尽管生活不可避免地把你磨圆,但只是为了让你滚得更远。借用顾学姐离团那天说的最后一番话:真正的棱角是藏在心中的,真正的原则也是藏在心中的,太锋芒毕露只会害了你自己。是啊,做人的学问需要用一生去学习、去领悟。

其实,每个人的内心都是善良的。只要用心去接触,便会发现其中不一样的闪光点。这或许就是我跨部门来新闻部的原因吧。如果你也跟我一样追求事实真相,热爱探索和发现,就来校报吧。和我们在一起,相亲相爱,直到永远。

红樱桃,绿芭蕉

□ 校报记者团第一任团长　刘玉雯

2013 年走了,2014 年来了。

曾几何时,我们还在忙碌四级,转眼间已经在为六级做准备;曾几何时,我们还在一起讨论周末去哪儿逛街,转眼间已经埋头商量周末去哪间教室自习;曾几何时,日上三竿我们还在蒙头大睡,转眼间大清早已经不见了身影……

2013,流走的是光阴,留下的是回忆;2014,带走的是年华,带来的是变化。我的 2013 已逝,留下的是对 2014 的憧憬。

在教学楼的自习室里,翻书声汇成一支优美的音乐在教室里回荡着。哈,我也为这动听的乐曲增添了一颗小小的乐符。在过去的一年里,我虽然无法像陶渊明般读书自娱,但是每科专业、各门考试都不在话下。我庆幸没有在迷茫中迷失了自己,我相信原先的梦想依旧触手可及,我憧憬未来一片光明。

搬一张藤椅,泡一壶茗茶,抓一把花生,听一曲音乐,到楼顶上晒太阳。在 2013 年的冬季,在繁重的学业中忙里偷闲,最闲逸的生活莫过于如此了。和室友们一起去逛街、聊八卦,和初高中老同学一起聚会、唱 K,和爸妈一起谈心、说未来……知足常乐。2013 年,我在温暖中度过。

经过长达一年的学习和磨炼,我再也不是当初不谙世事的小干事了。在繁忙的工作中,我不仅得到了锻炼,也收获了难得的友谊。以前陌生的面孔在工作交流中慢慢地熟悉起来,我的交友圈也随着工作的关系变得越来越广。

印象最深的应该是教职工服务队的宣传。作为教职工服务队的负责人,原本定于教师节的宣传,因为种种原因无法如期进行,导致我的小伙伴们逃课陪我在行政楼瞎逛。在那里,我收获了一整个秋天。

　　面对稍纵即逝的光阴,我不得不发出和李煜一样的感叹:"桃花谢了春红,太匆匆。"

　　昨天是充满欢乐的,已无法挽留;今天是信心满满的,在努力之中;明天是满怀期待的,在憧憬之中。

最是人间留不住

□ 校报记者团第二任团长 黄琳

王国维曾说:"最是人间留不住,朱颜辞镜花辞树。"

时光飞逝,岁月嫣然。刺骨的寒风,带着季节的容颜,吹着光阴的细碎和斑驳。久久地伫立在窗前,窗外的树是绿了又黄、黄了又绿,花是开了又谢、谢了又开。

昨天的我脸上写满的是幼稚与憧憬,今天的我已在这里度过一年多的时间。夜深人静的时候我会细细数着过去的日子,点点滴滴的画面在我的脑海里闪现。不禁感叹,世上最快而又最慢、最长而又最短、最平凡而又最珍贵、最容易忽视而又最令人后悔的就是时间了,一不留神它便无影无踪。

大二了,是的,我已经是一名大二的学生了。从彩云之南来到红色苏区,为的是学一身好本领。回望过去的一年里留下的深深浅浅的脚印,有过努力,有过挫折,有过失望,有过痛苦,有过坚强……回味那些点滴岁月,曾经为社团工作和学习的时间分配而纠结,曾经为昔日朋友渐行渐远的背影而痛苦,曾经为想拼命学习却始终没有坚持而悔恨,曾经因受人误解遭人责骂而委屈;曾经因和朋友们庆祝节日而快乐……

无论它是痛苦也好,快乐也罢! 现在已不是当时的心情,每与人谈起,唯有淡淡地一笑而过。白岩松说:"没有一代人的青春是容易的,每一代有每一代的宿命、委屈、挣扎、奋斗。没有什么可抱怨的。"也许这就是青青吧! 无论自己当时觉得那些问题有多大,随着时间的流逝,它将变得越来越渺小。到了最后,那些曾经的感动、真情的动容都成了记忆深处的一朵芬芳的花。即使是瞬间的绽放,也会温暖心间。

对于已逝去的 2013 年,我跟所有与我一样处于青青的人一样,也许带着一丝颓废、邪恶和淡淡的忧伤,也许伴着一份痛楚、无奈和对未来的迷茫。但更多的是像一株向日葵,向光、热情、自信地生长。

我只在乎你

□ 校报记者团第三任团长　杨翔

从懵懂的大一新生到大三学长，我已经在校报度过了两个春秋。从需要学长学姐带着采访的毛头小子到现在可以独当一面的记者团团长，其中的酸甜苦辣，经历的欢声笑语与黯然神伤已经成为我大学生活的一部分。

依稀记得结束新生军训的当天我们拖着疲惫的身心回到寝室，迎来了下寝宣传的学姐。学姐热情地鼓励着不懂文采又跃跃欲试的我们加入校报记者团，结果领表的四人就我一个参加了面试，成功地成为一名学生记者。

第一次采访任务便是副团长刘瑞建带队采访《夏末鸢尾眠》的拍摄组。那是一部讲述大学生需要勇敢面对生活中的挫折、坚定信念追求自己理想的微电影。记得我们一起在教室里观看了该电影，坐在草地上讨论剧情、立意，共同提出采访问题，定好采访时间、地点，等等。准备充足的我迎来了自己的第一次采访，由学长主要提问，我在旁边补充记录。尽管偶尔发生问答卡带的尴尬，但这次采访依然是在欢声笑语中完成的。

换届时，学姐的一句怂恿改变了我在校报的轨迹。开始的我只是思量着大一的我有能力参加竞选吗？学姐一句"初生牛犊不怕虎，不试试怎么知道"激起了我的斗志。略有准备的我站上讲台讲述自己的经历，提出自己的改革方案并积极拉起选票来。没想到我竟积攒了这么多人气，一跃成为新闻部部长，需要自己带领学弟学妹开始他们在校报的工作。

时光飞逝，大二下学期我成为团长。可能源于自己能力不够，一心热情的我只是积极投入改革，缺少沟通交流，没有及时跟上督促，总感觉自己是孤军奋战。那时候的我消沉过，妥协过，并一心希冀于下一届新鲜血液的注入，自己好重整旗鼓推行自己的方案。

突发的副团长离任"事件"给了我重整执委内部的机会。我拥有了一群积极向上、热情活力的部长、副团长。他们各抒己见,重整部门职能,积极准备着招新工作。一周三次执委会没有人落下,他们给了我新的热情。那时的我不断反思,我明白,领导需要艺术,艺术需要学习和实践。

校报,我是如此爱着你,我只在乎你。

永远的灯塔

□　校报记者团第四任团长　冯欢欢

　　瑞金,位于武夷山脉南段西麓、赣江东源贡水上游,是享誉中外的红色古都。对于她,我仰慕已久。如今,终于有机会来到她身旁。

　　到达瑞金时,已是细雨朦胧。但是,雨水不能阻挡我们的兴致。第一站,参观叶坪革命旧址群。在参天古樟的掩映下,一座座革命旧址显得格外静美。看着屋内的物件,我们深深地感受到先驱的革命精神。

　　在中央出版局旧址,我们遇到了一位讲解员。她给我们讲解了这座房屋辉煌的历史。中央出版局成立于1931年,下设出版科、编审科等机构。为了向更多的人宣传革命思想,即使在条件艰苦、设备简陋的环境下,先辈们依然忘我地工作着。作为一名校报学生记者,我还有什么理由不积极工作呢?

　　红军烈士塔,矗立在广场中央。塔基为五角形,塔身成炮弹形。东面的红军检阅台,与其相向而望。在检阅台和烈士塔之间的地面上,凸显着一排大字——"踏着先烈血迹前进"。这八个大字是我们在烈士墓前的誓言。它需要我们用一生的行动去实现。

　　下午,我们来到中央革命根据地历史博物馆。博物馆分为三层,每一层的展品风格虽有些相似,但其中的历史值得细细寻味。历史虽然已经过去,但其中的精神仍然需要我们每一个青年学子去学习和传承。

　　沙洲坝的红井给我留下的印象很是深刻。"吃水不忘挖井人,时刻想念毛主席。"这句话被深深地刻在井旁的石碑上。听完红井的故事后,我怀着敬仰之情,拿起瓢,舀起一勺井水,细细品咽。这品尝的不仅仅是甘甜的井水,更有党和百姓的深厚情感。随后,我们站在红井两边,朝着石碑的方向,宣读了医学生誓词。我站在一旁,用心感悟着这神圣而庄严的时刻。

　　回校时,夜幕已经降临。望着车窗外的夜色,雨依然下着。隐约之间,我仿佛看到了一抹亮光。那亮光来自瑞金,来自革命先烈,来自心中的那座灯塔。

奔跑吧，兄弟

□ 校报记者团第五任团长 朱文强

你是青春给予我的一份最珍贵礼物，是上天的眷顾，让我在最惊艳的时光和你相遇。

从相遇的那一刻起，我就决定，我要和你一起奔跑、一起成长。因为你，我发表了诗歌《我想看到你》。因为你，我画的《何以笙箫默》插画也得以刊登。你给了我不小的成就感。我想让你看到更多属于我自己的作品，让更多的人看到我写的诗歌、我画的画。我坚持到了现在。

在这些日子里，因为有你，让我遇到了和蔼可亲的老师，让我和校报记者相遇、相识、相知。在这里，我看到了小伙伴对新闻真实的追求，看到了小伙伴采访时所流的汗、所受的委屈、所付出的努力，看到了采访稿里的真实与真情流露。

清楚地记得，初来乍到的我在小伙伴的带领下第一次采访。是你，给了我一个特殊的身份，那就是校报记者。当我聆听那些特别的人的故事时，总会给心灵一次次的感动。这对我的学习、生活，也渐渐产生了微妙的影响。新闻，其实就在我们的身边；故事，其实时刻都在发生。它们在平凡之中展现着伟大，向我们的世界投射出耀眼光芒。是你，让我逐渐拥有了一双善于发现的眼睛和一颗敏感的心。

就算你不说，我也知道你在偷偷地给我恩宠。我把你当作了天空，海角的云把我当作了彩虹。青春浸染，快乐相随。还记得我们的屏山之行，也记得我们的崇义之旅，都是脑海里一次次美好的记忆，欢笑声飘荡在整个山谷，汗水浇灌了路旁的花草，足迹在追寻自由的风。是你让我认识了更多的朋友，是你让友谊更加甘醇，是你让我和我们可爱的老师距离那么近，是你让我可以大声地用文字说出心里的那一份真实与感动。

时间过得真快啊，转眼间我就大二了，就要成为学长啦。我觉得我能给你的就是我对你的热爱。你是我永远的兄弟。奔跑吧！

我的眼里只有你

□ 校报记者团第六任团长　刘慧馨

　　低矮的山丘凸显了山峰的高伟、细长的小溪造就了江河的广阔、静默的绿叶也衬托了红花的娇美，一切事物的美都需要衬托与成全。而对于一个舞台来说，精彩的并不只有光鲜亮丽的演员，幕后的工作人员同样值得拥有热烈的掌声。

　　为了完成本次晚会的组织工作，晚会的总策划马俊华在暑假就对晚会进行了全面设想。她说，举办晚会的目的是希望在临近中秋佳节之际，给大家尤其是大一新生营造一种温馨的氛围，让大家感受到家的温暖。

　　从晚会的初审到最后的圆满落幕，校报学生记者团的每一个成员一直在忙碌着。晚会策划、节目排练、视频制作、场地租借、布置晚会现场及彩排等大量的工作协调和实施也都因为第一次举办大型晚会活动缺乏经验而遭遇不少麻烦。

　　马俊华说，刚开始时，她想将舞台分为三个部分，但为了增加舞台的可观赏性，为了使大家更有兴趣、更好地感受到爱，她多次否定自己的意见，多次修改策划书。

　　为了保证节目质量，我们进行了大量的宣传。教室、寝室、食堂、服务楼，留下了我们深深的足迹。报名数多达80个的节目曾经让大家眼前一亮。副团长周龙龙回忆起19日初审那天，只有十几个节目参加初选，这让大家不知所措。因为没有节目，一切的劳动都将付之东流。我们一夜无眠。20日，初审的最后一天，80个节目同时袭来。与前一日相比，我们的心情有着天壤之别。忙碌之后，我们开始反省通知方面的漏洞，同时也为自己的努力未白费而欣慰。

　　杨翔说，他们以前从没有过租借灯光的经验。他们无从下手，去哪里借？什么价位合适？这些他们一概不知，只好靠手机搜索，废了脚力也未找到几家。最初的价钱定为100元一个灯，为了尽量压缩预算，他们货比三家，走了大半天的路才找到一家合适的。他们为此高兴半天，没有花冤枉钱真是太好了！

PPT 的播放起着链接整个晚会的作用。哪怕有丝毫的差错,都会影响舞台效果。负责晚会 PPT 播放的江少莉说:"每次的彩排我都需要出场,因为我知道幻灯片对这次晚会的重要性。我不希望在我这个环节出错。"因为在乎,所以她不曾有丝毫的埋怨。

晚会以校报学生记者团成员的大合唱《相亲相爱一家人》落幕。晚会过后,曲终人散。此时是工作人员最快乐的时候。晚会的圆满落幕正是他们共同努力的结晶。他们合影留念,他们一起庆祝。此时此刻,他们就是相亲相爱的一家人。

负责晚会摄影的记者团团员胡瑞斯说,在将近两小时的晚会过程中,她一直在寻找合适的角度,时而站着,时而蹲着,左手托着相机,右手保持按键手势,到最后手都变得僵硬了,腿部也有些酸痛。虽然很累,但她觉得很开心。因为作为记者团的一员,有责任把这个活动办好,哪怕个人的力量微不足道。点滴的小爱聚集在一起,就是满满的大爱。

"越是如临大敌之时,越会想尽力做好。"杨翔对我们说,当他们去租舞台灯光的时候,当他们与商家讨价还价的时候,当他们为新团员着想的时候,他们已经把自己当成记者团不可分离的一分子,"虽然办一个活动很累,但只有你尽了自己最大的努力后,回过头来,才会发现自己最大的价值所在。"

前面是山,我们就跨越高山;前面是海,我们便横渡大海。无论什么困难,都无法挡住记者团前进的脚步。在挥洒汗水之后,留下的是收获,是感动,是温暖。

第四篇

04

| 平凡人生 |

开篇语:

"总是幻想海洋的尽头有另一个世界,总是以为勇敢的水手是真正的男儿,总是一副弱不禁风孬种的样子。在受人欺负的时候总是听见水手说。他说风雨中这点痛算什么,擦干泪不要怕,至少我们还有梦……"平凡人自有平凡的生活。平凡的生活中充满酸甜苦辣。这需要我们细细品味。本篇所选取的文章有的讲述了个人的经历,有的表达了对人生的感悟,还有的剖析了生活的现象。

生命因承受而精彩

□ 2004 级临床医学专业本科 2 班　沈友伟

海岸承受着波涛的撞击,浪朵承受着狂风的推涌;

大地承受着灼灼的烈日,天空承受着阴霾的侵袭……

这份承受是一种痛苦,也是一种对生活的诠释。

掸去尘封岁月之痕,徜徉于战鼓齐鸣、金戈铁马的春秋战国,战鼓声声中传响着"卧薪尝胆"的奋发图强。血战沙场的壮士忍辱负重,最终赢得了属于自己的天下。

承受是一种"苦心人,天不负,三千越甲可吞吴"的气度。

冷清的庭院、墨韵飘香的书房、简洁朴素的陈设向我们展示了王维"去留无意,望天上云卷云舒;宠辱不惊,看庭前花开花落"的超然意境。他的两袖清风伴着他的三种境界流传于世。他的旷达高远、超然情致与世俗的格格不入引领他走向生命的终点。他的承受只限于意境而未涉及现实。太唯美的意境使他承受不了现实的残酷与不完美。他的冷清、超脱世俗的冷眼和看破的那一层尘世是对承受的另一种诠释:承受是一种气节,是承受苦难与现实的勇气和态度。

北海的菊花开了,红的似火,粉的似霞,芬芳烂漫,飘飘洒洒。伴着菊花的暗香漫涌,我们走进了史铁生的世界……

车祸后的残疾使他变得烦躁不安,将全身的怨气发在身患肝病的母亲身上。当母亲黯然辞世只留下"我那个生病的儿子和小女儿",这无尽的牵挂触动了史铁生往日的昏暗生活。当北海的菊花再度开放时,他对苦难生活的承受得以释放,是因为北海的菊花,是因为母亲的牵挂。原来的史铁生并没有乐观地去承受悲观的人生,但他因为许诺、因为爱而勇敢地活了下来……

承受是一种力量,是对生命的执着追求和永不言败。

承受的诠释不仅仅如此,还有更多更多。海的女儿为了爱情承受鳍尾变双腿的痛苦;车王舒马赫承受失利18周的冷眼与不屑,作为王者却在2006年再度回归宝座。太多的故事,太多的诠释。承受,一个永不磨灭的话题。

朋友,面对生命不停的考验,你能承受些什么?

浮躁后的宁静

□ 彭文君

我想提笔诉说心中之所想由来已久,但一直不知从何落笔。有一天翻阅《蒙田随笔》时看到了一段话,深深触动了我的心灵,似与我近来所思非常契合。他说我们最豪迈、最光荣的事业乃是生活的惬意,一切其他事情,执政、致富、建造产业,充其量也只不过是这一事业的点缀和从属品。然而现实生活中的许多人却与蒙田所言截然相反,往往把追逐财富名利即功利性目的视为人生的第一要义,忘记了生命中最可贵的是以一颗平常心过好自己的生活,他们整天忧虑着明天自己过得怎样,由此带来的只能是浮躁不安及对未来的迷茫。

谈及浮躁,绝不是无病呻吟,而是因为现在我们许许多多的研究生一直被它困扰着,我也是其中之一。想当初怀揣美好的憧憬踏上考研的征程,经过一番含辛茹苦,最终如我所愿来到了这美丽的学府,那时的兴奋和感动依然深深地铭刻在脑海里。然而当我逐渐熟悉学校的环境,能有更多的机会零距离地了解学校的人和事时,一些负面的话语,诸如教育专业的研究生就业前景黯淡,即使是博士都难以找到好工作,从事教育工作没有社会地位之类,却像冰霜一样向我扑打而来,直让我一时喘不过气,有一段时日迷茫和忧郁充斥了我的心田。对职业前途的担心是痛苦的,但更要命的是对感情寄予期望却落空的无奈。在读研究生尚是单身的,都有在读书期间能找到自己感情归属的迫切心愿,特别是对于那些已到了谈婚论嫁年纪的人来说更是如此,不可否认我也有这种念头,希望能在这里遇到真正可以与自己交心相谈的、温柔贤惠而又不失独立的女孩,然而结果却是以我咽下苦果而告终。这一次次不悦的经历让我踌躇满志的心变得冷漠,对未来失去了信心。

究其何因导致那么多不愉快的事情发生?我开始反省自己,逐渐认识到功利心太强、对自己的期望值过高是源头。因为有功利倾向的人依赖别人才能得到快

233

乐,不仅是肉体上的依靠,而且是内在的、心理上的依靠,他渴望着能得到别人的认同,期待名利的光环以向他人显示自身的荣耀及满足自己的虚荣心,所以这必然导致其内心的躁动不安。这一切在我身上都有所体现,比如特别在乎教育工作的社会地位与收入,特别在意伴侣的自身条件,等等。若不能从根源上消除浮躁,恐怕今后的生活依旧会过得烦躁,充满痛苦。至此,我想身处现实中虽然难以做到像老庄那样超凡脱俗,但可以学习他那种自然的人生态度,不强求,一切随缘,保持一颗平常心,以自身全面素质的提高来应对将来的考验。印度哲学家克里希那穆提说"快乐是很奇怪的东西,如果你不去追求它,它就来了;如果你不再费力去寻找快乐,出乎意料地,在某个神秘的当下,快乐就出现了——它出自纯真,出自可爱的存在本身"。尚不论此话是不是真理,现实中确实有很多事情都是如此:有心栽花花不开,无心插柳柳成荫。

苏格拉底曾说过:"一种未经考察的生活是不值得过的。"我们需要做生活的有心人,时而反思自己的得与失。浮躁并不可怕,可怕的是对它无动于衷而任其腐蚀心灵的宁静。若是这样,惬意的日子将永远与我们无缘!

捧着一颗心来

□ 一附院　廖娟娟

　　一个从战场上回来的士兵，在半路上给父母打了一个电话，说将要回家，父母非常高兴。士兵说有一个战友也将随他一起到家里，士兵的父母说非常欢迎。然后士兵又说，他的战友在战场上失掉了一条腿和一只胳膊，而且这位战友要和他们一起长住。士兵的父母一听，坚决反对。他们说，短暂地居住没关系，但如果是长住，将会给家里带来沉重的负担，并劝儿子不要把战友带到家里来，因为对于他们来说，儿子的战友只是个陌生人。几天之后，有警察来到士兵的家里，告诉士兵的父母他们的儿子自杀了。士兵的父母认尸时惊讶地发现，自己的儿子只有一条腿和一只胳膊，两个老人这才明白儿子临回家时的一番苦心，抱在一起痛哭。

　　有的时候，我们总以为对陌生人不予关心可以心安理得，所以在公交车上看到小偷行窃，只因事不关己而保持了沉默；路遇打斗，只因打斗者与己素不相识而选择了逃避；面对患者痛苦求助的眼神，因为不是家人、亲戚或朋友，我们选择了冷漠……然而，陌生人与熟人、亲人之间，有时仅仅是一步之遥。我们生活在这人际关系纷繁复杂的社会里，给予陌生人适当的关爱，有的时候也是给自己一个机会！因为，我们自己或家人、朋友有一天也会成为需要救助的一员。

　　作为一个医务工作者，由于职业的原因，我们会见到形形色色的病人，甚至经常遇到生离死别的场面，耳濡目染病人的痛苦与无奈，感受病人对健康的渴望和对生命的追求。天长日久，曾经敏感脆弱的同情心开始变得麻木、冷酷。见多不多，见怪不怪，用医学术语解释：因为情感刺激阈提高了。

　　但正因为我们是医务人员，职业赋予了我们责任和使命，在救死扶伤的过程中，我们不仅要救治病残的躯体，更应治疗、抚慰那些无助的心灵。

　　初到医院，面对陌生的医疗环境和陌生的工作人员，病人会紧张、焦虑，无形中内心多了一份恐惧和不安，甚至为拮据的家庭经济状况而担忧。他们想更多地了解自己的病情,更多地知道自己需要做些什么检查,检查有无创伤,如何配合,下一步会接受怎样的治疗方案,要花多少钱,结果又会怎样。所以在医护接触过程中就显得"唠叨""啰唆"、让人"不胜其烦"。此时此刻,我们不能面无表情、态度倨傲、敷衍了事,而应充分理解他们的心情,面带真诚微笑,认真询问病史,细致地进行体格检查,耐心解释病情和治疗方案,多站在病人角度考虑一些问题,把病人当成自己的亲人、朋友,从身体上、心理上、经济上考虑他们的感受,并帮助解决他们的困难。给他们以关爱,让病人减少恐惧和疑虑,增添安全和自信,这也有利于治疗方案的实施和护理措施的落实。他们表面上是陌生人,但又不仅仅是陌生人,他们和我们医务人员构成了特殊的人际关系——医患关系。赠人玫瑰,手有余香。我们把很多个白天和黑夜奉献给了患者,患者因为我们的关爱,病情得到缓解或痊愈,心理获得满足,对医护的感激和尊重会在不自觉中流露。而同时,我们也能从和谐的医患关系中体会到工作的成就和快乐。

视病人如亲人,是职业的要求、医德的升华,也是社会和谐发展的需要。内心少了对陌生人的排斥,自然就多一份亲人般的关爱。只有这样,快乐才能传递,和谐才会永恒。

一直很喜欢冰心老人的这句话:爱在右,同情在左,走在生命的路两旁,随时撒种,随时开花,将这一径长途点缀得香花弥漫,使穿枝拂叶的行人踏着荆棘,不觉得痛苦,有泪可落,也不是悲凉。医患和谐,医者先行,携关爱同行,方便、幸福他人,达充实、完美的佳境!

经历是一种财富

□ 第一临床医学院　陈卫峰

经历是一种财富,不管这种经历是痛苦的,还是甜蜜的,在以后的路上都会给自己以启迪。每当夜深人静的时候,我常一个人思索,咀嚼一份经历的酸甜苦辣,消化一笔难得的财富。

什么是财富呢? 记得一位白手起家的富商说过:财富并不是你能挣多少钱,也不是你目前拥有多少钱,而是你不再工作时,你所能生存并仍然维持你继续前进的本领。是的,我们每个人都在寻找,都在探索人生的财富。但是有多少人能感悟到经历也是一种财富呢?

我出生在一个北方的农村,在小时候就接受了脚踏实地、吃苦耐劳的思想。节假日我经常和小伙伴一起卖冰棒。起初只是觉得新鲜好玩,也没想太多,可是真正做起来,却是颇有一番滋味的。碰见老师和同学难堪先别说,光每天要早起,中午顶着烈日,骑车到十几里外的地方赶集市就是一种考验,不过我们还是坚持了下来。第一天,我挣到了自己的第一桶金——3块钱。

上高中的时候,我被一所民办学校校长(我的邻居)邀请做临时老师。那是一群刚上初一的孩子,很调皮。不过他们还是有点怕老师的,因为老师会体罚学生。我小时候体验过,体罚的滋味不好受,所以不想让他们重蹈覆辙。我的自习课完全是学生们的第二课堂。唱歌、画画、做游戏,很灵活,他们也很喜欢。虽然短短的一个月,却给我留下了至深的回忆。

在大一时,通过熟人介绍在社会上打工,拉赞助、送报纸、发宣传单,等等。一直到现在,业余时间有了相对固定的岗位。虽然感觉有些累,却生活得很充实。经历过风雨,跌过跤,失意过,骨子里的坚韧让我挺了过来。教育家陶行知先生曾经说过:"滴自己的汗,吃自己的饭,自己的事自己干,靠天、靠地、靠祖上,不算是好汉!"凭借自己的一份付出,能减轻家里的负担,我很自豪。

我喜欢看路遥先生的《平凡的世界》,很佩服孙少平。与孙少平相比,我才刚刚上路。面对挫折,他是那么的努力奋斗,坚强不息,无愧于一个顶天立地的男子汉。

经历就是一种财富,日积月累可以成就一个人。况且用心走路,经历无处不在,一次全力拼搏而失败的长跑比赛,一段费尽口舌寻求兼职的经历,一次楼道擦瓷板的体验……这些都是很平常的事情,却往往能深刻地留在我们的记忆深处,伴着我们的人生前行。

经历是一种财富。许多事情只有亲身经历过,才能知道酸甜苦辣、真善美丑,才能懂得人生的真谛,才能知道如何走好人生的每一步。至于成功与否,则可另当别论。成功的经历是我们人生中的光环,每当想起它时都会平添几分自信,让我们对未来充满信心。失败的经历让我们体验了成长的代价,但同时也给了我们新生的机会。人生难得几次搏,在失败中完善自我,或许可以收获意想不到的成功!

经历是一种财富。不管这种经历是痛苦的,还是甜蜜的,我都会毅然前行,为过程,不苛求结果地用心演绎一段自身的经历。

小扳子"扳"出大机会

□ 周毅

二十年前，一个小男孩儿家境贫寒。为了维持生计，父亲在路边摆了一个维修自行车和小型机动车的摊点。生意好的时候，男孩儿常去打下手，给父亲递递零配件和修车工具。

一天，父亲让男孩儿拿个扳子。男孩儿不假思索地挑了一把最大的递过去，父亲直摇头："不行，太大啦。"男孩儿又递过去一把，父亲还是摇头："大啦，换一把。"男孩儿仔细选了一把小的，父亲试了试说："还是不行，拿那把最小的。"男孩儿有点不理解，但只好"遵命"，把那把最小的扳子递过去。父亲满意地点点头，一会儿工夫就修好了车。

回家后，小男孩儿还是有些不明白，就问父亲："为什么非要小扳子，大扳子多有劲儿？"父亲一听笑了："傻孩子，跟爸爸学了这么久，这点常识都不懂？大扳子是有劲儿，可被车轮上的钢条挡住了插不进去。这时小扳子才有用。"男孩儿恍然大悟："哦——是这么回事。"

之后，再跟父亲去修车的时候。小男孩儿总要问清楚"用大扳子还是小扳子""拿长螺丝刀还是短螺丝刀""要粗气门芯还是细气门芯"。这"大和小""长和短""粗和细"之类的字眼在男孩儿心中有着别样的感受，他对那把小扳子特别感兴趣。

长大后，男孩儿没能考上大学，和朋友凑了一点钱开了一家小广告公司，生意并不顺利，到哪儿去拉客户都碰钉子，半年下来一无所获。极度失望的他回到家，看到老父亲正用小扳子在拧自来水笼头，突然有一种"眼睛一亮"的感觉：对呀，为什么总把目光盯着那些大中客户？他们早被大广告公司"承包"了。

于是，重新振作，调整战术。他和合作伙伴分工协作，专门跑不起眼的小企业、家政服务公司、维修点、小商场……哪怕是利润非常小的小生意也接，认认真真地为他们制作广告、策划宣传……就这样,他的小公司以优质的服务和良好的信誉赢得了客户。几年后,昔日的小公司已成长为远近闻名的大公司,男孩儿也成了大经理。

小扳子也能"扳"出大机会。在激烈的竞争中,不要因为弱小而哀叹,弱小有时会演变成优势。尺有所短,寸有所长,在"小"中寻找机会同样能取得"大"成功。

在困难中奋起

□ 周毅

几十头水牛被一个狮群围困住了,水牛显得惶恐不安。狮子突然发起了进攻,水牛四处逃窜。一头小水牛被狮子捉住,六七只凶猛的狮子一齐冲了上去。小水牛危在旦夕,眼看沦落狮口。这时奇迹发生了,小水牛的母亲听到呼号声,转头跑了回来,勇敢地扑向狮子群,它首先向雄狮挑战,用牛角奋力刺去,雄狮闪开。它又刺向别的母狮,母狮们纷纷躲避那锐利的牛角。小水牛幸运地脱离了险境。狮子没有再进攻,眼睁睁地望着水牛母子离开。

我想,狮子可能被水牛的勇气震慑住了。平时狮子是决不会轻易放弃嘴边的美食的,可这次是个例外。一头成年水牛就赶走了狮群,如果所有的水牛都留下来迎接挑战,又会是什么结果呢?

一只肥硕的野猫,目光专注悄声无息地向一只停息在草地上的小鹰靠近。在小鹰毫无察觉和防备的情况下,比它体积大两三倍的猫突然发起进攻,一头扑倒小鹰。唉——又是一幕惨剧!真的有点不忍心看下去。可"意外"再次发生,小鹰挣脱了猫爪,扑闪着翅膀跑开了。好!赶快飞呀,你还没脱离危险呢!看得真让人揪心。可更大的"意外"场面出现了:小鹰在"逃"至两米开外处,忽然掉转身,向野猫发起了进攻。最终的结果是,野猫像兔子般逃跑了。

好一只了不起的小鹰!非但没有落于猫爪之下,反而向自己的敌人发起了反击,而且取得最终的胜利,真是可歌可泣!倘若所有的动物都有这种勇气面对强大的敌人,争斗的结果又会如何呢?

以前,每当看到那些强大的食肉动物捕杀别的动物的场面时,就会涌起一种异样的感觉。除了对食肉动物的凶悍感到震撼外,更多的是对被捕食者的同情和可怜。现在我不这样看了。

　　人有时面对强势和困境,往往会轻易地妥协和退缩,因为"鸡蛋碰石头"的"古训"在脑海中已根深蒂固。其实,人如果都能有勇气在巨大的困难中奋起,那么,取得胜利的机会同样会大增。

不要迷失在人生的"分叉路口"

□ 绘丹

一位拓荒者在山中迷路了,他费了好大的劲儿还是在原地绕圈。正在他茫然不知所措时,远处传来脚步声,几个人渐渐靠近拓荒者。拓荒者赶紧迎上去,询问如何才能走出大山。人家告诉他,沿着小河一直朝前走,流水会为他指明方向,这样就自然走出大山了。拓荒者问:"你们怎么知道的?"人家告诉他:"我们就是沿着小河'逆水'进山的。"拓荒者听罢,连连道谢后开始上路。

遵照指点,拓荒者一步一个脚印地顺着小河艰难地前行。小河似乎很长,他走了好久还是不见"希望"。失落之时,更大的难题摆在面前:小河流到一处开始分叉,拓荒者不知朝哪个方向走。此时,经验告诉他:水往低处流,一股水向更低的方向流,另一股好像在平缓地流。他不再犹豫,选择了第一股水流的方向继续前行。

几小时后,拓荒者发现流水几乎走到了尽头,水怎么变得干涸了呢?而此时自己仍身陷大山中。拓荒者突然意识到,也许那几个进山的人欺骗了自己,他恨自己轻信了他人的话。后悔和怨恨无济于事,他必须设法走出去才行。可路又在何方呢?茫然之际,他又听到脚步声。拓荒者赶紧冲过去,眼前的情景让他吃惊:原来,还是那几个人。

拓荒者气愤地质问:"你们自己都走不出大山,为什么要欺骗我?"人家同样吃惊地说:"你怎么还在山里?我们已经开始返回了。"拓荒者冷笑道:"你们为何还在骗人?我听你们的话,到现在还困于山中。"人家说:"我们怎么可能骗你?我们现在就下山,如果愿意,和我们一起走。"拓荒者想,与其迷茫地乱走,不如再相信他们一次赌一把。

于是,拓荒者跟在那几个人后面走。他发现,他们仍沿小河逆流行进。到了那个分叉口,他们又沿着另一股平缓的流水继续向前。没过多久,大家就一起走出了大山。拓荒者恍然大悟:原来,自己选错了方向,错在那个分叉路口,错在过于相信水往低处流的经验。

浅说散文

□ 何少华

　　在不同的历史时期,散文有不同的含义。在古代,凡是不受韵律限制、不注重排偶的散体文章,都叫散文。在现代,散文是专指没有完整的故事情节、笔法灵活自由的文艺作品。在广义上,散文也包括报告文学、杂谈、随笔、小品文等文体。

　　散文基本上以真人真事为题材,可采取叙述、描写、抒情、议论相结合的表达方式。但如果是报告文学,则要求更具有明显的新闻性。

　　从内容来看,散文在叙事、写人时,不像小说、戏剧那样要求完整的故事情节。散文可以记叙较大的事件,也可从一人一事、一景一物入题,铺染成篇,表现主题。

　　散文的抒情和联想接近于诗歌,但又不像诗歌那样感情强烈、想象丰富和集中地、概括地反映社会生活。

　　从结构上看,散文的结构不像小说和戏剧那样受人物、情节和固定程序的限制,不像小说、戏剧那样结构严密,但必须主题突出,做到"形散神不散"。

　　散文的语言不像小说、戏剧那样必须适应情节的发展和人物的性格要求,也不像诗歌那样凝练和受韵律的限制,而是近于朴素明快的叙述和描写的语言。好的散文往往是用朴实的语言去表达深刻的内涵,而不是用华丽的语言去表达肤浅的内容。

　　从种类来看,散文大致可分为叙事散文、抒情散文、议论散文和散文诗。

　　叙事散文主要通过对事情经过的叙述和对人物的描写来反映事物的本质,既可以叙述自己的生活经历,也可以讲述他人的事情,虽然不要求完整的故事情节,但要给人完整的形象。

　　抒情散文侧重于抒发感情。既可以直抒胸臆表达主题,也可以因事缘情、借景抒怀、托物言志。

　　议论散文借助于形象说理,有鲜明的文艺色彩,其最大的特点是政论与抒情相结合。如随笔、杂感等均属这类散文。

　　散文诗既不同于叙事散文，又比一般的抒情散文更短小精粹，感情浓烈，语言精练。散文诗也不同于自由诗。现在，有的诗刊也发表散文诗，有的散文期刊也发表散文诗，有的把散文诗列为诗歌种类，也有的把散文诗列为散文种类。虽然散文诗接近于诗歌，但它的结构、语言等表现形式是散文化的。所以，散文诗又被称作"富有诗意的散文"。

　　　　　　　　　　　（作者系中国散文学会会员、中国散文诗学会会员）

两个快乐的傻瓜

□ 侯蓉

　　我们是大学同学,是同事,是密友。朝夕相处四余载,让我们有了许多共通之处。

　　第一次觉得我们是快乐的傻瓜是因为买花瓶。我们把单位附近的超市看了个遍,终于挑中了一个花瓶,不贵,看起来却精致、大方。经我们共同"决议"后,买了下来,她不敢拿,说怕碰碎了,只好由我小心翼翼呵护着。我们又去了鲜花店,我们都喜欢波斯菊和百合。挑了几支,由她抱着。我们就各自呵护着手中的宝物,压抑着心中无限的兴奋,不敢有丝毫的闪失。可我们的欢声笑语还是吸引了路人的目光。我对她说:"我们俩真是傻乎乎的!"她笑得比我更开心!

　　回到宿舍,不用分工,她洗花瓶,装水,我修剪多余的花枝。看着瓶中的鲜花,我们相视而笑,笑声很爽朗。后来,我们买了两支仿真的百合,它们看起来永远都是那么鲜艳、那么温馨,给我们的生活增添了许多情趣,我们也因此而自豪。

　　后来,我们又买了电视机。她说:"现在,我们又多了一件'共同财产'了,真好!"于是,我冒出一个想法:"以后,如果我们俩谁先出嫁,花瓶就给谁,谁后结婚,电视机就归谁。"她完全赞同,两人又是一阵傻笑。她说:"为了让我得到电视机,还是你先嫁人吧!"我笑着说:"还是把花瓶给你,我要电视机。"两个人笑得更开心了。

　　去年,我们和另外几个朋友一起逛街,后来因为购物目的不同,我和她被朋友各自拉开。当我们再碰面时,我和她两人手中都拿着一个用水浸泡后可以长出绿草的小玩意。后来,看着照片上的美丽小花动了心,买了好几棵。回来以后,她迫不及待地挖土来种,还对我说:"这盆花开的时候,就是你的白马王子出现的时候。"我说:"那我这辈子就嫁不出去了!"到目前为止,她的那盆所谓的花,也只长叶子,不开花。有一天晚上,她惊喜地叫道:"哇! 快来看啊! 长出一个小花蕾来了!"已经睡下的我一骨碌爬起来,把花盆端起来仔细研究:"真的吗?让我看看,哎,还不是几片包在一起的叶子,还害我弄了一手的泥巴!"她在床上窃笑。到现在,她还是坚信她的"草"能开花,我却不然,但每次说到这盆草,我们都会快乐地笑起来。

日子一天天过,有许多许多东西是重复的。可我们的生活却一直充满着乐趣。我们会在上公交车的前一秒决定坐到终点站,只是为了坐在车上看路边的风景。我们会在一个不是特别的日子买来鸡爪、啤酒,边看电视,边啃鸡爪,边喊"干杯!"。然后,她英勇倒下,我收拾残局。我们还会在心血来潮时吃生日蛋糕,别人还以为我们有谁过生日。我们也会在床上卧谈到半夜,谈理想,聊人生。

昨夜,我们相约在我们相识五周年、十周年……时,要好好纪念一下。是啊,人生得一知己难矣!因为有彼此,我们的生活增添了许多乐趣。这份情谊是很可贵的。而这两个快乐的傻瓜,一个是小琴,一个是我。

洗　碗

□　罗祥贵

洗碗,简单但琐碎,在我心底留下难以抹去的记忆。

小时候,看到日出而作、日落而息的大人们忙得团团转,总想帮着分担一点什么,于是就想到了洗碗。虽然我洗的仅仅是几个碗,但表现的是子女对父母的一片孝心,体现的是亲人之间的一份真情。父母的心里总有一种由衷的欣慰,脸上总会漾起如花的笑意。

那时,生活艰苦,粮食紧张,生产队分给每家每户的仅有一点可怜的口粮,人人都饿得发慌。家家户户每天都先把极少的一点大米用磨磨碎,然后熬成很稀很稀的粥,就着少量的番薯、芋头或野果、野菜等充饥,常常做梦都想吃上一顿饱饱的干饭,但这样的愿望就如登天一样难。菜里没有油,更谈不上肉,恨不得把碗都吞到肚里去。饭后的碗很好洗,只要把碗放到水里稍稍荡一荡,就干干净净,特别省时、省力、省精神。

一次,邻村放映《洪湖赤卫队》的电影,我们高兴得像一群快乐的小鸟,欢呼雀跃。夕阳还挂在半山腰,放牛娃就把吃草吃得正欢的水牛赶进了牛棚,积肥的小孩不见了踪影,打猪草的孩子也已早早地回到了家中……童伴们个个草草地吃了晚饭,洗好了澡,活蹦乱跳地来到了我的家门口大叫:"罗祥贵,快点走,再不走就会看不到头!"其实我心里也挺急,就是刚吃过饭的碗没有洗,只好赶紧对他们说:"伙伴们,我在此,电影哪有这么早开始!"我快步走进厨房,看见一摞碗整整齐齐地摆在灶台上,在昏黄的煤油灯下,显得异常的矜持和洁净,就像洗过了一样。这碗是洗了,还是没有洗? 其实我心里根本没有底,可外面童伴们的催促,一声紧接一声,搅得我慌慌张张。为了节省时间,我迅速将旁边零散的碗和筷洗净,顺手叠在那摞碗的上面,一起搬进了碗橱里,蹦蹦跳跳地融入看电影的队伍。

谁知第二天一大早,全家人都对着我吹胡子瞪眼,纷纷指责我洗碗不认真,偷工减料,我当时是丈二和尚摸不着头脑——莫名其妙,思来想去,终于明白问题肯定出在昨晚的那摞碗上。

转眼间,我上中学了。因为学校离家较远,只好选择住校,从此开始了独立生活。每个星期天下午扛一蛇皮袋大米到学校兑换饭票,一日三餐,饭就用饭票去食堂买,菜一般都从家里带,大都是霉豆腐、腌菜等不易变质的菜。那时我正值生长发育长身体的时候,胃口特好,饭量特大,四两米饭下了肚,仍然食欲如初,饥肠辘辘,常常捧着那个空空如也的碗想入非非,迟迟不愿去洗。

中学毕业以后,我考取了省城的一所学校,学校为我们考虑得特别周全,统一给每人购置了一个好大好大的碗,让我们不用担心吃不饱饭。每一个碗上都印有学号,看上去一模一样,其实很好找。因为没有多余的碗,每每有同学朋友来访,大家只好相互借碗错开时间去吃饭。大家互相理解,互相帮助,亲如兄弟,其乐融融,心照不宣地默守着一个不成文的规定:待会儿吃完饭,一定要认认真真地洗干净别人的碗。

从学校毕业出来,我便成了一个快乐的单身汉,正赶上流行吃快餐,吃饭变得异常方便而又简单。饿了,只需拨一个电话,就有人把快餐送上门来,根本用不着洗碗。这样看似爽快洒脱,不过,我反倒觉得空虚无聊,没滋没味。每每餐毕,看到垃圾桶里丢弃的那一大堆一次性餐具,心里总会有一种莫名的惆怅与伤感。

于是,我想有个家,早日结束这种不要洗碗的日子,真正吃上有滋有味的饭菜。不料,成家以后,温柔、贤惠的妻子却总是不让我洗碗。妻子的体贴入微让我尝到了婚姻的幸福、爱情的甜蜜,但我心里却总是过意不去,常常争抢着洗碗。虽然每次洗碗以后,双手油腻腻,衣服脏兮兮,但我心里却是非常舒坦。

如今我已结婚八九年,但我与妻子之间的感情却还是鲜活如初,其中少不了我洗碗的功劳。在我洗碗的时候,妻子常常“悄悄地蒙上我的眼睛,要我猜猜她是谁”,或者莫名其妙地递给我一个深情的眼神,送给我一个甜蜜的轻吻,或者干脆挽起衣袖,坚持要同我一起洗。这样一来,整个家里爱意氤氲,浪漫温馨,令人羡慕,令人陶醉。

真的,洗碗不仅能洗去碗里的油污残渣,还能洗来夫妻之间的理解与支持,洗去两颗心之间的隔阂与距离,洗来幸福、美满的生活。

洗碗,深深地融入了我的生命与情感,成为我心中一个美丽的情结。

照亮前进的道路

□ 2006 级护理学专业本科班　陈少清

　　一本好书就像明灯照亮我们前进的道路;一本好书就像指南针,让迷茫于海上的船只找准方向;一本好书就像一碗香喷喷的米饭,让精神萎靡者找到"精神食粮",从而奋发图强。《好文好书共欣赏文集》就是这样的一本励志佳作。它涵盖了勤奋、亲情、自信等多方面的内容,是指导我们正确对待工作和学习的良师益友。自从高雅文化进寝室以来,自己每期必读,阅读后受益匪浅,它使自己对学习和工作有了一个全新的认识。

　　它教会了我,不论在何时,不论在何地,不论你的工作有多么忙碌,你都该拿起电话、拿起笔向家里时时牵挂自己的父母亲说声"爸爸、妈妈我爱你们"。虽然只是短短的一句话,却可以深情地表达自己对父母亲的爱,让他们的心温暖好一阵子。《行走的父爱》讲述了一个父亲为了能够看到自己远在他乡的女儿,不顾辛苦地赶路,困了就在破屋下蹲一夜,一直走了好几天。终于功夫不负有心人,走到了女儿家里,见到了他时刻牵挂的女儿,女儿抱着佝偻的老父亲,失声痛哭。那场面给我留下了深刻的印象。是呀,我们永远是父母亲的牵挂,不知什么时候他们已经霜染两鬓,行走也不再快步如风了。拿起电话吧,拨通家里电话说声"爸爸妈妈,我爱你们",让他们牵挂的心能够得到依靠,让他们心中那块沉重的石头可以安心地放下。

　　它赋予了我坚定的信念,使我坚信生活中处处有机会,成功就在下一个路口等你。以前的自己总是不太自信,不敢做一些自己想做的事情,总怕别人会笑话自己。在好文好书中,自己看到了一个汽车推销员和一个卖锅者之间这样一段融洽的谈话。推销员:"如果我买你的锅你接下来会做什么?"卖锅者说:"继续赶路,卖掉下一个。"推销员:"那全部卖掉呢?"卖锅者说:"回家再背几十个锅出来卖。"推销员继续问:"如果你想越卖越多,越卖越远,你该怎么办?""那就得考虑买部车了,不过现在买不起……"两人越聊越起劲,天亮时这位卖锅者租了一部车,提货时间是五个月以后,定金是一口锅的钱。最后两个人凭着自己坚定的信念,各自找到了市场。读了这些文字我突然感到,当你一次又一次被拒绝时,你必须对自己说"我还有机会",并且坚信,成功就在下一个路口等你。

它教会了我不管做什么事情,在做之前一定要规划好,一定要制订翔实的计划,按计划点点滴滴做好。到时就会发现,未来一直紧紧地把握在自己的手中。它让我懂得了为他人开一朵花,就是给自己的人生添光彩。它让我在学习之余享受到了快乐,让我品尝到了"精神食粮"的甜美。

坚强的微笑

□ 2007 级临床医学专业本科 1 班　张雅晴

　　闲暇之时,我喜欢独自待在寝室,沏一杯茶,站在窗口,品析着学校每周发的好文共赏文章。在那片漂亮的文字下,我仿佛看到了一个全新的世界,那里有浪漫,有纯真,有善良,更有许多优美的意境。

　　我喜欢漂亮的文章。有的叙述感人的故事,有的讲述生命的真理,更有的教会了我怎么做一个高尚的人。

　　我始终记得《没有人拒绝微笑》这篇文章,讲述的是一个年轻的小伙子凭着执着的微笑精神克服了种种困难,最终走上了成功的道路,在面对困难时他那灿烂的微笑有人会拒绝吗?

　　有谁的一生能够完完全全宽阔平坦呢? 在这个竞争激烈的社会里,有谁能挺直胸膛说"我的一生将会风平浪静"? 我想肯定没有吧! 风雨是躲不过的。但关键是看我们怎样去面对它。如果因恐惧而不敢向前,滞留在中途,这样失败的人生有谁会称赞呢? 朋友,抬头挺胸,让我们一起面对人生的坎坷曲折,为实现自己的目标撑起坚定的信念。我们坚强地微笑,不让他人看见我们失恋时的伤感,我们坚强地微笑,不让远方的朋友和家人为我们担忧和牵挂。坚强吧! 微笑吧! 遇到困难时奋勇前行。只要你坚信"没有人拒绝微笑",就会获得很大的成功。

　　漂亮的文字给了我让心灵飞翔的空间,漂亮的文字给了我让生命蓬勃的动力,漂亮的文字给了我更多的激情。我欢迎高雅的文化进入我的生活,它使我的课外生活变得更加丰富多彩。

忙碌的男人最性感

□ 姜钦峰

央视主持人马斌曾语出惊人,说男人应该是女人的一条狗,女人在家里要把狗养好了,让它吃饱了喝足了,才能精神抖擞地出去打猎,然后把大批战利品搬回家。他坦承,自己骨子里是个传统的大男子主义者,一直向往男主外女主内的家庭生活。我想,猎狗一样的男人,其实并无坏处,起码有两层含义:第一,特别能战斗,可以保证全家衣食无忧;第二,绝对忠诚,不会见异思迁。好是好,只是没有问过咱们的"半边天"能否答应。

20 世纪初,一位美国女人提出了一个"美妙的主意"。她认为"男人把世界统治得一塌糊涂,所以此后应把统治世界之权交与女人……"对此,林语堂曾有一番妙论:"我是完全赞成这个意见的,真愿意看见女人勤劳工作于船厂、公事房中、会议席上,同时我们男人却穿着下午的轻俏绿衣,出去做纸牌之戏,等着我们亲爱的公毕回家,带我们去看电影。"

不愧是大师,话说得婉转含蓄,又不失幽默诙谐,道出了天下男人的心声。不难看出,林语堂也是个大男子主义者,如果要他整天在家里闲着,让女人养着,恐怕拿刀架在他脖子上也断然不会答应——士可杀,不可辱!明明知道干活辛苦,偏偏还爱自讨苦吃,乐此不疲,这就是男人,傻得可爱。

男人要养家糊口,就得在外面冲锋陷阵,就像欠债还钱,天经地义。有时我忍不住会想:男人真是命苦,生下来就注定了是个战士,终日奔波,一刻不得闲。女人坐家,那是贤妻良母,相夫教子,为家庭甘愿牺牲事业;假如反过来,情况就大为不妙,男人变成了好吃懒做,不思进取,专吃软饭,背后肯定被人戳脊梁骨,这也算男人?

前些日子万事缠身,我整天忙得像个陀螺,回到家还要转个不停。晚上我正在书房手忙脚乱,妻子端来一杯绿茶,然后盯着我出神,冷不丁冒出一句:"知道你现在的样子有多酷吗?"我心中窃喜,赶紧跑到镜子前,从头到脚把自己仔细欣赏了一番:头发乱得像鸡窝,眼窝深陷胡子拉碴,三分像人七分像鬼,仿佛刚从集中营里逃出来。原来是这副尊容。我苦笑道:"都忙成这样,就别拿我开涮了。"想不到妻子却是认真的:"真的,我最喜欢看你现在的样子,忙碌的男人最性感。"我不禁大吃一惊,进而又大受鼓舞,浑身疲惫瞬间蒸发。有贤妻如此,能不教人生死相许?

记得小时候,老师常教育我们要志存高远,胸怀天下。长大后渐渐明白,"治国、平天下"只是少数人的本领,我等凡夫俗子注定要平庸一生。不过不用悲观失望。家,是一个让伟人变得平凡而又让平凡人变得伟大的地方。为家庭而战,男人不再平庸,站直了,别趴下!

(作者系《读者》杂志签约作家)

那人, 那情

□ 2008 级中西医结合方向本科班 熊晶晶

春季蒙蒙细雨中, 躲在雨伞下的情侣漫步在校园的小道; 清晨的运动场, 有他们跑步的背影; 余晖下的章江边, 有他们亲昵的画面。形影不离, 而非形单影只, 甜蜜得扎人眼, 幸福得让人羡慕与嫉妒。

君在这头, 我在那头; 你在船头, 我在河畔; 你在山涧, 我在吆喝。此情着实是一种独特的风景, 美不胜收, 让人沉浸在古典文化的清爽中。

这就是文化, 没有文字的文化, 却烙印着文字的每一笔每一画。言语是表达情感的一种途径, 是抒发情感的一种方式, 是表现爱情魅力的一道屏幕。

传统爱情文化是隐秘的, 就像含苞待放的荷花那般羞涩。传统观念里的爱情经不起世俗的考验, 经不起思念之苦的长久等待。在传统的爱情观里, 只有文人骚客才能用文字书信传递爱意, 只有采茶团队里的对歌露骨地表白爱情。

开放的现代爱情是毫不修饰的, 没有"胭脂水粉"的抹贴, 而是直接享受在甜蜜与凄苦之中。不是"君在船头, 子在河畔"的画卷, 而是形影不离的甜美。没有了书信等待的焦愁, 而是有着电子信息的速递和温柔港湾的呵护关心。现代开放的爱情是双人的美景, 是文化的积淀。现代爱情文化是一幅壮丽的壁画。

汉字是世界上最美的文字, 汉语是世界上最动听的语言, 而汉语文化是世界文化积淀最深的文化。"炊烟袅袅升起, 隔江千万里……"任凭你的思绪在长空奔走, 但每一个汉语文化积淀不同的人, 所浮现的场景却截然不同。在爱情里, 汉语文化所描述与所勾勒的甜美与凄美的画景不同; 古典传统与现代开放的爱情也不尽相同。

在五千年的中国传统文化中, 那人、那情所组合的是一幅幅诗中画。

我的名字我做主

□　钟桂芳

　　人的姓名只是一个符号。然而,在很长的一段时间里,我却期望自己能拥有一个高雅的名字,让别人叫得痛快,让自己听得舒服。于是,我试图给自己那个觉得有点"土里土气"的名字"改头换面"。

　　朋友不解:"你的名字不错呀,种下的桂花都能国色芳香,还有什么好折腾的呢?"从来也没想到我的名字蕴藏着这么丰富的内涵!就这样,一个曾经让我嫌弃的"符号",一下子被朋友解说得美妙无比。想想也是,一个人的名字美否,与名字本身无关,但与主人的心情有关。刹那间,我被朋友的话从某个死胡同里拉出来了。

　　有位同事名叫小燕。初听,一个普通得不能再普通的名字。然而,有别于她名字的,却是她在生活中层出不穷的新意,令人眼前一亮。记得一个深夜,我们几个女孩行走在大街上。路旁一位开小车的男人像个熟人般挤眉弄眼地朝我们这边观望着。因为素不相识,我们一行人未予理睬。这时,只见小燕姑娘一边向同伴挥手,一边一溜烟钻进了人家车里,最后扬长而去……重新聚首时,大家希望她对自己的安全负责,没想到她却若无其事地说:"哪有你们想象的那么复杂,当时我觉得累,就觉得有车坐挺好,而且人家也没对我咋的。"众人面面相觑,她的话像一面鼓重重地敲击着我的心灵。难道真是担忧得越多,失去得也越多;体验得越少,收获得也越少?小燕是率真的。她那开朗活泼的性格,她那以奇制胜出人意料的做法,给我们平淡的日子带来了乐趣,大伙都认为是小燕的名字使她更加生动、更加灵气!

　　这事让我想起了另一位朋友。去年,她先是主动奔赴灾区进行援助,然后去了云南旅游度假。她喜欢骑车,今年暑期去了新疆,从那里骑车去了拉萨。经过彼此的一番深谈,我才明白:她热爱公益事业,所以当时去了四川;她有心中的"乌托邦"，所以避开日益商业化的景区，去了人间仙境——香格里拉之村庄；她想用双脚去感受速度与力量，所以义无反顾地选择千里走单骑……她一直在做自己喜欢做的事，令我钦佩。当我正幻想着她应该拥有一个非常优雅和十分个性化的名字与其相匹配时，现实却使我大失所望：原来，她的名字和我一样平淡无奇。顿时，一百八十度的思维变化，让我感受到了在一个很平常的名字背后，其实隐藏着许多东西。

从此，我打消了改名的念头。因为我发现：名字就是一面镜子，你快乐它就明亮，你伤心它就暗淡；名字就是一种生活，操盘手是你，上演生活的也是你。

呵呵，我的名字我做主！

今天,你伤人了吗

□ 2008 级护理学专业本科 2 班　汪林芳

言语是最锋利的刃器,杀人于无形。我始终觉得无形的东西比有形的东西更具有杀伤力,一如沉默对语言,又如语言对暴力。人有一种可怕的能力——记忆力,说过的话如飞过的鸟,没有留下任何痕迹,却作为时间而定格成永恒,停留在记忆里。并且,回忆会让其更鲜活,越是伤人的话生命力越长久。曾经多少次,我们出口伤人。我们总是轻而易举地伤害爱我们的人,爱你越深伤之愈痛。但其实,淡定力不够的我们,境界太低,在乎太多,很多时候,我们伤害爱我们的人,却被不爱我们的人伤害。

中午去打饭的时候,叫了两声"蒸蛋",她都没听到,于是我站在那里等她给别人打完,结果打完后,她"啪"的一下把蒸蛋盖到我的饭盒里,说"打菜就说要打什么菜,不要把碗架在那里,跟没嘴一样",还白了我一眼。我当时就火了:"我叫了,你自己没听到,这么变态,还说我!"接着挑衅似的看着她,很有一种连饭带盒朝她脸上砸过去的冲动。结果那天中午,我就没有心平气和过。

为什么我要拿不在乎我的人的错误惩罚自己?其实两人都有错,说话那么冲。她的话影响了自己的工作效率,也败坏了我的心情;我的话伤了我的肺,也刺了她的心。想起一句话:女人何苦为难女人?其实人又何苦为难人呢?人活在世上多不容易啊,还要互相折磨,为了一点鸡毛蒜皮的事伤肝伤肺,本来就不长的寿命更短了。其实冷静之后,我是后怕的,要是我一冲动,真就一个饭盒连着一盒饭朝她的脸飞过去了,那我的大学后半段要怎么过呢?说不定我就直接上日新网或校报头版头条了,说不定什么难听的评论就都来了:"现在的大学生啊,那叫一个狂啊,食堂外敢酒后驾车撞死人,食堂内敢在大庭广众之下众目睽睽之中用饭盒砸人,大学生的素质令人担忧啊!"那我岂不是成了大学生的罪人,害人害己。

覆水难收,说出去的话犹如泼出去的水。其实每次生气的时候,总是不甘心,说重话刺伤他人。为了在气势上压倒他人,一句好好的话非要加上讽刺的口吻,宣泄心中的愤恨,巴不得人家出去就被车撞了、喝水就给呛倒了。如此恶毒的话一旦说出口,日后再怎么弥补也无济于事。其实一个人的言语也是一个人内心的真实写照,苏轼说佛印和尚是一堆牛粪,他妹妹嘲笑他说其实他内心才是真正丑恶如牛粪。一个心中有爱的人,即使不能推己及人,也能客观地评价他人。恶毒的言语、浅薄的嘲笑恰恰证明说话者内心的丑陋与粗俗。

　　我们都有情绪,但不可以过度情绪化,而应三思而后行。别人说错了,是他的错;你反唇相讥就成了你的错,是错上加错。如果能少说一点伤人的话,考虑到别人的感受,伤害就会少一点。幸福的人生需要学会冷静,做情绪的主人。做情绪的主人,面对别人伤人的话,不以牙还牙而是微笑面对,这也是一种风度;做情绪的主人,少说伤人的话,让自己在别人的印象中始终是一个善良的人,这也是一种智慧。做情绪的主人,多一点友善,多一点谅解,多一点微笑,多一点忍耐,人生将更轻松,生活将充满和谐。

网络阅读,没有书香胜书香

□ 周毅

　　我的一位朋友是个特别爱读书的人。晚上,当众人忙于应酬、棋牌、电视、网络之时,他却静静地待在自己的书房里阅读。

　　朋友的书架上摆放了各种图书,有文学、艺术、历史方面的,还有经济、管理、时尚类的。他阅读面极其广泛,可谓满腹经纶。他说,一天中最惬意的事就是泡上一杯茶,然后手捧一本好书静静地看,淡淡的书香弥漫在浓浓的茶香里,别有一番滋味——这叫静心,还有什么比静心更令人陶醉的事呢!

　　朋友并非典型的读书人,而是在一家公司上班,是位温文尔雅的儒商。朋友也算是成功者,大家都很羡慕他,可朋友有块心病——他的儿子。儿子上中学,学习成绩一般,没什么特长,唯一的爱好就是上网。在朋友看来,成绩好坏并不十分重要,健康的心理、有追求和品位、良好的人格才是最重要的。为此,朋友鼓励孩子多读书、读好书,而儿子却不屑一顾。

　　朋友的儿子并非什么都不看,除了课本,还会上网看奇幻故事。朋友给儿子推荐并买了不少好书,比如名著、童话、青少年期刊,但儿子极少问津。朋友非常生气,差点掐断家里的网线。在儿子的多次抗议下,朋友只能无奈地摇头。

　　朋友并不霸道。他明白,一个独断专行的父亲很难培养出一个好儿子,他决定抽空认真和孩子交流一下。那天,儿子心情好,朋友不失时机地问:"别人都说儿子像老子,可你为什么一点不像我?"机灵的儿子马上反应过来:"您是说我不像您那样爱看书,对吗?"朋友点头。

　　儿子解释:"谁说我不爱看书,我在网上不知读了多少故事和小说。等到您这个年龄,我肯定比您看得多。中国的、日本的、美国的、欧洲的,我什么都看。"朋友说:"可你看的那些东西品位不高。"儿子反驳:"我终于明白了你们这些老夫子的想法,难道只有端着架子捧着书看才叫阅读吗? 其实,网上作品比您书架的容量要大无数倍。现在都什么年代了,还用老眼光看人!"

　　儿子的话让朋友一时语塞。儿子说的不是没有一点道理。现在的孩子有他们的阅读习惯,有他们的思想和价值取向,只是缺乏适当的引导罢了。"没有书香的阅读不算真正意义上的阅读。"朋友的这种观念在儿子这代人身上一点也不吃香,或许这也算是互联网时代的一种无奈吧!

　　网络阅读,没有书香胜书香……

孤独由心生

□ 刘义英

孤,指幼年丧父或父母双亡的幼儿。独,指年老没有子女的人。在现代社会,孤独所指的范围更宽更广,除自然的鳏寡孤独,那些父母在外打工的留守儿童、子女不在身边的空巢老人都不可避免地进入孤独状态。

孤独是一种生存状态。

人的生命历程本就是孤独地来,孤独地走。不管是伟人还是百姓,是富翁还是贫民,总有那么几年或者十几年要过孤独的生活。无论你愿不愿意,孤独都可能会成为人生某一时段的生存状态。我婆婆生育了十个子女,子子孙孙四五十人,但她晚年仍然孤独,并不是儿孙不孝,而是因为她 103 岁的高龄和耳聋,致使她的生活已经完全和现实世界脱离。她只能生活在自己的个人世界里,孤独是必然的。

生存状态的孤独并不可怕,可怕的是身处孤独的环境,心灵也孤独。如果心灵孤独了,即使让他生活在热闹的大家庭、居住在繁华的都市,他的心都永远关闭着,那才是真正的孤独。

人如果已经无奈地生活在孤独的状态中了,就要主动地排遣孤独,多交几个朋友,多培养几份爱好,听听音乐,练练书画,写诗作文,聊天打牌等,尽量让自己尽量充实起来,做到孤而不单、孤而不寂,尽最大可能让自己逃出孤独!

孤独有时是某些人有意识地选择的生活方式。

自古圣贤多寂寞。孤独是成全一定素养的过滤器,没有谁可以在乱哄哄的环境下,做好修身养性的事。

智者说:"要成功就要耐得住寂寞。"相当一部分事业成功者都是耐得住孤独寂寞的人。在相对封闭的环境中,在没有外界干扰的沉寂的内心世界里,创造性的思维是最为活跃的,灵感的火花就在孤独中闪耀,很多奇迹可能就在这时候出现。科学家、作家、音乐家的传世杰作都是饮尽孤独的结果。

爱因斯坦一生孤独,没有谁能阻挡他成为人类历史上最伟大的科学家。贝多芬28岁就开始听不见声音了,可以想象一下他是在怎样孤独的环境下创作出了第九交响曲这样的不朽名作的!

如果你选择了孤独,孤独就可能成就你的伟大。屈原的政治理想和才华不被自己的君王理解和接受,并遭到排挤和迫害时,他的内心肯定相当的孤独和痛苦;司马迁遭宫刑,但他能忍受孤独和白眼,最终成就《史记》;现代的鲁迅也是一个孤独的斗士,正因为如此,才更显出他的伟大。

孤独也是一种心态、一种感觉。

这里的孤独是另一种意义的孤独,是生存状态的孤独的升华。有孤独感不可悲,不可耻,孤独可以让我们的心安静。大凡文人艺术家之类,在不愿同世俗同流合污之时,往往不是逃避孤独,而是走进孤独。朱自清在《荷塘月色》中说他"爱群居,也爱独处"。独处,即是自己给自己创造孤独的心态,借以逃避现实。的确,品尝心灵深处的风景,是需要营造孤独的意境的。

如果你厌倦尘世的浮华,拒绝众生的喧嚣,就选择躲进孤独、享受孤独吧!

骑 士

□ 邱凌崧

也许你第一眼看到"骑士"这个词,会立刻联想到一个全身铁皮、披甲带刀的人骑着战马的样子。但是我要告诉你,其实每个人都只是骑兵,而不是骑士。骑士,属于那些人。

"这天气,春天变夏天。幸亏我穿得少,要不然非被烤熟不可。"我暗暗想道。

我被妈妈"请"来玩——今天是他们人文社科学院的运动会,现在已经是第二届了,我似乎是来凑热闹的。操场上站了一排大学生,不多不少。站在碧绿的人工草上面每人都有一块很大的活动空间,正中央红旗和旗手面对着我们。妈妈叮嘱我几句后就去主席台了,估计没人注意到我这个小不点,我便四处张望了起来。

面前是一个临时的广播站,一台电脑,几根电线,一台音响,仅此而已。广播站右边是主席台,彩虹门立在主席台两旁,上面写着明显的条幅;后面是两层大石阶,我就坐在石阶上静静地看着。

"全体起立,奏国歌!"国歌过后,就是大学生的世界了。先来一段表演,两个大学生走了上去,没有灯光,也没有做作,自然而然地跳起了街舞。

我身旁有几个人,一个高挺,一个我觉得有些胖,留着前卫的长发,一个冷酷,不爱说话,一个面带笑容。有一个老师也是长发,男的,正在摆弄架子鼓。还有几个应该是来帮忙的学生。他们一边说说笑笑,一边检查自己的乐器——看样子也是表演的。我留意着他们,眼睛却在看街舞。他们也没注意到我,继续嘻嘻哈哈地指着场上笑,在前面交错排开,刚好挡住我的视线。无奈之下,我只能从人影的缝隙中勉强辨认出两人的动作,光从大学生的呼声中我就能听出有多精彩。在人头攒动中,我终于看清了一些。这时恰好有一个高难度动作,向后弯腰还要边摇动身子。我瞪大了眼睛,再不顾其他人。众目睽睽之下,他还在弯腰,身子还在后倾,直到离地面只有几厘米的时候还坚持了几秒,起身,我们这才敢鼓掌,轰然一片。广播站里的人也不住夸赞,嘴巴还张成了O字形。

　　轮到他们了,几个人七手八脚地把架子鼓搬上去,又各自去拿乐器了,让长发老师一段独奏。"笃笃笃!"长发老师毫无节奏地试敲了三下。突然,掠过一道影子,竟然敲出了清脆的旋律,像是一汪古井中滴下的露珠,随着节奏的不断变化,给人一种新鲜感。正准备表演的几个人神情反而显得平静了,但眼神中却有掩饰不住的兴奋透出来。"大家准备好了吗?"没有回应,也许行动能证明一切。当电源插到音响上,其中一个人不自然了,站了半天也不动。旁边一个老师赶紧跑过来说:"不行,插孔少了一个。"大家的脸色都变了。

　　我的心跳也漏了一拍。

　　少了一个? 那就意味着其中一人无缘这次表演了。我看了一眼其他人,都还在欣赏鼓乐。长发老师投去理解的目光,那几个人面容才好了一些。

　　这时我才发现,加上老师只有五个人,五人同样自然:"我代表'泥巴'工作室……""泥巴"? 我嘴角扬扬,名字不错,朴实、艺术。

　　五人都笑了,灿烂无比。鼓声先响,贝斯、吉他四种旋律紧跟其后,有种清澈、明亮的感觉。我眼前一闪,像游荡在田野间。

　　"你独自走在繁华的大街上……"

　　我沉醉了,唱歌的是那个稍胖的人,咬字有些不准,却渲染了整个操场。

　　"你独自走在繁华的大街上……"

　　一曲终了,他们相拥,我抿着嘴,细细品味着。

　　这才是真正的骑士,无须打扮,浑然天成,轻装上阵却有骑士风度,琐事就是他们的鞍,困难就是他们的甲,活力便是马,他们善于在逆境中前进,绝尘而去。或许像牧童般闲暇、游侠般自由,变化着整个世界。

　　风度、方式、动力,缺一不可。

放入"自信"的光盘,重装人生新系统

□ 周毅

　　东是我的同学,曾经是个不起眼的小男生。之所以说"小男生",是因为他个子矮小,总是排在男生队伍的第一位;说"不起眼",是因为他长相一般,甚至可谓对不起观众,最大的缺陷是他有点"斜视",两个眼球不太对称;说"曾经",是因为现在的他换了一个人。

　　新生报到,老师点名,每个同学进行一两分钟的自我介绍。所有同学都大大方方地简介几句,轮到东时,他只说了自己的姓名,就低头坐下。大家都好奇地侧眼望着他,还有人私下议论纷纷,显然是在"评价"他的形象。之后是列队,东被排在第一位。他主动找老师要求换到第二位,但他不肯说理由。老师没答应,理由很简单:按个头大小排位,东比"倒数第二高度"还矮半个头。

　　一个学期下来我发现东不仅内向,而且极度自卑。他很少和同学接触;上课从不回答问题,即使老师点到他,他也只是低头不语;学校组织任何活动,比如文体比赛、课余小组,他从不参加;学习成绩他也只能倒着数。因为我们两家离得近,偶尔结伴同行。久而久之,我成了他唯一的好朋友。我渐渐觉得其实东是个心地善良的人,干什么总是先想着我。

　　有一天,东偷偷告诉我,老师和他谈话了。我问:"谈什么?"他答:"老师希望我能'抬起头来做人',不要总是猥猥琐琐。"我说:"老师说得没错,你干吗总感觉低人一等呢!"东说:"你站着说话不知道腰疼,不然咱俩换换,你瞧班上哪个女孩搭理我?"我自己本身就是个青涩男生,那时真的不知道怎么劝慰他。

　　有一次,市里举行作文比赛,我们班每个同学都参加。作文的要求是:以"缺陷"为话题来组材。结果出来了,让人大吃一惊,东获得了一等奖。他的作文标题是《缺陷成了我最大的天敌》,老师将这篇文章打印出来,人手一份。东对老师这种"先斩后奏"的做法很是不满,认为披露了他的隐私。他情绪愤懑地去找老师

"评理",我真为他捏了一把汗。

一小时后,他才从办公室出来,不过让我吃惊不已的是,他笑着站在我面前。我问:"从来没见你这么高兴过,老师跟你说什么了?"他一边翻开一本精致的笔记本,一边说:"老师送我的,扉页上写了一句话'自信是缺陷的天敌',老师还说我有写作天赋,让我好好写,说不定哪天会成为作家,还说之所以不给我换位,就是要磨炼我的自信心,还说了许多许多……"

望着东那欣喜的模样,我由衷地感叹:一个人的自信心一旦被激发出来,是多么好!

从此,东像变了一个人。他开始合群了,争着参加各种活动,学习成绩也直线上升,好像连个头也神奇般地长了起来。他大学毕业后去了广东,现在是一家大公司常驻东南亚的高级职员。他还娶了一位才貌俱佳的妻子。我们常联系,从他的口气中丝毫找不到过去的影子。

许多人都会存有这样那样的缺陷,然而自信是缺陷的天敌。放入"自信"的光盘,就能重装人生新系统!

感悟珍惜

□ 陈乐秋

转眼又走进了 2011 年,过了 50 岁以后,我发现一年一年过得太快了,有点拽不住的感觉。春日杨柳、夏天茶花、秋夜明月,一切犹在昨天,年历已所剩不多,新的一年已悄然来到身边。

面对新一年,我最深的感悟,就是对未来的岁月要"珍惜",再"珍惜"。前一阵子同学聚会,遇见许多老同学,彼此交谈中,无不流露出这种珍惜之情。

我们有太多的理由去珍惜。中国人从来没有像今天这样富裕地过日子,鸡鸭鱼肉成了百姓家中的平常饭食。在 20 世纪 60 年代初的"黑市"上,有一天我站在一卖油炸鸡蛋的摊前闻着油烟味,心想有没有炸鸡蛋管够吃的那一天呀?学校毕业每月定量 29 斤粮食,工作时我常走神想如何改行去当伙房管理员,以实现馒头可劲儿吃的愿望。闹口蹄疫,食堂宰了嫌疑猪,不少人闭着眼吃,说管他呢,吃完再说。吃完没事,都后悔吃得少了。想想,若是过着好日子,谁去冒那个险。

我们有太多的理由去珍惜……因为中国人从来没有像今天这样充满自信与自豪。而这种自信与自豪又不仅仅来自古老的历史和四大发明,以及这座宝塔那座石桥。中国改革开放的成果的确令世人惊讶。"文革"后期我的一个朋友因公出国,有服装费,当他把一套深蓝色的西装拿回来,大家连摸都不敢摸,怕给弄坏了。其实,那服装比我后来看的电视剧里村干部穿的都不如,而在那时却像绣金龙袍。数年前去香港、澳门等地,看见什么都要换算价钱,然后就惊讶一个馒头多少钱、一碗饭多少钱。如今到港、澳花人民币比花美元都受欢迎。有人批评说中国游客不注意小节说话声大,这个我同意。但另一方面也反映了中国游客口袋里有钱了。这倒不是说财大气粗有理,像我头一次出去时手里总共只有 20 美元供个人消费,走到哪儿特别是进了商店饭馆都格外小心,万一说差弄差了必须花钱,那不就麻烦了吗?

　　我们有太多的理由去珍惜……我当过知青，也在农村工作多年，乡镇干部的工作有自己的特点，并不像信访局每天都是脸红脖子粗地在对话在解释。但有些评论提的意见，总是说写得不深刻。我不理解，有一次酒桌上请教，人家点拨道，你作品里一个人都没死，怎么深刻。弄得我目瞪口呆，简直不知该如何写了。现在，在和谐社会的旗帜下，提倡和谐文化。文化起到的重要作用之一，就是能给人们以鼓舞以力量，而不是制造新的仇视与对立。于是，我们再写起来，就可以在生活原貌的基础上，按照自己的理解，心平气和地去构造文学的天地。这样的创作氛围，又怎么能够不倍加珍惜。

　　值得珍惜的理由太多了，年龄稍大些的人心中有对比，知道今日来之不易，未来愈加美好，因此，总是希望好日子能在自己的身上多多停留。但岁月更替又不以人的意志为转移，于是，在文友相聚时，大家就道出些自己的珍惜之法：首先是要让自己的心态平和下来，不求名利，戒骄戒怒。这一点很重要。别看写作者写世态写人生，个个好像挺明白，但有事轮到自己，也是爆竹一点就着。当年为房子为职务为职称，有多少人闹出高血压心脏病。眼下生气别扭的事，也是说起来开通，抛开又难。二是年龄大了不妨写得缓一点，别写得那么多那么快，省下时间读些书，提升一下个人的作品品质。三是不要追求明星效应，不要过多地露面，没完没了地去应酬，有那时间锻炼锻炼身体……

　　返璞归真，把握好自己的心态，是我和朋友认定珍惜迎面而来的岁月的关键所在。但这又不是说什么都不做了，其中最主要的含义是不要为个人为自我花费太多的心思。而如果能为社会为他人多做好事善事，那么你就会有更多的好心情，从而有效地延长人生。

　　面对 2011 年，我欢笑着。

最想做的事

□ 谢云天

　　他，一个家境贫寒的孩子。每天天还没亮，别人家的孩子还酣睡在梦乡里，他已早早地起床，然后走很远很远的路，到一个盐场去干活。可是，他在干活的时候心里想：这不是我最想做的事。

　　早已饥肠辘辘的他好不容易盼到中午，可以吃午饭了。他心里想，有饭吃，当然很好，可这不是我最想做的事。

　　这天晚上，在回家的路上，他疲惫地走着，突然看见一个男人站在一辆大车上。大车的旁边围着很多人。原来，那个男人在读报纸上的新闻和故事。

　　他停了下来，心想：什么时候我能像他一样，能够阅读、能够朗读、能够让很多人站在我面前聆听——那该有多好！

　　他回到了家。他的家可谓家徒四壁，连一件像样的家具都没有。

　　他走到母亲的面前，对她说："妈妈，我想读书。"

　　母亲很惊讶，因为她从来没有听过这样几个字。她是专门为人家洗衣服的，不识字，却有一本书。那是她在为人家洗衣服的时候，在一堆脏衣服里面捡到的。她不知道这是一本怎样的书。但是，她知道书不可以丢弃。于是，她把书带回了家，用家里最漂亮的布包裹起来，放在一个专门存放最宝贵东西的木桶里。

　　母亲弯下腰，从木桶里拿出她的珍藏，交给了儿子。

　　这是多么欣喜、神圣的递交！这一瞬间，这个平时不舍得点灯的家里顿时映满了光亮。

　　孩子开始读书了。书里弯弯曲曲、蹦蹦跳跳的究竟是一些什么符号呢？他走出家门，来到黑暗的社区路上，寻找那个车上的人，希望他能教教自己。

　　幸好，那个人还在那儿。

　　孩子对他说："我想学会阅读，你能教我吗？"

在这样一个贫穷的社区里,从来没有人请求他教授阅读,而这个晚上,这个瘦小的孩子请求他教授阅读。这是这个男人有生以来的第一次惊喜。他的内心被光亮映满了,兴奋地说:"好啊,我教你。"

孩子不仅学会了阅读,还学会了写字。他学会写的第一个字就是他的名字——Booker。很巧的是,他的名字和书(Book)只差两个字母。

这是一个真实的故事。故事来自美国作家玛莉·布雷比的《最想做的事》。故事中的孩子就是后来成为美国著名的教育家、议员和作家的布克·华盛顿。与故事中孩子的境遇相比,现在的我们幸福了很多。可是,在我们中间,有许多人以种种借口为缘由开始远离书籍,开始远离阅读,开始沉迷于放纵娱乐之中。这是何等的可怕!

"书是人类进步的阶梯。"不读书,个人难以进步,人类难以进步,至少前进的步伐会变得非常缓慢。英国哲学家、作家、科学家弗朗西斯·培根曾经说过:"读史使人明智,读诗使人灵秀,数学使人周密,科学使人深刻,伦理学使人庄重,逻辑修辞之学使人善辩:凡有所学,皆成性格。"人之才智但有滞碍,无不可读适当之书使之顺畅,一如身体百病,皆可借相宜之运动除之。由此可见,阅读的作用何其显著!每个人都应有一颗喜爱阅读的心。每个家长都应该注重从小培养孩子良好的阅读习惯,让他们在阅读中汲取营养、获得成长。

如果问一个人最想做的事是什么,答案肯定各不相同。但不管怎样,阅读应该成为一个人非常想做的事。试想一下,打开一盏台灯,冲上一杯清茶,饱饱地读上一本书,把自己融入书中的故事情节,释放个人的喜怒哀乐,再和书中的主人公来一个亲密接触,那将是何等的痛快!何等的幸福!

应酬的"内涵"和"外延"

□ 周毅

朋友突然问了一个有趣的问题,你知道时下最流行的词条有哪些吗? 我思索片刻回答,网上应该能搜到吧,像"PK""粉丝""晋级""待定""当下",等等。朋友笑道,还行,略知一二,前面几个是选秀娱乐的产物,"当下"是于丹在《论语心得》中用得最频繁的词,后来人们就把"现在"换成了"当下",作为一种时尚。不过你落下了一个最关键的词条叫"应酬",比方说吧,和你聊完天,我就得走,因为有个应酬。

朋友转身去赴他的应酬,我愣在那儿琢磨了老半天,终于悟出了一点门道:还别说,"应酬"一词在当下确实被众人挂在嘴边说得极其顺口。大人应酬,孩子也应酬,官员们应酬,普通百姓也应酬,男人应酬,女人也应酬;白天应酬,偶尔夜里也有应酬;平时应酬,节假日周末更多应酬。你应酬,我应酬,大家都在忙于应酬。应酬这般繁忙,着实时尚!

我是个爱较真的人,回去后竟傻乎乎地查起了《新华字典》,原来"应酬"有两层含义:一是"交际往来",一是"表面应付"。若单从字面理解,我觉得"应"有应对、应付之意,"酬"有酬答、酬谢之意。由此看来,"应酬"的内涵并不复杂,虽略含贬义,但更接近中性,也绝非中国人独创,老外同样有应酬。比如,派对、PT、生日宴生、酒会等,老外还尤其热衷这些应酬。

转念细想,"应酬"似乎又没那么简单,应酬的"外延"已被时下的新潮男女演绎得五花八门、丰富多彩。商务谈判是应酬,茶座休闲是应酬,交谈会务也是应酬;桑拿泡脚是应酬,包厢跳舞是应酬,大吃大喝还是应酬;秘书陪上司是应酬,瞒着老婆会小蜜是应酬,玩扑克打麻将照样是应酬……总之,正常的"交际往来"是应酬,平淡的"表面应付"也是应酬,另类的"五花八门"更是应酬。

可别小瞧了这应酬! 有人应酬换来了一官半职,也有人应酬得到了一群拥戴者,还有人应酬获得了靓车美女,更有人应酬获得盆满钵肥……无怪乎有人说:"应酬的'好处'多多!'滋味'美美!无须言传,只可意会。"

当然了,应酬得不好,也会鸡飞蛋打。应酬得不够严实,弄得后院起火、烦躁不堪;应酬得有些放纵,弄得血压升高、血脂超标;应酬得过度贪婪,弄得丢了乌纱帽,甚至进监狱;应酬得过于随意,弄得朋友反目、亲人离弃……

但愿"应酬"适度,最好只局限于其"内涵"里,别再肆意地扩张其"外延"啦!因为长此下去,于己、于人、于家、于国均无益处。

名字漫谈

□ 刘义英

　　名字是人在社会上运用的个人符号,从生到死,名字伴随你一生,小小一个名字,承载着太多的文化内涵,它记录着个人的成长经历,寄托着父辈的希望,折射着时代的变迁,反映着地域的特点。

　　旧时代取名比较复杂,一个有身份的人兼有名、字、号。名是刚出生时长辈给取的,也称"学名";"字"和号是长大成人后根据自己的社会地位、学识成就、性格特征、个人情趣取的。"字"是"名"的解释和补充,多与"名"的含义相近或相辅。如诸葛亮字孔明,岳飞字鹏举,毛泽东字润之,曹操字孟德,"亮"与"孔明","飞"与"鹏举","泽"和"润","操"和"德"义相近。"号"是人的别称,又叫别号,如郑燮,号板桥,苏轼,号东坡。如今到了网络时代,没有字和号了,又有了网名、博客昵称等。

　　说到名字,就要提到"字辈",字辈即"字派",通常被称为"排行"。过去子女多,取名时用同一字或同一偏旁表示行辈,双名中间的字相同,如德清、德明,义符、义真之类;单名以偏旁相同的字为排行,如刘琼、刘琦,苏轼、苏辙。

　　《红楼梦》中贾府是个大家族,家族关系复杂,但只要了解了贾府中人取名采用偏旁相同做字辈的规律,就可以理清他们的关系了。

　　贾家五代人。

　　第一代,宁国公贾演,荣国公贾源,单名。"演"和"源",偏旁是三点水,称"水"字辈。

　　第二代,贾代化,贾代善,"代"字辈。贾代化的妻子不详,贾代善娶妻贾母。

　　第三代,宁国府贾敷、贾敬,荣国府贾赦、贾政、贾敏。这一代人的名字偏旁都是"文"字旁,叫作文字辈。

　　第四是玉字辈,分别是贾珍、贾琏、贾珠、贾宝玉、贾琼、贾环等。女的春字辈,元春、迎春、探春、惜春。外孙女林黛玉(她的母亲是贾敏)。

第五代取花草植物为名,如贾蓉(贾珍之子)、贾兰(贾珠和和李纨所生)、贾芹、贾蔷、贾菌等。高鹗的续书中提到"兰桂齐芳",就是指贾兰和贾桂(贾宝玉和薛宝钗之子)重振贾府的事。至于符不符合曹雪芹原著的本意,不是本篇讨论的内容。

为孩子取名,反映着父母的文化内涵和精神寄托。旧时代孩子生下来,人们都要烧香拜福,求取一个好名字,取名都往福气、喜庆和财运上靠,比如招财、进宝之类。我小时候有两家邻居,一家姓钟,一家姓唐。两家父母都是地道的农民,没有文化。两家都有四个儿子,钟家四个儿子分别叫宏福、宏禄、宏寿、宏喜,唐家四个儿子分别叫成荣、成华、成富、成贵。时代的局限,好名并没有让钟家得到"福禄寿喜",也没有为唐家带来"荣华富贵"。

过去很多人为了子女好养,往往为他们取贱名,什么狗蛋、栓娃、二妮、三丫之类。也有的名字独辟蹊径。据说一吴姓人家,有四个儿子,取名吴德、吴用、吴能、吴才。听名字,这吴家就是一群窝囊废"无德、无用、无能、无才"。但相反,四个儿子都德才兼备,出息得人人羡慕,别人都说他们的名好,好就好在反面取义"有德、有用、有能、有才"。我们当地有一个官员叫钱得喜,大家都说这个名字取得牛,钱得喜、得钱喜、喜得钱、得喜钱、喜钱得,怎么组合、怎么颠倒都发财。

名字随时代变迁。新中国成立后,带着家族特点的字辈逐渐淡化,取名带上了浓厚的政治色彩,如跃进、卫国、建军、勇强、文革、宏伟等。这样的取名容易重名,有统计,全国叫张伟的有几千个。

名字反映着地域特点,姓名中的常用字因为所在地区的不同而有所差别。上海的常用名和杭州、南京十分接近,如敏、燕、洁等字多为女孩子取名所用,在上海叫陈洁的有三千多个。在广州,常用姓名表现出粤文化特质,受港台文化影响很大,志强、俊杰等词汇,明显有自强的精神,还喜欢用阿或者妹等字眼,显然跟当地方言有很大关系。改革开放以后取名向国外靠拢,女孩取什么曼娜、莉莎之类,我给我孙子取名"若桐",有人说和琼瑶小说中的名字雷同,他父亲上网查了,全国叫"若桐"的只有十个,应该说取名是成功的。

80后父母给孩子取名讲究新奇独特,他们好用孤僻字眼,如蕊、睿、钺、臻等多笔画的字受青睐,据说现在幼儿园老师和小学老师认不出孩子名字的不在少数,甚至还有自己的爷爷奶奶叫不出孙子名字的尴尬现象。为避免重名,有人学习日本取四个字的名,把父母的姓重叠,再取个双名,如钟徐雅彦。

愿龙年出生的孩子都有一个龙飞凤舞的好名。

小溪与石头

□　绘丹

　　山丘中流淌着一条小溪。一块石头立在山坡,望着小溪不解地问:"看你那副欢快的样子,真不知喜从何来?"小溪没有理睬它,继续跳着轻盈的舞蹈向前跑。石头摇着头,叹道:"真是不可理喻!看你那渺小的身躯,难道就不感到自卑?"

　　小溪听罢此言,生气地反问石头:"难道你就高大吗?"石头急忙解释:"正因为我觉得自己也很渺小,所以才对你的行为感到疑惑呀!看见远处的那座山了吗?我和它比起来永远都是块小石头,永远不可能变成它;你也一样,和远处的大河比起来,也只是一条小溪,永远成不了壮观的大河。"

　　小溪笑着说:"我并没有刻意想把自己变成壮观的大河,我只想一直向东流入大海的怀抱。"石头苦笑道:"谁没有远大的志向?我做梦都想长成巍峨的高山,但首先得考虑一下自己是否有那种能力。你难道没有一点自知之明吗?"

　　一场暴雨过后,石头被冲得全身发抖,它对小溪哀叹道:"看到了吧,弱小就是挨欺负。"小溪大笑:"我可不怕雨,雨越大我跑得越快。"

　　一场持久的干旱伴着大风不期而至。石头被大风吹得比过去小了一圈,它一边自怜一边嘲笑小溪:"这回你还有什么好说的?你干得全身连一滴水都挤不出来了,还谈什么奔流入海?"小溪拖着疲惫的身体,声音虽虚弱语气却异常坚定:"干旱总会过去的。"

　　几十万年过去了,山坡上的那块石头已消失得无影无踪,它被风蚀、雨淋得体无完肤,最后从这个世界上消亡了。而小溪却经受住了重重考验,最终变成了一条大河,正汹涌地奔腾入海。

生命的思索

□ 罗祥贵

一

人生如花,离不开阳光的抚慰,离不开雨露的滋润。曾有些日子,我经历过一场磨难,更有深切的体会。

那是今年春节过后,寒风挟着冷雨肆虐着大地,灰蒙蒙的阴霾笼罩了整个天空,天气久久不见放晴。大年初五晚上,我突发重症肺炎而住进了学校一附院重症监护室(ICU)。

ICU 位于住院大楼的最顶层,占据着整幢大楼的制高点,每天迎接着第一缕曙光的出现,送别着最后一抹余晖的消失。这里远望峰峦叠翠,起伏蜿蜒,近观城市风物,风情万种,美不胜收。可是对于病人来说,这里或许是从人间走向天国的最后一站。

在这里,生与死是那么相近:死亡仿佛是近在咫尺,而求生近乎是一种奢望。

二

说来也怪。初三上午我还是好好的,就是有些咳嗽,吃过中饭我像往常一样去午睡,一直睡到下午四点多,起来后我感觉到很冷,即使站在热得烫人的红外线取暖器旁,还是两腿发抖,身上直打哆嗦。这时,正好小弟开车来接我去我姐家吃饭,因为那天是我远在四川工作的外甥结婚的大喜日子,我得去凑个热闹。

坐在车上,我晕晕沉沉,毫无饿意,便叫弟先送我去医院,医生建议我做 CT 检查,结果说我有肺炎,并要我住院输液治疗。

本以为输液以后就会好起来,再回去吃饭、睡觉也不迟,殊不知,我却感觉身体越来越疲惫,越来越不对劲。到晚上十点多,我意识到自己无法离开医院了,只好打电话叫妻子送些急需的生活用品来。

277

第二天早上,我的不适症状更加严重,咳嗽不止,呼吸急促,脸色发青,嘴唇发紫,值班医生神情凝重,赶紧请相关科室的医生前来会诊,医生们一致认为,尽快送 ICU 抢救。

三

医院对我的病情非常重视,领导第一时间来到病房看望我、安慰我,并组织全院各科室专家为我会诊,指示医护人员全力抢救。

临走时,院长用他那温暖粗壮的大手,紧紧握着我绵绵无力的手,深情地对我点了点头,眼里充满着关怀与同情,让我备受感动与鼓舞,一股暖流久久地在我心间回荡。

根据我的临床症状与检查结果,医生确诊我患的是急性间质性肺炎,这种病进展得非常快,稍稍耽搁就可能阴阳两隔。这不,仅仅过了三天时间,再次复查CT 时,结果发现我左右两侧的肺几乎是"一片空白",也就是说差不多失去了功能。

此时,我已经是呼吸、说话都非常困难,生命极度垂危,犹如是一豆微弱的烛光,随时都可能被狂风暴雨吞噬。医生告知,需对我进行气管切开,上呼吸机抢救。

气管切开就是切开脖子上喉管,供呼吸机的导管插入,这无疑是一种创伤性的痛苦措施,我立即恐惧起来。有什么办法能让自己不受这一痛苦呢? 我试着尽力让自己呼吸缓慢一些,设法让医生看起来我呼吸较轻松,说来也怪,后来我居然真的避免了切开气管的痛苦。

那些时间,我吃饭就像是吃沙子,再好吃的东西,吃到嘴里都带有一股苦味,再想吃的东西,吃了两口就再也吃不下了。医生又说,吃不下东西也不行啊,营养不良,治疗效果差,插根胃管吧!

插胃管是把一根管子从鼻孔里插进去,直达胃部,这虽然不像切开气管那么痛苦,但也是挺难受的啊! 为了免遭此罪,我努力地让自己多吃些东西,不管有味没味,嚼碎了就往肚子里咽,这样的努力又让我避免了插胃管的苦楚。

不但是吃不下东西,我还连续拉肚子。我清楚地记得,那天小姜护士当班,我先后一共拉了八次,我感到非常难过,又很难为情,因为 ICU 实行封闭式管理,家属不能陪护,吃喝拉撒由护士全面料理,而小姜护士每次都不厌其烦地帮我弄得干干净净、清清爽爽,还一个劲地安慰我,鼓励我坚强起来,与病魔做斗争。

这一次,我真实地感受到了白衣天使的圣洁与崇高。

四

在医护人员的精心医治下,我的病情迅速得到了控制,我也明显感觉到身上轻松了许多,我甚至以为自己是在做梦,仿佛自己是在梦境中生病住进了 ICU,过几天就平安无事了。我甚至还算计着回去吃老家的腊八粥,算计着正月十五回去放烟花、吃元宵,与家人一起享受天伦之乐。

可我的病情总是反反复复,病痛的折磨又让我不得不回到病房的现实中来。我常常高烧不退,血压居高不下,头脑迷迷糊糊,嘴巴唠唠叨叨,却不知道自己在说些什么。蒙蒙眬眬中,我恍惚听到了天国传来的欢快悦耳、无忧无虑的旋律在召唤我前行,但仔细一听,原来是一些仪器设备的报警声。

于是,我总想闭上眼睛沉沉地睡上一觉,好暂时忘记身上的痛苦与烦恼,但我身上绕着各种连接线与连接管,一天到晚有打不完的点滴与做不完的检查和治疗,在这样的境况下,就是一个正常人也难以入睡啊,更何况我还是一名痛苦不堪的重症病人。无奈之下,医生只好用催眠药为我催眠,但用了几次后,催眠药也无济于事,我想睡却又睡不着,想哭又哭不出声,感觉是度日如年,真希望自己的病重些再重一些,重得昏迷麻木,重得没有知觉。

五

病房里装修还算时尚考究,米黄色的地板,淡黄色的墙壁,吊顶的天花板上镶嵌着明亮而不刺眼的顶灯,天花板上那只双眼与嘴巴里隐藏有监控探头的猫头,不知目睹了多少病人起死回生,又见证了多少病人撒手人寰。

窗外,隐隐约约地传来烟花在空中爆裂的脆响,提醒我人们还在欢度春节。我一个人躺在阴森空荡的病房里,天天与天花板对望,感觉到特别孤独与痛苦,自己几十年来所走过的历程,一幕一幕地在脑海闪现,让我重新进行审视与思考。

我生自一个偏僻的小山村,孤陋寡闻,融入现代化的都市生活后,难免浮浅、急躁,想要追寻的目标太高,心怀的欲望太强,而陪伴家人的时间太少,其实,知足才能常乐,知足才是最大的幸福。如果时间能逆转,光阴能倒流,或者如果我能闯过今天这一关,大难不死,我会倍加珍惜亲情、友情、爱情,好好地善待生命的每一天,善待生命中的每个人、每件事,带给他人更多的方便与快乐。

人在不生病的时候,总认为死亡离自己还很遥远,对生命的认知不够透彻,认为有些东西可以无所谓,有些东西可以慢慢来。殊不知,病来如山倒,病魔要击倒一个人往往是猝不及防的,等到病魔找来的那一天,你才发现原来生命是非常脆弱的。如果有一天我们离开了人世,周围的人会为我们感到惋惜难过,甚至悲恸落泪,说明我们的人生是成功的,至少没有白活;相反,如果哪一天我们停止了呼吸,周围的人无动于衷,甚至幸灾乐祸:"这个人早就该死!"这样的人生无疑就是失败的。此时此刻,我才真正体会到生命与健康的价值,而钱财名利却显得何等的渺小而又微不足道。生命是无价之宝,健康是最大的财富。每一个人对生命与健康都应该格外地珍惜。

六

　　眼瞅着元宵节、情人节、三八妇女节在日历中悄然流过,但我的病情却没有大的好转,我因此变得烦躁不安,变得悲观失望,成天唉声叹气、忧心忡忡,在病房里独自发呆、呻吟、哭泣,不知何时是生命的尽头。

　　那时我人瘦得只剩下一副骨架,像具干尸。同学来看我,几乎都不敢相认。

　　看到我被病魔折磨得不成人样,大家都以为我难以挺过这一关,医生多次用"病危通知单"把我的家人通知到医院,所有能来的家人都来了,我看到他们一个个眼里噙着泪水,脸上布满了悲伤与担忧。

　　最焦急的要数我的妻子,因为我患病,直接影响着她的生活、她的精神、她的思想、她的情感,影响到她的喜怒哀乐。那些日子,她心急如焚,六神无主,坐卧不安,如热锅里的蚂蚁,不知如何是好。

　　望着妻子那日渐消瘦憔悴的身影,我心里总会萌生自责与愧疚,后悔自己平日里陪伴她的时间太少。可以说,我不是一个很称职的丈夫。结婚十几年来,我没有带给她太多的浪漫与惊喜,我没有陪她看过一次电影,我没有给她买过一套衣服,我没有带她外出旅游过一次……尤其是随着时间的推移,我感觉与妻子的心距越来越大,感情越来越淡,常常为一些鸡毛蒜皮的小事而斗气、争吵,最终的结果是两败俱伤,儿子也跟着遭殃。

　　4月7日是儿子的生日。往年,儿子过生日时,都会邀请几位要好的同学到家中来,一起分享生日蛋糕的美味与童年的乐趣。然而今年的生日,当他的同学期盼着为他庆祝生日快乐时,儿子只能扫兴地告诉他的同学:"我爸爸生病住院了。"话语中充满了伤感。

　　父亲生病住院,儿子自然是可怜的。他年纪尚幼,本来应该是我这做父亲的来照顾他的,现在反而要他来照顾我了,一会儿给我送这,一会儿给我送那,小小身影在病区里穿来穿去,怎不叫人心酸?想想自己平时在教育孩子时,常常过于急躁,甚至粗暴,实在是太不应该。

如今我重病在卧,妻子和儿子依然不计前嫌,奔波忙碌着照顾我,让我感觉到爱情的纯洁与高尚,以及亲情的无私与伟大。只可惜我病情太危重,妻子常常独自伤心,儿子也暗自流泪。

看到眼前这阵势,听到医生遮遮掩掩、闪烁其词的话语,我知道自己的情况不妙,但又无计可施,就像是一名俘虏,听任命运的摆布。有时,在天灾人祸面前,人类常常显得很无奈。

诚然,生老病死是自然规律,谁都无法抗拒。对于死,我曾看过不少相关的文章,自己对死亦早已有过一定的思索,所以对于死,我并不感到害怕与恐惧,但我就这样匆匆死去,也太突然了吧,因为我毫无思想准备。

七

"与其像您这样唉声叹气、愁眉苦脸,还不如阳光一点,坚强面对,何必与自己过不去呢?"这天,我正躺在病床上,心烦意乱,闷得发慌,突然一个声音直刺我的耳膜,我仔细一看,是责任护士小王。

小王护士每时每刻都严严实实地戴着口罩帽子,难见芳容,偶尔在她整理衣帽口罩的时候,她那秀丽的面容才会在不经意间显露出来。她二十来岁,肤色白皙,眉清目秀,稚嫩的脸蛋上透着几分活泼与天真,但说起话来却是慢条斯理,温文尔雅,特别清新悦耳,与一般的同龄人有着明显的不同。她对工作非常认真负责,对生活充满乐观与自信。

小王护士说,一个人不管做什么事,只要用心去做,就不会觉得累。她说,其实,护士很辛苦,三班倒,责任大,生活没有规律,尤其是在 ICU 工作,那么多抢救设施、监护仪器,她们每个人都能熟练地操作运用,要学习掌握的东西很多,但是她喜欢干,并争取干好。

一个还未成家的花季女孩,竟能拥有这般积极心态,让我肃然起敬、钦佩不已。她补充说:"ICU 的病人,能走出去的确实不多,而你不一样,只要你积极配合治疗,是有机会走出去的,您怎么不珍惜这样的机会呢?"

真是"当事者迷,旁观者清",我活了几十年,看望过很多病人,我也曾经用同样的话语劝慰过他人,当病魔真正降临到自己头上时,自己却难以真正做到……我要坚强起来,我要从这里走出去。

八

人一旦有了信念,就会有奇迹诞生,就会有希望出现。

　　在医院领导的关怀下，在医生护士的悉心呵护下，在亲情、友情、爱情的温暖中，经过整整 40 天的顽强抗争，我终于战胜了病魔，走出了 ICU 病房。

　　这不能不说是一个奇迹，因为我是医院成功救治的首例此类重症病人，因此，医生把救治我的成功经验，进行总结并整理成教案进行学习交流。

　　由于长期卧床，下肢缺乏锻炼，大腿、小腿肌肉萎缩。物，不用则废，生命亦是如此。刚开始站立、行走时，我两腿发软无力，摇摇晃晃，像喝醉了酒似的，尤其是上楼梯更加吃力，脚都抬不起来。妻子马上走过来说："我背你上楼吧！"我把她推开，坚决不让。因为我知道，生命中的有些事情，是不能依靠别人的，更不能让别人代替，只能通过自己的努力去完成。于是我用两只手抓紧楼梯扶手，手脚并用，努力地往上挪动，一级、二级……一楼，二楼……六楼，我终于又回到了熟悉而略显陌生的家中。

　　春暮夏初，和煦的阳光洒满大地，充满我的心间。经过一个多星期的艰苦锻炼，我又能行走自如、随意上下楼了，生活又恢复了往日的宁静。

　　痛定思痛，我感叹生命的美好，对亲情、友情、爱情充满着感恩。

路人岂能冷漠

□ 龚茜

　　去年的 10 月,广东省佛山市一位年仅两岁的女童悦悦在被汽车碾压的过程中,18 位路人经过,却没有一人伸出援助之手。虽然医院对悦悦进行了全面抢救,但因伤势太重,悦悦还是离开了人世。事件发生后,社会民众对 18 位路人的道德缺失行为进行了强烈的谴责。这 18 位路人怎么会做出如此冷酷的行为? 到底他们是怎么想的? 在这里,笔者试着从心理学的角度分析一下路人的行为。

　　先谈一下个体自身因素的影响。弗洛伊德认为,人的心理活动是由本我、自我、超我共同影响的。本我是个体最原始的状态,是个体内心最真实的想法和情感体验。自我是在社会生活中习得的生存法则和社会契约。超我代表着个人的良心和道德准则。在遭遇个人冲突时,必须处理好这三个"我"之间的关系。在小悦悦事件中,路人在经过悦悦身边时有不同的行为表现。有的人"本我"强于"超我",认为他人的生命与自己并无强烈的关联,自己的安危最重要,故佯装未看见,扬长而去。有的人边看边离去,有的人试图问问是谁家的小孩,未果后也随之离去。他们的行为都反映出他们在选择救与不救的过程中一直在矛盾纠结。他们的选择隐藏的是人自我保护的本能。当下人们对于社会道德缺失导致恐慌以及狭隘的自我保护心理,使得人们对其助人行为的后续结果产生不确定感。为了回避潜在的危险,他们更易做出漠视行为。

　　再谈一下社会因素对个体心理行为的影响。首先,关于社会学习的副作用。班杜拉的社会学习理论强调,个体的行为是通过观察模仿他人的行为而获得的。为什么近几年漠视行为频频发生? 其中,一个不得不重视的原因就是人们对漠视行为的观察、模仿。在他们看来,漠视可能会带来谴责,但也可能会回避不必要的纠纷或官司。其次,关于群体归属感与责任感的缺失。小悦悦居住地和车祸发生地都在广佛五金城。这里是个商业小城,居住者大多都是外来经商和外地务工人员。城市架构的金属钢筋、商业生存的激烈竞争以及工作生活的劳累艰辛阻断了人与人之间的情感联结。在这里生活的人们缺乏关心、温暖，未发展出归属感、亲密感及责任感。再次，关于从众心理的盲从性。人们常会有这样一种心理——和众人保持一致会少犯错误，就是犯错了也不是自己一个人犯，躲在群体里比较有安全感。在小悦悦事件中，应该关注到"18"个路人以及周边店家商铺内的 N 人。这些数字说明什么？如果换作只有一个人看到呢？如果换作大家蜂拥而至，一起救人呢？最后，关于社会责任分散。在紧急情况下或者需要对处于困境中的人提供帮助时，个体会感到自己有责任采取行动。但是，如果有许多人在场时，就容易造成责任扩散，帮助人的责任被扩散到每个旁观者身上。在小悦悦事件中，387秒，18 位路人匆匆经过。当时，他们也许在想："又出车祸了，懒得管，多一事不如少一事。""旁边都有人看到，却不帮，我为什么要去帮？""我要不要帮？算了，还是不帮了，大家都没帮，枪打出头鸟，到时候又搞得说不清楚。"……这就是责任分散现象，必须引起我们的注意。

冷漠的路人该醒醒了！

珍　惜

□ 2012级临床医学专业本科定向4班　习锦霞

我非常喜欢阅读校报,喜欢阅读校报里一篇篇优美的文章。每一篇文章都让我若有所思。

让我印象比较深刻的文章是《产科302》。这篇文章没有华丽的语言,也没有煽情的表述。文章通俗易懂,但里面却隐含着深刻的人生哲理,把人性的真善美体现得淋漓尽致,讽刺了很多家庭还有的根深蒂固的传统思想。

文章批判了现代家庭依然存在的重男轻女的传统思想。落后的思想不知害苦了多少女性。从古至今,很多人都认为男孩是延续家室香火的,所以家里必须有男丁,没有男丁就是女性的罪过。我觉得这种思想应该是要遭到谴责的。在这篇文章里,女主人公前两胎都是女儿,要是这胎再不是儿子,家里就要闹翻了。我能感受到这位女士和她母亲的无奈以及痛心。四十多岁的产妇本来就是高龄产妇,家人没有对她呵护备至,却只是一心求子。

试问,难道女性只是所谓的传宗接代的工具吗? 真挚的情感何在? 每一个生命都是宝贵的,母亲孕育新生命是伟大的。世人面前,男女平等。为何一定要重男轻女? 女性怀胎十月,在诞下自己的宝宝时,那种剧烈的疼痛只有伟大的母亲才能体会到,每一个母亲都是如此伟大,都应该得到尊重与关怀。当一个女性怀着孩子,得到的不是家人的呵护,而是责备,这多么令人寒心! 人性的真善美到底去哪儿了?

人间有真爱,才会让人觉得世界如此美好,从而珍惜身边的每一个人。这篇文章里面的子美与书豪是多么恩爱的夫妻,没有落后的传统思想,两人对自己的宝宝呵护有加,书豪无论多忙都请假和妻子来医院做产检。无论在医院排多长的队,他们都感到很幸福。这是一个丈夫对妻儿的责任与真爱。书豪在心里默念着自己与子美的血型一样,他可以为了爱人献出自己所有的血,甚至生命。他们演绎了一个普通家庭幸福美满的生活。

　　每个人的婚姻都来之不易。俗话说得好:"十年修得同船渡,百年修得共枕眠。"坚守这份感情更不易。面对着如此浮躁的世界,我们更应该好好珍惜,让自己真正地快乐。平平淡淡才是真,我们不需要和别人攀比物质生活,也不用羡慕别人拥有多少豪宅好车。人生短暂,珍爱生命,关爱他人。世间最浪漫的事,就是和你一起慢慢变老。

　　当你拥有一个奋不顾身保护你的人时,当你拥有一份美好的爱情时,当你拥有稳定的家庭时,请好好珍惜。希望每个人幸福、快乐地生活下去。

读书在左，思索在右

□ 2013 级临床医学专业本科 11 班　胡海君

读一本书，应该用自己的心去看、去思索。富兰克林曾经说过："读书是易事，思索是难事，但两者缺一，便全无用处。"

从我记事起，父母就会给我买一些儿童用书，让我自己去看、去认。上学后，书本更是与我形影不离，成了我最亲近的伙伴。无论我想学什么，第一个想到的就是读书。

欧阳修说过："立身以立学为先，立学以读书为本。"他告诉了我们读书的重要性。其实，从古至今，读书一直被人们所重视着。

没有去过长城，却体会过万里磅礴的气势；没有去过桂林，却感受过置身画卷中的美丽；没有去过普罗旺斯，却看到过一片薰衣草花海；没有去过尼泊尔，却听到过来自天堂的佛音……

在书中，我们在世界各地自由行走着。这正是读书的魅力所在。读书让我们开阔视野、增长知识。

传说一千多年前，金主完颜亮在读了柳永的"重湖叠巘清嘉，有三秋桂子，十里荷花"后，遂起了投鞭渡江之意。这首词让他感受到了杭州的美丽。由此可见，词的魅力非同寻常。

正是读书，让我们的思想超越了身体的束缚，让我们能够遨游世界、遥看古今。我们都看到了梁祝化蝶的美丽，看到了流尽一生眼泪来还情的黛玉，看到了梁山上一百零八位勇于抗争的好汉，看到了七十二变的孙悟空……

但是，有的人会说："我看了那么多的书，怎么感觉没什么用？"是的，也许你读了很多书，可是你真的读透了吗？真的读进了吗？

卢梭说过："读书不要贪多，而是要多加思索。"真正的读书，应该正如朱熹说的"读书有三到，谓心到，眼到，口到"。有的人读书只是看，可能看的时候还在想着别的事情。等看完了,就说自己读完了这本书,把它丢在一边。其实,他们相当于没读过这本书。

还记得听过一个故事。有一个老师问他的学生:"你读了《红楼梦》吗?"有一个学生骄傲地回答:"很早就读了。""既然你读了,那你对里面的内容有什么感想?""这个……老师,我好久以前读的,现在只记得大概的了。"学生支支吾吾。老师听了,说:"那你就没读!""可我真的读过,只是忘了好多。"学生力争道。老师看了他一眼,说:"你再去读一遍吧。"学生听了,感到很奇怪,自己明明读过啊,为什么说我没读呢? 无奈,只好把《红楼梦》再翻出来,重新读一遍。在他读第二遍的时候,他想着老师的话,读得很仔细。读着读着,他自己都吓到了,原来自己忘了那么多,第二次的感觉跟第一次差不多一样!"自己以前还真没读啊!"学生感慨道。读完第二遍,老师问他:"你读了没?""对不起,老师,我没读,我只是读过。"学生回答道。这时,老师欣慰地点了点头。

让我们开始读书吧,生活会变得更加精彩!